SHERRILYN KENYON

Gebieterin der Schatten

Buch

Während sich die Welt nichtsahnend weiterzudrehen scheint, plant Stryker, der Anführer einer gigantischen Armee von Dämonen und Vampiren, wie besessen eine vernichtende Schlacht gegen seine Feinde – zu denen die gesamte Menschheit sowie die Dark Hunter zählen. Denn sie macht er verantwortlich für den Tod seiner Schwester, und sein Rachedurst ist groß. Doch Strykers Plan droht trotz akribischer Vorbereitung zu scheitern, als ausgerechnet sein ältester Widersacher auftaucht – seine ehemalige Gefährtin Zephyra. Plötzlich flammt sein jahrhundertealter Krieg gegen Zephyra wieder auf, und es kommt zu einer Verbindung, die er selbst niemals für möglich gehalten hätte …

Autorin

Die promovierte Historikerin Sherrilyn Kenyon schreibt seit ihrem zehnten Lebensjahr und ist mittlerweile eine der erfolgreichsten Autorinnen weltweit. Unter ihrem Pseudonym Kinley MacGregor veröffentlichte sie höchst erfolgreich Highland-Sagas. Doch vor allem mit ihren *Dark-Hunter*-Romanen begeistert sie ihre Leser und erobert seit Jahren regelmäßig Spitzenplätze der *New-York-Times*-Bestsellerliste. Gemeinsam mit ihrem Mann und drei Söhnen lebt Sherrilyn Kenyon in Tennessee.

Von Sherrilyn Kenyon bereits erschienen:

Magie der Sehnsucht (36686), Nächtliche Versuchung (36687), Im Herzen der Nacht (36688), Prinz der Nacht (37121), Geliebte der Finsternis (37229), Herrin der Finsternis (37230), Geliebte des Schattens (37606), Wächterin der Dunkelheit (37607), Dunkle Verführung (37833), In den Fängen der Nacht (37953), Gebieter der Träume (26924), Lockruf der Finsternis (26967), Göttin der Nacht (26973), Süße Verdammnis (26974), Prinz der Ewigkeit (6045), Königin der Dunkelheit (6059)

Sherrilyn Kenyon

Gebieterin der Schatten

Roman

Deutsch
von Larissa Rabe

blanvalet

Die Originalausgabe erschien 2008 unter dem Titel
»One Silent Night« bei St. Martin's Press, New York.

FSC
www.fsc.org
MIX
Papier aus verantwortungsvollen Quellen
FSC® C014496

Verlagsgruppe Random House FSC® N001967

1. Auflage

Redaktion: Regine Kirtschig
Umschlaggestaltung: www.buerosued.de
Umschlagmotiv: Getty Images/Joe Drivas; www.buerosued.de
JvN · Herstellung: kw
Satz: DTP Service Apel, Hannover
Druck und Bindung: GGP Media GmbH, Pößneck
Printed in Germany
ISBN 978-3-7341-6086-8

www.blanvalet.de

Sucht nicht den Tod – der Tod wird euch von selbst finden,
sondern sucht den Weg, der den Tod zur Erfüllung macht.

Dag Hammarskjöld

Am Anfang bestand die Welt aus Schönheit und Magie. Lange ehe es die Menschen gab, gab es die Götter und diejenigen, die ihnen dienten und ihre Gebote bedingungslos befolgten. Die Götter aber bekriegten einander und kämpften so lange gegen ihresgleichen, bis aus der sinnlosen Gewalt eine neue Spezies entstand. Diese neuen Wesen, Chthonier mit Namen, entsprangen der Erde, die vom Blut der Götter getränkt war.

Die Chthonier erhoben sich bald gegen die Götter und teilten die Welt neu auf.

Um den Frieden zu sichern, mussten alle Soldaten der Götter sterben, keiner durfte überleben. Das Wort der Chthonier war das neue Gesetz, das der Welt endlich Frieden brachte und eine neue Lebensform ermöglichte: den Menschen.

Aber auch die Chthonier waren nicht ohne Verderbtheit, noch waren sie unfehlbar.

Es dauerte nicht lange, da lagen auch sie miteinander im Streit.

So verging die Zeit. Die Menschheit wurde klüger und lehnte sich gegen die Götter und die Magie auf, die es in der Welt noch gab. Die Menschen konnten nichts mit dem Zauber anfangen und entschlossen sich daher, ihn einfach nicht mehr zu beachten.

Unfug. Hokuspokus. Hirngespinste. Märchen. Das sind nur einige der vielen Begriffe, mit denen sie das verunglimpften, was ihre sogenannte Wissenschaft nicht erklären konnte. An die Stelle der Religion trat der Empirismus.

Selbstredend gibt es keine Schatten, die unschuldige Opfer verfolgen, das ist weiter nichts als das Produkt einer überbordenden Fantasie, schiere Einbildung.

Wölfe können sich nicht in Menschen verwandeln und Menschen nicht in Bären. Genauso wenig gibt es in Wirklichkeit die alten Götter , die in der Mythologie und in den alten Sagen leben – so der menschliche Konsens.

Und dennoch …

Was war das für ein Geräusch da, gerade eben am Fenster? Heult da der Wind? Ist das ein streunender Hund?

Oder ist es etwas viel Gefährlicheres, ein Wesen, das einen packen will?

Wenn einem die Haare zu Berge stehen, kann das einfach nur eine Gänsehaut sein. Es mag aber ebenso gut bedeuten, dass Tote in der Nähe sind. Oder dass womöglich ein unsichtbarer Gott vorbeigeht und einen anrührt.

Die Welt hat ihre Unschuld längst verloren.

Die alten Mächte sind es leid, dass man sie nicht mehr beachtet. Die Winde, die im Hof flüstern, sind beileibe keine Vorboten des Klimawandels. Sie sind ein Lockruf, den nur wenige übernatürliche Wesen vernehmen können.

Diese Mächte sammeln sich jetzt und vereinen sich.

Diesmal wollen sie mehr als nur das Blut der Götter und das Blut ihrer Feinde.

Sie wollen uns …

Und wir sind ihnen hilflos ausgeliefert.

Kapitel 1

Stryker hielt inne und schaute sich in der Unterwelt um. Sein Vater, der griechische Gott Apollo, hatte ihn einst vor kaum messbar langer Zeit hierher mitgenommen, damit er seinen Großonkel Hades kennenlernte, den Herrscher der griechischen Unterwelt, dem die Toten der Antike unterstanden. Stryker war damals noch ein Kind gewesen. An jenem Tag hatte Apollo seinem Sohn eine seltene und sehr nützliche Fähigkeit verliehen: Stryker konnte seither auf eigene Faust die Unterwelt betreten und verlassen, um seinen Großonkel zu besuchen. Das ging normalerweise nur mit dessen Erlaubnis. Der junge Stryker hatte sich sehr vor dem dunklen Gott gefürchtet, dessen Augen nur dann sanft wurden, wenn er seine Frau Persephone betrachtete.

Zum Glück war sie jetzt gerade bei Hades, deshalb war er abgelenkt und bemerkte nicht, dass sich ein unwillkommener Halbgott in seinem Reich herumtrieb. Eine derartige Respektlosigkeit konnte bei Hades ungeheure Wutanfälle auslösen.

Erst recht, wenn dieser uneingeladene Halbgott ein Fläschchen mit ganz besonderem Blut bei sich trug, mit dem Blut von Typhon. Typhon war der Sohn des Ur-Gottes Tartaros, nach dem ein Teil von Hades' Reich benannt war, und er war ein gefährlicher Gegner, der viele in den Tod geschickt hatte. Typhons Kräfte hätten ausgereicht, um selbst Zeus zu besiegen, den König der Götter. Aber die olympischen Götter hatten sich schließlich alle miteinander verbündet und Typhon unter dem Berg Aetna gefangen gesetzt.

»Ich danke euch, dass ihr Typhon nicht getötet habt«, sagte Stryker und hielt das Fläschchen in die Höhe, sodass er das purpurrot leuchtende Blut sehen konnte, das er dem gefangenen Titanen abgenommen hatte. Mit diesem Blut konnte Stryker Tote erwecken und das schlimmste aller Übel wieder ins Leben rufen.

Krieg.

Stryker packte die Flasche fester und begab sich in den Teil des Tartaros, der am allertiefsten lag. Hier befanden sich die Bestien und Götter, die von den Olympiern besiegt worden waren und die sie mehr fürchteten als alles andere.

Stryker zog es zu einem Grab ganz hinten, das er als Kind zufällig entdeckt hatte. In der Dunkelheit um sich herum konnte er noch immer den ängstlichen Blick in den Augen seines Vaters sehen …

»Wer ist das, Vater?« Stryker hatte auf die Statuen von zwei Männern und einer Frau gezeigt.

Apollo hatte sich neben Stryker hingekniet. »Das ist alles, was von den Machae übrig geblieben ist.«

»Von wem?«

»Von den Geistern des Kampfes.« Apollo hatte auf die Statue des größten Mannes gezeigt. Er war riesig und hatte die Statur eines Kriegers. Bei seinem Anblick schnappte der siebenjährige Stryker ängstlich nach Luft, weil er befürchtete, dass die Statue lebendig werden und ihm etwas antun könnte. »Das da ist Krieg, der Wildeste der Machae. Er wurde von allen Kriegsgöttern gemeinsam erschaffen, um die Chthonier zu töten. Man sagt, dass Krieg und seine Helfer es beinahe geschafft hätten, sie auszurotten. In einer letzten Schlacht, die ganze drei Monate dauerte, belagerte Krieg den letzten Chthonier und unterlag nur durch eine List. Krieg wurde nämlich umzingelt, als seine Kräfte durch einen Fluch gelähmt waren. Er brüllte noch ein letztes Mal wütend auf und ist dann so versteinert worden, wie du ihn jetzt vor dir siehst. Hier steht er nun, bis ihn jemand wiedererweckt.«

Für Strykers kindlichen Verstand schien das eine ziemlich harte Strafe, er fand sie unehrenhaft und grausam. »Warum haben ihn die Götter denn nicht gleich getötet?«

»Wir waren nicht stark genug. Selbst mit all unseren vereinten Kräften haben wir es nicht geschafft, Krieg das Leben zu nehmen.«

Stryker hatte damals überhaupt nichts begriffen. »Ich verstehe nicht, warum die Götter die Chthonier so fürchten. Es sind doch nur Menschen.«

»Sie sind Menschen mit der Macht von Göttern, mein Kind – das darfst du niemals vergessen. Sie allein können uns Götter töten, ohne dass dabei das Universum zugrunde geht. Sie allein können uns zu der Ersten Macht zurückkehren lassen, die uns hervorgebracht hat.«

»Warum bringen die Chthonier die Götter dann nicht einfach um und nehmen ihren Platz ein?«

»Würden die Chthonier uns umbringen, dann würde das ihre eigenen Kräfte schwächen und sie verwundbar machen. Also überwachen sie uns lieber, und wir gehorchen ihnen, aus Furcht, dass sie uns töten könnten.« Apollo hatte erneut einen Blick auf die Statue von Krieg geworfen, und in seinen Augen hatte eine morbide Faszination gelegen. »Nur Krieg war gegen alles immun, sogar gegen die Kräfte der Chthonier.

Und leider auch gegen die Macht von uns Göttern, sodass wir ihm nichts anhaben können. Als Ares und die anderen Kriegsgötter merkten, wie mächtig Krieg war, beschlossen sie, es wäre am besten, ihn für alle Zeit außer Gefecht zu setzen.«

»Aber die Kriegsgötter haben ihn doch erst erschaffen. Warum wussten sie dann nicht, wie mächtig er ist?«

Apollo hatte Stryker das kurze blonde Haar verwuschelt. »Manchmal merken wir erst, wie zerstörerisch unsere Geschöpfe sind, wenn es schon zu spät ist. Und manchmal wenden sich unsere Geschöpfe gegen uns und wollen uns töten, obwohl wir sie erschaffen, geliebt und gefördert haben.«

Stryker knirschte mit den Zähnen, als er von seinem heutigen Standpunkt aus an die Worte seines Vaters zurückdachte. Sie hatten sich zu seinem Leidwesen als sehr wahr erwiesen. Stryker hatte sich gegen seinen Vater erhoben, und später hatte sich sein eigener Sohn gegen Stryker erhoben.

Nun lagen sie alle im Krieg miteinander.

Krieg …

Stryker öffnete das dunkle Grab, das nach frischer Erde und Moder roch. Er hob die Hand und zündete mit seinen Kräften die von Spinnweben bedeckten Fackeln an, die seit Jahrhunderten nicht mehr benutzt worden waren. Das flackernde Licht warf seinen Schein auf die Wände und auf die Überreste der letzten drei Machae.

Stryker schaute sich zuerst die Frau an. Ker war die Personifizierung des grausamen, gewalttätigen Todes. Dabei wirkte sie so zierlich und schwach! Doch sie war erbarmungslos und besaß die Fähigkeit, sich in zahlreiche weibliche Geister aufzuspalten, die man Keres nannte. Einst war sie über die Schlachtfelder geschritten und hatte den Sterbenden die Seelen herausgerissen. Ihre Kräfte waren es gewesen, die die atlantäische Göttin Apollymi inspiriert hatten, die Apolliten zu retten und es ihnen zu ermöglichen, den ungerechten Fluch des Apollo zu umgehen.

Heil der Ker für ihre Kräfte …

Die nächste Gestalt war der Geist Mache – Kampf, die rechte Hand von Krieg. Nach ihm waren die Machae, die Geister des Kampfes, benannt worden, er bildete gewissermaßen ihr Rückgrat.

Doch im Vergleich zu Krieg war er ein Schwächling.

Genau wie Ker war er nur eine Begleiterscheinung der einen zerstörerischen Kraft, auf die Stryker es abgesehen hatte.

Langsam verzog er die Lippen zu einem Lächeln, ging an den beiden niederen Wesen vorbei und näherte sich demjenigen, den er wiedererwecken wollte. Heute war Krieg für ihn kein Riese mehr, er war sogar ein paar Zentimeter kleiner als Stryker selbst. Das war nicht verwunderlich, denn Stryker maß immerhin zwei Meter. Kriegs Körper war genauso muskulös, wie sich Stryker von seinem Besuch vor elftausend Jahren her an ihn erinnerte. Obwohl er zur Statue erstarrt war, waren Kriegs Gegenwart und Kraft Ehrfurcht gebietend. Stryker spürte sie an den Kälteschauern, die ihm wie eine Warnung über den Rücken liefen. Krieg bedeutete für jeden, der seinen Weg kreuzte, den Tod. Der Gott war gekleidet wie ein antiker Soldat, er trug einen Brustpanzer mit dem Kopf eines Ameisenigels.

Stryker streckte die Hand aus. Im gleichen Augenblick, als er den Stein berührte, erschien ein Blitz, und der weiße Marmor verwandelte sich in einen lebendigen Körper. Kriegs Rüstung war nun nicht mehr aus Marmor, sondern stählern und mit Gold überzogen. Ein mit Goldplättchen besetzter Kampfrock aus schwarzem Leder und ein Mantel vervollständigten das furchterregende Bild. Das Schwert in seinen Händen, das er halb aus der ledernen Scheide gezogen hatte, verwandelte sich in Stahl.

Seine schwarzen Augen schienen Stryker zu durchbohren.

Doch all das dauerte nur Sekundenbruchteile, dann wurde er wieder zu Marmor. Weiß, kalt und gespenstisch makellos. Krieg schlief weiter, und doch spürte Stryker, wie sein Bewusstsein um ihn herumzuschweben schien. Krieg lechzte nach Erlösung.

»Du willst hier raus«, flüsterte Stryker ihm zu. »Und ich will Rache an einem Gott nehmen, der für mich unerreichbar ist.« Er entkorkte die kleine Flasche und hob sie hoch. »Das Blut eines Titanen zum Blut eines anderen Titanen! Ich, Strykerius, gebe dir, Krieg, deine Gestalt zurück, und du hilfst mir, gegen meine Feinde zu kämpfen.«

Er neigte die Flasche und benetzte seine Fingerspitze mit Typhons Blut. Die tödliche Kraft brannte ihm regelrecht auf der Haut. Typhons Blut war genauso mächtig wie der Titan selbst, vor dem sich einst alle gefürchtet hatten. Stryker fuhr mit der blutigen Fingerspitze über die Lippen des schlafenden Geistes. »Nimmst du meine Bedingungen an, Krieg?«

Die Lippen verwandelten sich in Fleisch, der Rest von Krieg war weiterhin aus Marmor. »Ich nehme sie an.«

»Dann sei willkommen im Reich der Lebenden.« Styker gab dem Geist das Blut aus dem Fläschchen zu trinken.

Im gleichen Moment drang ein wilder Schrei zu ihnen. Er löschte die Fackeln aus, sodass die beiden schlagartig vom Dunkel umfangen waren: »Nein!«

Stryker lachte, als er den zornigen Schrei des Hades hörte. Zu spät! Ein eiskalter Wind fegte durch den Raum, und Krieg erwachte mit einem wilden Schrei zum Leben. Sein Schlachtruf hallte in der Grabkammer wider, und alle in der Unterwelt Gefangenen zuckten zusammen. Die Fackeln brannten plötzlich wieder und erleuchteten die Grabkammer so hell, dass Stryker sich schützend die Hand vor die Augen hielt.

Hades erschien mit dem Kriegsgott Ares an seiner Seite. Die beiden versuchten, Krieg mit einem Bannspruch zu vernichten, doch vergeblich.

Krieg hob nur lachend die Hand, und die beiden Götter wurden zu Boden geschleudert wie Blätter im Sturm. Kriegs schwarze Augen zeigten deutlich, welche Freude er bei dieser Grausamkeit empfand. Seine Lippen verzerrten sich zu einem Lächeln, und er wandte sich zu Stryker. »Wen soll ich für dich töten?«

»Acheron Parthenopaeus und Nick Gautier.«

Krieg schob sein Schwert in die Scheide. »Schon so gut wie erledigt.«

Stryker packte Krieg am Arm, ehe er sich auflösen und verschwinden konnte. »Nimm eine kurze Warnung mit auf den Weg: Die Welt ist heute nicht mehr so wie früher.« Er reichte dem Geist eine Umhängetasche mit einer Jeans, einem schwarzen Pulli und Stiefeln. »Möglicherweise bist du ohne Rüstung und Brustpanzer besser dran – aber das ist nur ein Vorschlag von mir.«

Krieg grinste höhnisch, aber er nahm die Tasche und verschwand. Stryker wandte sich den beiden Göttern zu. Ares lag noch bewusstlos am Boden, Hades hatte sich bereits wieder aufgerichtet und schüttelte den Kopf, um ihn klar zu kriegen.

Der dunkle Gott der Unterwelt strahlte entsetzlichen Zorn aus. Er beugte sich über Ares und versuchte, ihn wachzurütteln. »Ist dir eigentlich klar, wen du da auf die Welt losgelassen hast?«, fuhr er Stryker an.

Stryker war ein bisschen mulmig zumute. »Tja, also: Grausamkeiten, Seuchen, Zorn, Gewalt, schreckliches Leid … und was haben die Götter ihm sonst noch so an schönen Gaben geschenkt?«

»Die wichtigsten hast du schon genannt. Aber du hättest dich genauer erkundigen sollen! Wer Krieg entfesselt hat und ihm etwas befiehlt, den tötet er später. Du wirst da keine Ausnahme sein.« Hades wies um sich. »Schau dich doch mal um! Dieses Loch, das wir Tartaros nennen, ist alles, was von dem Ur-Gott geblieben ist. Sein Tod durch die Hand von Krieg war der Anlass, aus dem alle Götterwelten ihre Kräfte mit denen der Chthonier vereint haben, um Krieg in Schach zu halten. Das ist lange her, es war zu einer Zeit, als man uns noch angebetet und verehrt hat und wir stark und mächtig waren. Das sind wir heute nicht mehr.«

Stryker hatte sich nicht die Mühe gemacht, das alles in Erfahrung zu bringen. Es war ihm auch egal, denn er war bereit zu sterben, solange er nur seine Feinde mit in den Tod nahm. »Hoppla«, sagte er sarkastisch. »Da hab ich wohl Mist gebaut. Es muss bei uns in der Familie liegen, dass wir die Folgen unserer unbedachten Handlungen nicht voraussehen können. Und das, obwohl mein Vater doch der Gott der Prophezeiungen ist!«

Hades' Augen wurden leuchtend rot vor Wut. »Krieg wird die Menschen töten!«

Stryker grinste höhnisch. »Ich wüsste nicht, dass du dich für die Apolliten eingesetzt hättest, als mein Vater uns alle verflucht hat. Wir müssen uns vom Blut unserer Brüder ernähren und mit siebenundzwanzig Jahren qualvoll sterben – und das alles nur, weil ein paar Apolliten eine wertlose Hure erschlagen haben! Wenn ich mich richtig erinnere, habt ihr

Götter uns allesamt den Rücken zugekehrt und uns einfach unserem Schicksal überlassen!«

Hades schüttelte den Kopf. »Eigentlich sollte ich dich jetzt töten. Aber dich erwartet ein wesentlich grausameres Schicksal, wenn ich dich der Kraft überlasse, die du entfesselt hast. Wir sehen uns hier wieder, wenn du tot bist.«

Stryker sagte nichts, er schaute nur gelangweilt zu, wie Hades den immer noch bewusstlosen Ares hochhob. Dann kehrte er nach Kalosis zurück. Die Hölle der Atlantäer war Strykers Heimat geworden, seit er seinem Vater den Rücken gekehrt und sich mit der Göttin verbündet hatte, die in Kalosis herrschte. Seine Seele gehörte jetzt Apollymi, und er hatte sie ihr frohgemut übergeben – an dem Tag, als sein Vater Strykers gesamte Rasse der Apolliten wegen einer Tat verflucht hatte, die eine Handvoll Soldaten begangen hatte.

Stryker wollte mit den Griechen nie wieder etwas zu tun haben.

Nur die Vorstellung, dass Apollymi seine ewigen Qualen wahrscheinlich noch mehr genießen würde als Hades, stieß ihm bitter auf. Stryker kehrte in sein Arbeitszimmer zurück, wo er die *sfora* aufbewahrte, mit deren Hilfe er seine Feinde ausspionieren konnte – zumindest Acheron.

Was Nick anging, so konnte Stryker die Welt jederzeit durch seine Augen betrachten. Das war eine seiner Bedingungen gewesen, als er den Mistkerl an sich gebunden hatte. Aber leider gab es bei Nick nicht besonders viel zu sehen, denn er hielt sich seit einiger Zeit von der Welt fern – und damit auch von jedem anderen, den Stryker gern ausspioniert hätte.

Dass Nick derart schmollte, langweilte Stryker gewaltig.

Aber jetzt wollte er erst einmal Acherons Untergang mitverfolgen. Er fuhr mit der Hand über die Kugel und sah zu, wie die Wolken sich verzogen und ihm den Blick auf den Gott gewährten, den er so gern tot sehen wollte …

Apollymis geliebter Sohn.

Stryker verzog verächtlich den Mund, als er Acheron in einer bizarren Umgebung erblickte. Es wirkte fast wie eine patriotisch-kitschige Zeichnung von Norman Rockwell. Wie entzückend! Acheron war zu Hause in Katoteros, der atlantäischen Paradies-Sphäre, und schmückte zusammen mit seiner Freundin Soteria den Weihnachtsbaum. Er fand es absolut lächerlich, dass ein antiker Gott eine Sitte der Menschen übernahm, nur um seiner Geliebten eine Freude zu machen. Die beiden sahen so glücklich aus, dass es Stryker richtig schlecht wurde.

Aber das würde sich in Kürze ändern.

Stryker lehnte sich in seinem Stuhl zurück und wartete.

»Oooh, *akri*, darf Simi das essen?«

Ash Parthenopaeus hielt kurz inne, als er die Stimme seiner Dämonin hörte. Er wandte sich um und sah, wie Simi den Glasengel betrachtete, den er gerade in der Hand hielt.

Sie trug einen schwarz-rot karierten Grufti-Schottenrock und ein Oberteil, das hinten geschnürt war wie ein Korsett. Außerdem hatte sie eine Weihnachtsmann-Mütze aufgesetzt, die ihre kleinen Dämonen-Hörner verdeckte. Ihr Haar, das genau wie das von Ash pechschwarz war, reichte ihr bis auf die Hüften.

Ehe er etwas sagen konnte, lächelte Soteria Simi so liebevoll und tolerant an, dass Ash regelrecht dahinschmolz. Torys braunes Haar war zu Zöpfen geflochten, und sie trug genau das Gegenteil von Ashs dunklem Grufti-Stil, nämlich winterweiße Hosen und einen roten Pullover mit weißen Rentieren.

Ashs langärmliges T-Shirt war schwarz, und es waren Rentier-Skelette darauf, die einen verbogenen Schlitten zogen.

»Ähm, Simi, friss das bitte nicht«, sagte Soteria. »Seit ich ein Kind bin, hängt dieser Engel an meinem Weihnachtsbaum. Ich habe ihn mit meinen Eltern in einem Laden in Griechenland gekauft.«

Simi schmollte. »Kann ich dann wenigstens die Schokolade essen?«

»Na klar.«

Simi quiekte erfreut, schnappte sich den Schokoriegel, den Soteria auf dem kleinen Tisch hatte liegen lassen, und rannte davon, um ihn in Ruhe zu verspeisen.

Soteria lachte. »Verflixt! Den wollte ich eigentlich später mit dir essen.«

Ash steckte den Engel auf die Spitze des Weihnachtsbaums, eine Kleinigkeit für jemanden, der zwei Meter groß war. »Schon in Ordnung. Ich kann den Geschmack von Schokolade sowieso nicht leiden.«

Soteria wickelte silbernes Lametta von dem Bärenanhänger ab, den sie in der Hand hielt. »Ich würde dich ja jetzt fragen, warum du Schokolade nicht leiden kannst, aber immer wenn ich dich frage, aus welchem Grund du eine Abneigung gegen irgendwas hast, bricht mir die Antwort das Herz. Also schau ich einfach nur, dass ich dir zum Valentinstag keine Schokolade schenke.«

»Danke schön.«

Ash trat zu ihr, nahm sie in die Arme und gab ihr einen raschen Kuss. Seine Lippen hatten die ihren kaum berührt, da blendete ihn ein heller Blitz. Er dachte, es wäre sein Diener Alexion, und wollte ihn schon tadeln, aber ehe er noch ein Wort herausbrachte, schleuderte ihn etwas zu Boden.

Soteria drehte sich um und stand einem unbekannten Eindringling gegenüber. Sie hatte die griechische Göttin Artemis erwartet und war verblüfft, als sie einen großen, gut gebauten Mann sah. Sein Gesicht war ebenso brutal wie schön, er war ganz in Schwarz gekleidet und schritt an ihr vorbei auf Acheron zu, als wäre sie bloß ein Möbelstück.

Sie sammelte ihre Kräfte und wollte ihm einen Schlag versetzen, aber sie merkte, dass sie mit ihren Kräften nicht gegen ihn ankam. Es war, als wäre sie wieder eine ganz normale Menschenfrau, sein Körper schien ihren Schlag abzufangen, als wäre es gar nichts.

Der Mann zerrte Acheron vom Boden hoch und schleuderte ihn gegen die Wand.

Um Himmels willen, er würde ihn töten!

Ash bekam keine Luft mehr. Er wollte sich wehren, doch er schaffte es nicht. Es war, als hätte sich ein stählernes Band um ihn geschlungen, das ihn lähmte. Schmerz durchfuhr seinen Körper, als hätte ein fremdes Wesen seine Krallen in ihn geschlagen. Seit er ein Mensch gewesen war, hatte ihm niemand mehr so übel mitgespielt.

Als ihm dieser Gedanke durch den Kopf schoss, war ihm auf einmal klar, wer oder was ihn hier angriff.

Es war Krieg, der Unbesiegbare.

Verdammt!

»Nein!«, rief Ash, als Soteria erneut auf Krieg losgehen wollte. Zur gleichen Zeit erschien Simi, um in den Kampf einzugreifen. Krieg würde sie alle beide in der Luft zerreißen! »Nimm Simi und verschwinde – sofort!«

Simi stürzte sich schon auf Krieg, aber Tory packte sie und hielt sie fest. Sie schaute Ash an, um ihm zu signalisieren, dass sie nicht tatenlos zuschauen wollte, ihm aber genug vertraute, dass sie auf ihn hörte und ihm gehorchte.

Dann erschien Ashs Diener Alexion mit einem Schwert und wollte Krieg durchbohren. Aber die Waffe konnte ihm nichts anhaben, sie glitt einfach durch seinen Körper hindurch und traf Ash in den Magen. Er zischte bei dem zusätzlichen Schmerz.

Alexion wurde blass. »Tut mir schrecklich leid, Boss.«

Alexion sollte hier mal derjenige mit der klaffenden Wunde sein! Aber Ash wollte seinem Helfer keine Vorwürfe machen. Das Wichtigste war jetzt, den anderen das Leben zu retten. »Alexion, weg hier! Nimm Danger, die Dämonen und Tory und verschwinde!«

Krieg packte Ash an der Kehle. Er keuchte und versuchte, sich aus seinem Griff zu befreien. Ein kurzer Blick in die Augen von Alexion zeigte ihm dessen Loyalität. Sein Freund wusste genau, was Ash vorhatte: Er konnte nicht kämpfen, wenn er abgelenkt war.

»Wir sehen uns in Neratiti.« Alexion packte die Frauen und verschwand.

Ash zertrümmerte Krieg die Hand, doch er schaffte es noch immer nicht, sich aus seinem Klammergriff zu lösen, und so schleuderte er einen Blitz auf den Geist, aber auch das brachte Krieg nicht im Geringsten aus der Fassung.

»Was willst du von mir?«, keuchte Ash.

Krieg neigte den Kopf in einer eiskalten Geste und verstärkte seinen tödlichen Griff. »Ich will deinen Tod.«

Ash rauschte das Blut in den Ohren. Bald könnte er nicht mehr atmen. Er rang vergeblich nach Luft, sein Griff wurde allmählich schwächer, und er musste Krieg loslassen. Dann wurde ihm schwarz vor Augen.

Kapitel 2

Stryker schaute in seiner *sfora* böse lächelnd zu, wie Acheron blau anlief. Diesmal war es nicht seine natürliche Hautfarbe. Der Dreckskerl war nur noch einen Hauch vom Tod entfernt!

Aber auf einmal erschien der Chthonier Savitar mit zwanzig Charonte-Dämonen. Sie stürzten sich auf Krieg und trieben ihn von Acheron weg. Stryker wurde stinkwütend, als die vielen geflügelten Dämonen über Krieg herfielen. Sie hoben ihn hoch und schleuderten ihn gegen die Wand, obwohl er pausenlos Blitze auf sie abfeuerte.

Savitar rannte währenddessen zu Acheron, um ihn wiederzubeleben.

Verdammt, warum konnte der chthonische Dreckskerl nicht zu Hause an seinem Strand bleiben! Aber nein, er musste eine Dämonen-Armee aufstellen und Acheron zu Hilfe eilen.

Er wollte ja nicht kindisch sein, aber das war wirklich verdammt unfair …

Es ärgerte Stryker ganz gewaltig.

»Strykerius!« Apollymis schriller Ruf drang an sein Ohr, und sofort standen Stryker die Haare zu Berge. Einen Augenblick später stand Apollymi schon vor ihm. Das weißblonde Haar wallte um ihr schönes Gesicht, und ihre Augen waren, genau wie seine Augen und die Acherons, von einem blassen, wirbelnden Silber. Als sie Stryker jetzt anstarrte, lag in diesen Augen heller Zorn.

Wahrscheinlich hätte er sich fürchten sollen, aber das war ihm die Sache nicht wert. Styker hatte schon die schlimmsten Dinge erlebt, einschließlich Folter und Entmannung, der Tod wäre für ihn eine willkommene Erleichterung, wenn man ihn mit seinem gegenwärtigen Status des Nichts-Seins verglich.

»Stimmt irgendwas nicht?«, fragte er und wusste genau, dass sein nonchalanter Tonfall Apollymi noch zorniger machen würde.

Sie hätte bei seiner gönnerhaften Art am liebsten vor Wut losgebrüllt und den blutsaugenden Herrscher der Daimons in Grund und Boden geschmettert. Es wäre zu schön, wenn er endlich der Vergessenheit anheimfallen würde – wenn sie das nur bewerkstelligen könnte! Hätte sie nicht vor vielen Jahrhunderten diesen einen Augenblick der Schwäche gehabt, hätte sich Apollymi schon längst ein für alle Mal von Stryker befreit. Doch damals hatte Apollo seinen Sohn tödlich verwundet, und um es ihm heimzuzahlen, hatte Apollymi ihr Blut mit dem von Stryker vermischt und ihm so das Leben gerettet. Aber damit waren ihrer beider Lebenskräfte für alle Zeit aneinander gebunden.

Wenn Stryker starb, würde auch Apollymi sterben. Deshalb würde ihr Sohn Acheron Strykerius niemals ernsthaft etwas antun, egal wie wütend der Daimon ihn machte.

Aus dem gleichen Grund konnte auch sie Stryker nicht töten.

Das war wirklich Ironie des Schicksals, denn Apollymi war dafür bekannt, dass sie eine unbarmherzige Gottheit war, die niemals Mitleid für andere empfand. Die wenigen Situationen in ihrem Leben, bei denen sie Mitgefühl bewiesen hatte, hatten sich früher oder später entsetzlich gerächt.

Also konnte Apollymi im Moment nichts tun. Ihr Sohn Acheron wurde gerade angegriffen, und wahrscheinlich war ihr Adoptivsohn Stryker dafür verantwortlich.

»Was hast du getan?«, wollte sie von ihm wissen.

Stryker lehnte sich in seinem Stuhl zurück, verschränkte die Hände im Nacken und schaute Apollymi vorsichtig an. »Ich denke über einiges nach. Ich schwelge in Erinnerungen und bedaure ein paar Entscheidungen, die ich in der Vergangenheit getroffen habe. Man könnte auch sagen, ich blase Trübsal, aber ich würde jeden umbringen, der dumm genug wäre, das so zu formulieren.«

Ihr Haar flog noch wilder um sie herum, als würde ein starker Wind blasen. Sein Sarkasmus gefiel ihr nicht, und das ließ sie ihn merken. »Apostolos wird angegriffen. Hast du das angezettelt?«

Stryker wusste nicht, warum es ihn so wahnsinnig nervte, wenn Apollymi ihren Sohn Apostolos nannte, wo doch der Rest der Welt ihn als Acheron kannte, aber so war es nun mal.

Und jetzt mal ehrlich – angezettelt hatte er einen Scheißdreck. Er war die *direkte Ursache* für den Angriff auf Acheron. Das war ja wohl ein gewaltiger Unterschied.

Natürlich war er nicht so dumm, das laut zu Apollymi zu sagen. Ihrer beider Lebenskräfte mochten zwar miteinander verbunden sein, aber wenn es um ihren leiblichen Sohn und dessen Wohlergehen ging, verlor Apollymi jede Selbstbeherrschung und jeden Überlebensinstinkt.

Sie würde ihn und damit auch sich selbst umbringen, nur um Acheron zu schützen.

»Nein«, sagte Stryker ganz ehrlich. Er schaute wieder auf die *sfora*, die vor Apollymis Blicken verborgen war, und sah Krieg im Kampf gegen die Charonte-Dämonen, die es tatsächlich schafften, ihm jede Menge Wunden beizubringen. Acheron lag keuchend und röchelnd am Boden und sah ziemlich mitgenommen aus, aber er lebte. *Der Mistkerl.* Savitar rief seinen Dämonen etwas zu, aber solange Apollymi in der Nähe war, konnte Stryker in der *sfora* nichts hören.

Verdammt noch mal!

Er achtete sorgfältig darauf, eine möglichst nichtssagende Miene aufzusetzen und schaute Apollymi an. »Was kann ich für dich tun, *matera*?«, fragte er und benutzte dabei das atlantäische Wort für Mutter.

Apollymi holte tief Luft und versuchte herauszufinden, ob er die Wahrheit sagte. Strykerius war immer schon ein ausgezeichneter Lügner gewesen. Einst hatten sie gemeinsam Front gegen Apollo gemacht, aber das war schon lange her. Jetzt führten sie seit Langem einen komplizierten Kampf gegeneinander, bei dem jeder versuchte, dem anderen stets einen Schritt voraus zu sein.

Sie hätte Stryker und seine Daimons nur zu gern aus Kalosis geworfen. Doch so viel Ärger sie ihr auch machten – sie leisteten ihr Gesellschaft und bildeten ihre Armee, durch die sie noch immer Macht und Einfluss in der Sphäre der Menschen hatte. Ganz zu schweigen davon, dass Apollymis Kräfte wuchsen, solange sie von der Daimon-Armee verehrt wurde.

Anders als die kleine Gemeinschaft von Apollymis Priesterinnen, die ihr in der Welt der Menschen dienten, hatten die Daimons große Macht. Durch sie erst besaß Apollymi die Möglichkeit, Apostolos zu schützen.

»Ich will, dass deine Daimons Krieg bezwingen, und zwar auf der Stelle!«

»Es ist Tag, wir können nichts tun, bis die Sonne untergegangen ist. Du willst noch nicht etwa, dass wir umkommen und deine Macht schwindet, oder?«

Gern hätte sie Stryker das selbstgefällige Grinsen aus dem Gesicht geschlagen. Anders als der Rest seiner Horde von blonden Daimons war sein kurzes Haar so rabenschwarz wie sein Herz. Es war perfekt getönt, damit er auf keinen Fall so aussah wie sein Vater. »Beschütze meinen Sohn, Strykerius! Deine gesamte Existenz hängt davon ab. Denk dran, ich würde dich und mich töten, um ihn zu schützen.«

Stryker zwang sich zu warten, bis Apollymi gegangen war, dann verzog er voller Verachtung den Mund. Er konnte nicht glauben, dass er je so dumm gewesen war. Er hatte tatsächlich geglaubt, Apollymi würde ihn lieben wie ihren eigenen Sohn, würde ihn genauso beschützen und für ihn sorgen, wie sie es bei Acheron tat. Stryker hatte einst seinen eigenen Sohn getötet, um Apollymi zu beweisen, dass er es ernst meinte. Seit jenem Tag waren viele Jahre vergangen, und er war gezwungen, der Wahrheit über die Beziehung zu »seiner« Mutter ins Gesicht zu sehen. Seither war seine Bitterkeit immer noch größer geworden.

»Mach ihn fertig, Krieg!«, sagte er und warf wieder einen Blick in die *sfora*. Er wollte Blut sehen, doch leider sah er keines. Er sah überhaupt nichts mehr von Krieg, Acheron oder Savitar.

Stryker knurrte vor Wut und schleuderte die Kugel so fest gegen die Wand, dass sie zerschmetterte. Wohin zum Teufel waren die drei auf einmal verschwunden?

»Krieg ist frei!«

Bei dem wütenden Aufschrei schaute Artemis hoch. Ares war gekommen, er stand mitten in der Halle der Götter, wo sie und die anderen Götter des griechischen Pantheons gerade ein kleines Fest begingen.

Zeus, ihr gemeinsamer Vater, fluchte und erhob sich von seinem Thron. »Was hast du nur getan!«

Ares, groß und blond und mit seinen vom täglichen Training gestählten Muskeln, hob abwehrend die Hand. »*Ich* habe gar nichts getan. Es war der Sohn von Apollo, Strykerius, der ihn in die Welt entlassen hat.«

Artemis spürte, wie sie bei der Erwähnung ihres Neffen blass wurde. Wenn Stryker in die Sache verwickelt war, konnte er nur ein Ziel im Auge haben. Nämlich Acheron.

Bestimmt würden jetzt sowohl Acherons Mutter als auch Acheron selbst *sie* dafür verantwortlich machen, wenn man ihn angriff. Als ob Artemis so was jemals wagen würde!

Da sprang Athene auf. Sie bewegte sich so plötzlich, dass die Eule auf ihrer Schulter überrascht zu den Dachsparren der großen Halle aufflatterte. Im Handumdrehen hatte die Göttin ihre goldene Rüstung angelegt und wandte sich an Zeus. »Wir sollten so viele Götter aus den anderen Götterwelten zusammenrufen, wie wir nur können. Es wird sicher nicht lange dauern, dann wendet er sich gegen uns.«

Zeus nickte zustimmend. »Schick sofort Hermes los. Und ihr anderen: Macht euch bereit für Krieg!«

Artemis überging das Wortspiel ihres Vaters und machte sich auf den Weg zu ihrem goldenen Tempel. Sobald sie allein in ihrem Schlafgemach war, benutzte sie ihre Kräfte, um Acheron ausfindig zu machen. Er hatte große Schmerzen, aber er lebte. Sie seufzte erleichtert.

Obwohl er sie hasste und in ein paar Wochen eine andere heiraten wollte – das hätte sie ihm nur zu gern heimgezahlt –, liebte Artemis Acheron noch immer. Sie wollte auf keinen Fall zusehen müssen, dass er nach allem, was sie in den vergangenen Jahrhunderten zusammen durchgemacht hatten, umkam. Wenn Artemis zuließ, dass er starb, würde ihrer gemeinsamen Tochter das Herz brechen. Aber wie sollte sie ihn beschützen, wenn er nicht mal mit ihr sprach?

Kaum war ihr dieser Gedanke gekommen, da wusste Artemis, wie sie Stryker ein für alle Mal aufhalten könnte …

Zephyra.

Die Dämonin war vor vielen Jahrhunderten in ein Sanctuarium der Artemis geflüchtet, noch ehe Apollo die Apolliten verflucht hatte. Zunächst hatte Artemis sie hinauswerfen wollen, aber schließlich hatte sie Mitgefühl für die Frau empfunden und es sich anders überlegt. Auch sie war einst von Männern verraten worden, und zu dem Zeitpunkt, als Zephyra Artemis um Schutz bat, war Artemis gerade sehr wütend auf ihren Bruder Apollo und hatte dem arroganten Kerl eins auswischen wollen. In einem seltenen Augenblick von Mitgefühl hatte sie darum Zephyra erlaubt, in Griechenland zu bleiben.

Sie hatte nicht geahnt, wie nützlich ihr das eines Tages wäre.

»Zephyra?«, sagte sie und beschwor die Frau herauf.

Sie erschien augenblicklich vor Artemis.

Im Gegensatz zu Artemis, die sehr groß war, war Zephyra klein und zierlich. Trotzdem hoben ihre Eigenschaften und Qualitäten sie weit über alle anderen heraus – nur über die Götter nicht. Ihr langes blondes Haar war zu einem Zopf geflochten, der ihr auf den Rücken hing. Auf Außenstehende musste sie wirken wie eine Siebenundzwanzigjährige, und nicht wie die elftausend Jahre alte Kriegerin, die sie in Wirklichkeit war.

Sie neigte voller Respekt den Kopf. »Ja, Göttin?«

Artemis richtete huldvoll ihren Blick auf sie. »Ich habe einen Auftrag für dich. Ich glaube, er wird dir gefallen.«

»Wie lautet er?«

»Töte Strykerius!«

Zephyras schwarze Augen wurden groß, und sie hob das Kinn. »Den Sohn Apollos?«

Und außerdem der Mann, der Zephyra vor Jahrtausenden sitzen gelassen und sie verraten hatte. Strykerius war zwar als Neffe ein Blutsverwandter von Artemis, doch sie liebte ihn genauso wenig wie er sie. Die beiden hatten schon zu lange und zu erbittert gegeneinander gekämpft, als dass sie etwas anderes als Hass füreinander empfunden hätten.

Es war an der Zeit, damit Schluss zu machen – und auch mit Strykerius. »Ja.«

Zephyras obsidianfarbene Augen leuchteten freudig auf. »Sag mir, wo er ist, Göttin, und du wirst stolz auf mich sein.«

Stryker rief seine Daimons aus der ganzen Welt zusammen und hielt für sie die Schlupflöcher offen, damit sie sich in Kalosis versammeln konnten. Apollymi meinte, er würde ihren Befehl, Acheron zu schützen, getreu befolgen. In Wahrheit aber wollte Stryker seine Daimons wie Bauern auf dem Schachbrett benutzen, um an Nick und Acheron heranzukommen. Wenn sie schon sonst nichts erreichen konnten, würden sie Nick und Acheron im Kampf wenigstens so lange in Atem halten, bis Krieg ihnen die Kehle durchschnitt.

Blut konnte nur mit Blut abgewaschen werden.

Nick hatte Strykers geliebte Schwester getötet. Und Acheron musste sterben, weil es nicht in Strykers Natur lag, dem Dreckskerl nach so vielen Jahrhunderten doch noch den Sieg zu überlassen. Apollymi hatte ihn, Stryker, kaputt gemacht, es war also nur fair, es ihr mit gleicher Münze heimzuzahlen. Letztlich hatte sie Strykers Sohn auf dem Gewissen – also würde Stryker jetzt ihren Sohn töten.

Ein weiterer Lichtblitz kündigte einen Neuankömmling an. Stryker wartete, um zu sehen, wie der Daimon-Neuling sich machte. Wie fast alle Neuen landete er erst mal flach auf dem Rücken und stieß ein lautes »Uff!« aus. Dann wimmerte er doch tatsächlich wie ein Kind, wand sich auf dem Boden und jammerte, weil er Schmerzen hatte. »Ich glaube, ich hab mir den Arm gebrochen.«

Stryker stieß einen langen, genervten Seufzer aus. Er sehnte sich nach früheren Tagen, als die Daimons und die Apolliten noch echte Krieger gewesen waren. Damals waren sie auf den Füßen hier in der Halle gelandet, augenblicklich bereit zum Kampf. Diese neuen Generationen von Daimons hingegen waren fast so armselig und schwach wie die Menschen, von deren Blut sie sich ernährten.

Es war eine Supermarkt-Welt mit einer Wegwerf-Mentalität. Heutzutage bereitete sich die Menschheit nicht mehr auf Kriege vor, sondern rottete sich in großen Städten zusammen, in denen die Sitten und der moralische Wandel sehr locker waren. Menschen waren heutzutage leichte Beute, und die Daimons mussten kaum noch um ihre Nahrung kämpfen. Sie brauchten bloß in eine Bar oder einen Club zu spazieren, eine betrunkene Frau oder einen betrunkenen Mann finden und nach draußen schaffen, um ihm oder ihr dort die dumme, bereitwillige Seele herauszureißen und sie zu fressen. Kein Kampf mehr, keine Überredungskünste, gar nichts.

Für die Daimons war das wie Fast Food.

Die einzige Herausforderung bestand nach wie vor darin, den Dark Huntern und insbesondere Acheron aus dem Weg zu gehen.

Deshalb hatte Stryker seine Schwester so geschätzt. Sie war fortwährend wütend und hatte ständig irgendetwas geplant, sie hatte immer versucht, jemanden zu verraten oder ein Komplott anzuzetteln, um irgendwen über den Tisch zu ziehen – manchmal sogar Stryker selbst. Es hatte ihn auf Trab gehalten und seine Fähigkeiten geschult.

Jetzt würde er bald genauso abschlaffen wie alle anderen.

Er war diese ganze Schwäche leid und wandte sich gerade ab, als er sah, wie Kessar auf seinen Thron zukam. Kessar war ein sumerischer *gallu* und sah aus wie ein menschlicher Dressman und nicht wie der tödliche Killer, der er in Wirklichkeit war. Sogar sein braunes Haar war so perfekt gestylt und von seinen roten Augen zurückgekämmt, dass er jederzeit für ein politisches Amt hätte kandidieren können. Seine Gesichtszüge waren fein und doch scharf wie ein Rasiermesser, und er war ungeheuer grausam. Genau wie Stryker setzte der Dämon sein gutes Aussehen ein, wann immer er es auf Menschen abgesehen hatte.

Vor allem die Menschenfrauen wurden schnell schwach und waren meistens leichte Beute. Sie taten alles, um die Aufmerksamkeit eines schönen Mannes zu erregen. Ach ja, selig die schwach im Geiste waren! Sie alle hatten ihren schmerzhaften Tod verdient.

Stryker schaute Kessar an. »Falls du den da zu Mittag fressen willst – ich hab nichts dagegen.«

Langsam breitete sich ein Grinsen über Kessars Gesicht aus, dann versetzte er sich blitzschnell auf die andere Seite des

Raums, packte den Daimon, zerrte ihn vom Boden hoch und riss ihm die Kehle heraus.

Das war das ganz normale *survival of the fittest.* Strykers Leute waren ungeheuer spartanisch in ihrem Glauben: Wer nicht stark genug war, um zu kämpfen, der war auch nicht stark genug, um zu leben. Schlicht und perfekt, genau wie Strykers neuer Plan.

Kessar fluchte, als der Daimon sich in Staub verwandelte. »Ich hasse diesen sandigen Geschmack zwischen den Fangzähnen! Es ist, als würde man versuchen, in einen Wüstensturm zu beißen. Man kann gar nicht so viel Blut trinken, wie man braucht, um den Sand wieder aus dem Mund zu kriegen.«

Stryker zuckte desinteressiert mit den Schultern. »Das hast du nun davon, dass du so gierig bist. Du weißt doch, was passiert, wenn du einen Daimon umbringst. Du hättest ja einfach nur sein Blut trinken und ihn am Leben lassen können.«

Kessar spuckte aus. »Du hast aber schlechte Laune. Hat dir jemand ins Blut gepisst, oder was?«

Ehe Stryker antworten konnte, zuckte ein neuer Lichtblitz auf. Stryker biss die Zähne zusammen und erwartete den nächsten schwachen, armseligen Loser.

Doch etwas Schwarzes landete in tödlich geduckter Stellung auf dem Boden. Er konnte gerade erkennen, dass es eine Frau war, da griff sie ihn auch schon so wild und schwungvoll an, dass es einem wütenden Tiger alle Ehre gemacht hätte. Mit einem Tritt holte sie ihn von seinem Thronsessel, und er konnte sie gerade noch am Handgelenk packen, sonst hätte sie ihn mit einem riesigen Dolch enthauptet.

Sie versetzte ihm einen Kopfstoß und drängte ihn zurück. Stryker schüttelte den Kopf, um ihn wieder klar zu bekommen. Die Frau drückte ihn gegen die Wand, und er packte sie bei den Armen und stürzte mit ihr zu Boden, weil er sie nicht mehr von sich hatte wegschleudern können.

Er legte seine Fangzähne bloß und wollte ihr gerade die Kehle herausreißen, als sein silbrig wirbelnder Blick ihren schwarzen Augen begegnete.

Zephyra.

Eine Sekunde lang fühlte er sich an jenen Tag vor elftausend Jahren zurückversetzt, als sie einander zum ersten Mal begegnet waren. Die Seeluft hatte ihr die blonden Locken um das zierliche Gesicht geblasen, schlank und klein war sie gewesen – und schön wie eine Göttin.

Als er damals die Hand nach ihr ausgestreckt hatte, hatte sie sich mit einem Fluch nach ihm umgewandt, der dem Fluch eines Mannes in nichts nachstand, und ihm das Knie in die Lenden gestoßen, weil er es gewagt hatte, sie zu berühren.

Genau das versuchte sie auch jetzt wieder, aber diesmal war Stryker darauf vorbereitet. Er wich ihr aus, während ihn die unterschiedlichsten Gefühle durchzuckten: Glück, Wut, Freude, Verwirrung.

Die ganze Zeit, so viele Jahrhunderte lang, hatte er geglaubt, Zephyra wäre tot!

Er konnte es kaum fassen, dass sie tatsächlich quicklebendig vor ihm stand. Sie hatte den Fluch des Apollo überstanden und es geschafft, die Ewigkeit zu überleben … genau wie er.

»Was machst du denn hier?«

Sie beantwortete seine Frage mit einem Streich ihres Dolches, der nur knapp seine Kehle verfehlte. »Ich dachte, wir plaudern mal ein bisschen über die guten alten Zeiten. Oder wir spielen vielleicht *Mensch ärgere dich nicht.*«

Stryker packte sie am Arm, schleuderte sie herum und drückte sie seinerseits an die Wand. Er verdrehte ihr den

Arm, sodass sie gezwungen war, den Dolch loszulassen. Dann packte er sie mit einer Hand am Hals und hielt sie fest. »Da fallen mir aber viel bessere Spiele ein.« *Strip-Poker zum Beispiel*, wollte er gerade sagen, da traf ihn etwas am Rücken und riss ihn von Zephyra weg.

Mit tödlichem Knurren wandte er sich zu dem neuen Angreifer um. Er würde jeden töten, der dumm genug war, sich mit ihm anzulegen. Doch dann erstarrte er und blieb vor Schreck wie angewurzelt stehen. Sie war das genaue Ebenbild von Zephyra: die gleichen blonden Locken, die gleichen dunklen Augen, genauso groß und genauso schwer.

Er hätte sie für eineiige Zwillingsschwestern gehalten, wenn er nicht genau gewusst hätte, dass Zephyra keine Geschwister hatte.

»Nimm deine dreckigen Hände von meiner Mutter!«

Kapitel 3

»Von meiner Mutter?«, wiederholte Stryker fassungslos, doch in der nächsten Sekunde packte Kessar Zephyras Tochter. Der Dämon riss schon den Mund auf und wollte ihr in die Kehle beißen, aber Stryker hielt ihn gerade noch zurück, bevor er sie umbrachte.

Kessars rote Augen leuchteten hell auf, er verzog den Mund und ließ die Frau mit einem Knurren los. »Na, dann sollen sie sich halt über dich hermachen. Ist mir doch egal, ob du stirbst oder nicht.«

Zephyra ging auf Stryker los und hielt ein Schwert in der Hand, das wie aus dem Nichts erschienen war. Sie setzte dazu an, es ihm in den Leib zu stoßen. Stryker sprang zurück, beschwor mit seinen Kräften ein eigenes Schwert herauf und wehrte ihre Klinge ab. Das Krachen von Stahl auf Stahl dröhnte durch die Halle und rief ein Echo hervor, während Zephyra einen Schlag nach dem anderen parierte. Parade, Ausfall. Die Frau stand immer genau richtig, als wüsste sie schon im Voraus, was er tun würde.

Stryker lächelte. Er hatte seit einer Ewigkeit gegen niemanden gekämpft, der ihm und seinen Kampfkünsten ebenbürtig war – bis auf Acheron. Doch hier stand sie nun, die Tochter eines einfachen Mannes, und kämpfte so gut wie ein

Berufssoldat. Er fragte sich, wer ihr das beigebracht hatte. »Ich hab ja immer schon gewusst, dass du deinen Mann stehst, Schätzchen, aber ich hatte keine Ahnung, dass du auch mit diesen Dingern aus Stahl umzugehen weißt.«

Sie knurrte nur kurz auf, dann trat sie nach ihm und traf ihn in die Seite.

Stryker stöhnte vor Schmerz auf, dabei musste er erkennen, dass sie sich noch zurückgehalten hatte.

»Dieses Schwert enttäuscht einen wenigstens nicht, da muss man keine Angst haben, dass es in der Hitze des Gefechts plötzlich erschlafft!«, spottete Zephyra.

»Ich bin nie schlaff geworden!«, empörte sich Stryker.

Sie verdrehte die Augen, während sie einen weiteren Angriff abblockte. »Glaub mir, Süßer, *so* gut warst du nun auch wieder nicht. Ich bin einfach eine sehr gute Schauspielerin.«

»Igitt!«, stöhnte ihre Tochter und wich zurück, damit sie mehr Platz zum Kämpfen hatten. »Sei mir nicht böse, Mum, aber ich will mir nicht anhören, mit wem du geschlafen hast. Setz bitte dem sexuellen Geplänkel ein Ende und mach ihn alle, sonst werde ich noch taub.«

Zephyras Augen verdunkelten sich, und ihr Mundwinkel hob sich zu einem bösen Lächeln. »Sei nicht so prüde, Medea. Schließlich wolltest du doch deinen Vater kennenlernen. Tut mir leid, dass eure Bekanntschaft so kurz gerät, aber glaub mir, du hast nicht viel verpasst.«

Stryker schwankte unter dem Gewicht dieser Eröffnung. Er dachte überhaupt nicht mehr an den Kampf. Vollkommen abgelenkt schaute er seine Tochter an, die genauso überrascht aussah wie er selbst. Jetzt bemerkte er die subtilen Feinheiten, die ihre Gesichtszüge von denen ihrer Mutter unterschieden. Diesen Fehler bezahlte er teuer, denn Zephyra stach ihn mitten in die Brust und verpasste nur ganz knapp sein Daimon-Zeichen. Hätte sie ihn auch nur einen Millimeter höher getroffen, wäre er zu Staub zerfallen.

Die Wunde schmerzte höllisch.

»Hör auf!«, schrie Medea und zerrte ihre Mutter zurück.

Stryker fluchte, presste seine Hand auf die Wunde und kämpfte gegen den Schmerz an.

Zephyra schob Medea weg und wandte sich wieder ihrem Gegner zu. Stryker hob erneut sein Schwert, bereit zum Kampf. Medea drängte sich zwischen die beiden und schob ihre Mutter zur Seite.

»Ist er wirklich mein Vater?«

Zephyra schleuderte ihr Schwert nach ihm, und Stryker sprang rasch aus dem Weg. Er spürte die Klinge, als das Schwert an seiner Wange entlangglitt und sich in die Wand hinter ihm bohrte.

Zornig wollte er wieder auf sie losgehen.

Aber Medea drehte sich zu ihm um, und ihr Gesichtsausdruck war dem von Urian so unglaublich ähnlich, dass Stryker völlig verblüfft war.

Urian – sein geliebtes Kind. Der einzige Sohn, der ihm je etwas bedeutet hatte. In diesem Augenblick wusste er, dass Zephyra die Wahrheit sagte.

Medea war sein Kind.

Diese unglaubliche Erkenntnis traf ihn so, dass er beinahe in die Knie gegangen wäre. Er hatte eine Tochter, und sie war am Leben …

Medea schluckte, während sie ihn betrachtete. »Du bist Strykerius? Der Sohn des Apollo?«

Stryker nickte.

Sie trat einen Schritt auf ihn zu, aber ihre Mutter packte sie am Arm und hielt sie zurück. »Wag es ja nicht, ihn zu umarmen. Nicht nachdem er uns einfach so dem Tod ausgeliefert hat!«

»Das habe ich nicht getan«, fuhr er sie an. »Du hast mich belogen! Du hast gesagt, du hättest das Kind verloren.«

»Ich wollte dich nicht mit einem Kind an mich fesseln. Ich wollte, dass du bleibst, weil du mich liebst. Aber ich allein war dir wohl nicht gut genug, was? Du bist vor deinem Vater zu Kreuze gekrochen – und wofür? Damit er alle verfluchte, die auch nur einen Tropfen apollitisches Blut in den Adern hatten? Ich habe dir damals schon gesagt, dass dein Vater sich einen Dreck aus dir macht. Du hättest besser auf mich gehört.«

Sie hatte recht behalten, aber das war keine Entschuldigung dafür, dass sie ihn angelogen hatte. Ihr Verrat war genauso schlimm wie der Verrat seines Vaters.

»Du hast mich rausgeschmissen.«

Sie verdrehte die Augen. »Du bist immer schon ein Schwachkopf gewesen!«

Kessar lachte laut. »Endlich mal jemand, der mit mir einer Meinung ist!«

Stryker starrte den Dämon an, dessen Anwesenheit er vollkommen vergessen hatte. »Was machst du denn noch hier?«

»Der Unterhaltungswert dieser Szene ist einfach unglaublich. Ich habe noch nie gesehen, wie jemand von einer ganz normalen Frau derart den Arsch vollgekriegt hat.« Kessar hatte kaum zu Ende gesprochen, da streckte Medea den Arm aus, etwas Schwarzes schlang sich um Kessars Hals und warf ihn zu Boden. Erst da begriff Stryker, was es war.

Asfyxen. Es erinnerte an ein Bolo-Messer, aber es war wesentlich kleiner und viel tödlicher.

Medea bewegte sich mit den gleichmäßigen Schritten einer Kriegerin auf den Dämon zu, ergriff eine der schwarzen Kugeln, die etwa so groß waren wie Golfbälle, und zog Kessar zu sich, während er keuchend und japsend versuchte, den Draht zu lockern, der ihm die Luft abschnürte. »Eine Frau solltest du niemals unterschätzen, Dämon. Wir herrschen auf dieser Welt.«

Stryker spürte, wie ihm ein Schauer über den Rücken lief. Sie war ganz genau wie Urian …

Bloß eine weibliche Version.

Er hätte nicht stolzer auf sie sein können.

Sie stieß Kessar zurück und löste den Draht mit elegantem Schwung von seinem Hals. »Das nächste Mal überlegst du lieber vorher, was du sagst, sonst könnte es dich den Kopf kosten.«

Kessars Augen glühten vor Zorn. »Das ist nicht das letzte Mal, dass wir uns begegnet sind, kleines Mädchen. Das nächste Mal wird schon sehr bald sein.«

Sie steckte das *asfyxen* zurück in den Ärmel. »Gut, ich freu mich schon drauf.«

Kessar verschwand.

Medea drehte sich zufrieden lächelnd wieder zu den beiden anderen um.

Stryker verbarg seine Belustigung. »Du weißt aber schon, dass er ein verdammt gefährlicher Dämon ist, oder?«

»Er ist gar nichts im Vergleich zu ihr«, sagte Zephyra stolz. »Medea hat Kräfte, die du dir nicht vorstellen kannst. Nicht dass dich das irgendwas anginge.«

Ehe Stryker antworten konnte, versetzte sie ihm einen Kopfstoß. Er sah Sterne, dann wurde es dunkel um ihn.

Zephyra zog einen Dolch aus dem Stiefel, kniete sich neben Stryker und wollte ihn töten, aber ehe sie zustechen konnte, packte Medea sie am Handgelenk.

»Was machst du da?«

Medea schaute ihr entschlossen in die Augen. »Er ist mein Vater. Könnte ich wenigstens einmal mit ihm sprechen, ehe du ihn umbringst?«

Zephyra schnaubte. »Dein Vater ist ein Arschloch, Schatz. Das kannst du mir glauben, ich kenne ihn gut genug. Du verpasst überhaupt nichts, und wenn du jetzt nicht zulässt, dass ich ihn umbringe, machst du es später nur selbst.«

»Dann lass mich das später erledigen. Ich will wenigstens fünf Minuten Zeit mit ihm verbringen.«

Zephyra riss sich aus Medeas Griff los. »Mach dich nicht lächerlich. Artemis will, dass er stirbt. Ohne sie wären wir beide heute überhaupt nicht hier. Dein *Vater*«, sie spie das Wort geradezu aus, »hat uns verlassen.«

»Ich weiß. Das hast du mir so oft gesagt, dass es in mein Hirn eingebrannt ist. Aber er ist trotzdem ein Teil von mir, und ich würde die ganze Sache gern gründlich abschließen.«

»Du solltest wirklich nicht so oft *Oprah* gucken. Du bist eine Abbadonrani, Mädchen, also verhalt dich auch wie eine!«

Mit einer fließenden, eleganten Bewegung zog Medea ihrer Mutter den Dolch aus der Hand und setzte ihn ihr an die Kehle. »Du hast völlig recht, Mum. Steh auf und tritt einen Schritt zurück. Ich werde ihn jetzt bewachen.«

Zephyra lächelte stolz, dann nahm sie ihrer Tochter den Dolch weg. »Eines musst du bedenken, Süße, Dämonen kannst du vielleicht herumkommandieren, aber diesen Daimon hier nicht.« Sie neigte den Kopf und spürte, wie ihre

Augen sich veränderten und zu einem kräftigen Orange wurden.

Stryker erwachte mit einem heftig klopfenden Schmerz in seinem Kopf. Einen Augenblick konnte er sich nicht erinnern, was vorgefallen war, aber als er die Augen öffnete und merkte, dass er an eine Wand gekettet war, sah er alles wieder völlig klar vor sich.

Seine erste Frau war zurückgekehrt und rächte sich.

Wütend rappelte er sich auf und riss an der dicken Kette, die zu einer stählernen Befestigung in der Wand führte. Er war an jedem Fußgelenk und jedem Handgelenk gefesselt und konnte sich zwar bewegen, aber nicht besonders viel.

Doch er hatte es wesentlich besser als der Mann, der ihm gegenüber an die Wand gekettet war. Er war groß und schlank und sah aus, als wäre er durch die Hölle gegangen, und zwar im wahrsten Sinne des Wortes. Das schmutzige, verfilzte rotbraune Haar fiel ihm bis auf die Schultern, er war nackt und sein Körper voller Wunden und Bissspuren. Dass diese Wunden trotz der schwarzen Stammestattoos, die Oberkörper, Arme und Schenkel bedeckten, überhaupt sichtbar waren, zeigte nur, wie tief und gefährlich sie sein mussten. Im Gegensatz zu Stryker wurde der Mann durch seine Ketten dazu gezwungen, aufrecht zu stehen. Die Ketten hielten seine Arme über dem Kopf ausgestreckt, und ein dichter, ungepflegter Bart bedeckte sein feinknochiges Gesicht.

»Was zum Henker haben sie denn mit dir gemacht?«

Der Mann lachte und zerrte an den Ketten, mit denen seine Handgelenke gefesselt waren. Er lehnte den Kopf an die Wand und starrte Stryker an. Der sog scharf die Luft ein, als er die gelben Augen des Mannes sah, die ein blutroter Rand umgab. »Sie haben sich von mir ernährt. Und ich schätze mal, du bist der nächste Gang.«

Stryker war verwirrt. »Du bist weder Daimon noch Apollit. Was haben sie davon, wenn sie sich von dir ernähren?«

Er lachte bitter. »Das solltest du *denen* mal sagen.«

Stryker runzelte die Stirn, als er das dünne schwarze Band sah, das der Mann um den Hals trug. Es sah aus wie eine Art Sicherheitshalsband. »Was bist du?«

»Ich bin elend.«

Zweifellos. Er sah wirklich mehr als elend aus. »Hast du auch einen Namen?«

»Jared.«

»Ich bin …«

»Strykerius, aber man nennt dich Stryker. Du hasst die Göttin, der du dienst, und versuchst, ihren einzigen Sohn zu töten. Außerdem hast du dem früheren Menschen Rache geschworen, der deine Schwester umgebracht hat.«

Stryker erstarrte, als das Wesen alle seine Pläne offenlegte. »Woher weißt du das?«

»Ich weiß alles. Ich spüre jeden Herzschlag des Universums. Ich höre jeden Schrei nach Gnade und spüre jede Träne, die vor Schmerz vergossen wird.«

Er jagte ihm unglaubliche Angst ein.

»Tut mir leid«, sagte Jared. »Das geht mir mit vielen Leuten so.«

»Wie geht es dir mit ihnen?«

»Ich jage ihnen Angst ein.«

»Kannst du etwa meine Gedanken hören?«

Ich höre sie schon, ehe du sie noch gedacht hast. Diesmal sprach Jared nicht. Seine Stimme erklang laut und deutlich in Strykers Kopf.

»Bleib von meinem Kopf weg!«

Jared grinste ihn höhnisch an. »Glaub mir, das würde ich gern, in deinem Kopf herrscht nämlich ein ganz schönes Durcheinander. Aber du bist mir körperlich zu nahe, ich kann das nicht abstellen.« Er schlug den Kopf gegen die Mauer. »Nur durch Schmerz kann ich deine Gedanken aus meinem Kopf heraushalten.«

»Schlagen sie dich deshalb?«

Jared starrte Stryker kalt und abwehrend an. »Meistens schlagen sie mich einfach nur, weil es ihnen Spaß macht.«

Stryker verspürte ehrliches Mitgefühl für das Wesen, das so schreckliche Qualen erdulden musste. Der Mann hatte etwas an sich, das ihm bekannt vorkam, aber er konnte es nicht einordnen. »Wie lange bist du schon hier?«

Jared seufzte müde. »Medea kommt.«

Kaum hatte er die Worte ausgesprochen, da trat sie auch schon durch die Tür. Sie trug Jeans und eine rote Bluse, und sie war schön. Kein Vater hätte sich ein perfekteres Kind wünschen können.

Ein liebenderes Kind vielleicht, aber kein schöneres.

Sie schaute Jared an, und einen Augenblick blitzte Mitgefühl in ihren Augen auf, aber es verschwand schnell wieder und verwandelte sich in Gleichgültigkeit. Jared hingegen schaute sie wütend und herausfordernd an.

Medea wandte sich Stryker zu. »Es tut mir leid, dass du im Moment in dieser Lage bist.«

Jared schnaubte. »Ja, sie ist voller Mitgefühl. Schau mich an, dann weißt du genau, wie wahnsinnig mitfühlend sie ist.«

»Halt den Mund.«

Ein lederner Maulkorb erschien über Jareds unterer Gesichtshälfte. Jared knurrte und versuchte, sich von seinen

Ketten zu befreien und den Maulkorb loszuwerden, aber vergeblich. Im Kampf gegen die Fesseln spannten sich seine Muskeln an.

»Ist das wirklich nötig?«, fragte Stryker seine Tochter.

Sie ignorierte sowohl die Laute, die von Jared kamen, als auch Strykers Fragen. »Du solltest dich lieber um dich selbst kümmern.«

»Wieso, willst du mich etwa umbringen?«

»Ich bin sicher, das wird Matera bei der ersten Gelegenheit tun, die sich ihr bietet.«

»Warum bin ich dann hier?«

Medea verschränkte die Arme vor der Brust und zuckte die Achseln. »Reine Neugier. Ich will wissen, woher meine Kräfte kommen und wie ich sie besser beherrschen kann. Ich weiß, dass ich sie nicht von meiner Mutter habe. Sie hat hellseherische Fähigkeiten, aber sie kann keine Dinge heraufbeschwören, so wie ich das kann.«

Ihre Worte faszinierten ihn. Worin genau bestanden die Kräfte seiner Tochter? »Was denn für Dinge?«

»Mich«, hörte er Jareds Stimme in seinem Kopf.

Medea wandte sich an Jared und schleuderte einen Blitz auf seine Brust. Er zischte vor Schmerz, als ein schwarzer Kreis aufglühte und sich in sein Fleisch brannte. Sein ganzer Körper spannte sich an.

»Halt dich da raus.«

Stryker biss die Zähne zusammen, als er sah, wie eine einzelne rote Träne des Schmerzes langsam über Jareds Wange glitt. Wie merkwürdig, dass er Blut weinte! Stryker hatte noch nie von einem solchen Wesen gehört. Aber völlig egal, was er nun eigentlich war, Jared hatte diese Behandlung nicht verdient.

Stryker starrte seine Tochter an. »Weißt du, so grausam ich auch bin, für Folter hab ich nie etwas übrig gehabt. Entweder lässt du ihn frei oder du bringst ihn um.«

Sie schüttelte den Kopf. »Das würde meine Mutter niemals zulassen.«

»Dann lass ihn in Frieden.«

»Du magst wirklich keine Folter, was?«

»Nein, tu ich nicht. Es ist eine Sache, wütend um sich zu schlagen, aber eine ganz andere, jemandem nur aus Spaß schreckliche Qualen zuzufügen. Ich bin Soldat und kein Feigling.«

»Nennst du mich etwa einen Feigling?«

Stryker schaute wieder zu Jared, der vor sich hin keuchte und versuchte, den heftigen Schmerz seiner Wunde zu ertragen. Der Blitz verbrannte seine Haut weiterhin, und seine Brust schwelte noch immer. »Man sollte dem Gegner immer die Gelegenheit zum Kämpfen geben. Der Bessere soll siegen. Wenn du selbst nicht der Bessere bist, stirbst du zumindest ehrenhaft.«

Medea schaute ihn mit hochgezogener Augenbraue an, dann wandte sie sich zu dem anderen Gefangenen um. »Jared, lügt er mich an?« Sie hob die Hand, und der lederne Maulkorb verschwand.

»Nein«, sagte Jared angestrengt und schwach. »Er lebt nach einem sehr verschrobenen moralischen Wertesystem.«

Dieses Wesen und seine Fähigkeiten faszinierten Stryker. »Was ist er? Dein persönlicher Lügendetektor?«

Sie lächelte kurz und missbilligend. »Ja, so was in der Art.«

Jared spottete. »Warum sagst du ihm nicht die Wahrheit? Ich bin dein Haushund, den du an die Kette gelegt hast, damit er nicht auf den Teppich pinkelt.«

Mit einer Handbewegung ließ sie den Maulkorb wieder auf seinem Gesicht erscheinen. »Warum musst du mich immer so reizen?«

Jared ruckte an seinen Fesseln und gab irgendetwas Unverständliches von sich.

Seine Stärke war bewundernswert. Stryker sah in den Augen seiner Tochter ein wenig Respekt aufscheinen.

»Ihr beiden Turteltäubchen kämpft also die ganze Zeit so miteinander?«, fragte er.

Medea schnaubte. »Ich kämpfe nicht mit ihm, ich benutze ihn als Werkzeug.«

»Wie denn?«

Sie antwortete nicht. »Matera will dich umbringen, weil du uns verlassen hast.«

»Aber?«

»Ich will verstehen, wieso du die Frau verlassen hast, die du liebtest, ohne auch nur ein einziges Mal zurückzuschauen oder es zu bedauern. Diese Art Egoismus ist mir wirklich ein Rätsel.«

Stryker erstarrte, denn ihre Anschuldigung traf ihn im tiefsten Inneren. Er und es nicht bedauern? Er hatte jeden Tag seines Lebens bedauert, dass er Zephyra verloren hatte! Aber er war nach dem Leitsatz erzogen worden, dass Pflicht Vorrang vor Liebe haben musste.

Und zwar immer.

Sein Vater hatte verlangt, dass er sich von Zephyra scheiden ließ und eine Priesterin heiratete. Er musste das erfüllen, was sein Vater für ihn vorgesehen hatte – und das hatte er auch getan. Aber nicht nur das. Zephyra hatte Apollo fast rausgeschmissen, als er ihr gesagt hatte, was er von ihr und ihrer niederen Herkunft hielt.

»Die Tochter eines Fischers – verheiratet mit dem Sohn eines Gottes? Seid ihr beiden wahnsinnig geworden? Du kannst dir jede Menge Huren nehmen, Strykerius. Ich habe dich nicht aus der Schlacht gerettet, um jetzt zuzuschauen, wie du die hier heiratest und wertlose Kinder aus niederem genetischen Material in die Welt setzt.«

Stryker hätte Zephyra verteidigen müssen, das hatte er damals schon gewusst. Aber er war erst vierzehn gewesen, im heiratsfähigen Alter der Antike, und er hatte Angst gehabt, weil sein Vater so mächtig war. Er fürchtete, seinen Vater, den Gott, zu enttäuschen, der ihm damals alles bedeutet hatte.

»Na, was ist?«, fragte Medea. »Antworte mir. Warum hast du uns verlassen?«

Stryker setzte ein ausdrucksloses Gesicht auf. Er war kein eingeschüchterter Junge mehr – er war ein General und elftausend Jahre alt. »Ich bin niemandem eine Antwort schuldig und ganz sicher nicht meiner Tochter. Was damals passiert ist, geht nur deine Mutter und mich etwas an.«

»Du willst also lieber sterben?«

»Ich bin ein Krieger, Medea. Ich habe den Tod als unvermeidliches Faktum akzeptiert, als ich mein erstes Schwert ergriffen und den Kampf begonnen habe. Ich habe meinen Sohn getötet, weil er mich verraten hat. Irgendwie scheint es mir passend, dass meine Tochter jetzt mich tötet. Ich werde nur eines bedauern: Mein Kind, das mir so ähnlich ist, dass sie mich mitleidlos und ohne zu zögern hinrichtet, hätte ich gerne besser kennengelernt.«

Medea hob den Arm, und Stryker erwartete seinen Tod. Stattdessen zerbrachen die Ketten an seinen Hand- und Fußgelenken.

»Komm mit.«

Stryker folgte ihr, und ein neuer Plan reifte in seinem Kopf. Sie hatte keine Ahnung, dass er kein folgsamer Welpe war, der sich von jedem herumkommandieren ließ.

An der Tür drehte er sich um und sah Jared schlaff in seinen Ketten hängen, den Maulkorb fest auf dem Gesicht. Eine Welle von Mitgefühl überlief ihn.

Ich muss dir nicht leidtun, Stryker. Ich hab es mir nicht ausgesucht, dass ich hier bin.

Diese unheilverkündenden Worte klangen ihm im Kopf, während er Medea nach draußen folgte. Sie warf die Tür zu, jetzt konnte er Jared nicht mehr sehen.

»Ist er ein Gefangener?«

»Nein. Er war ein Geschenk.«

»Ein Geschenk?«

Sie nickte, erklärte ihm aber weiter nichts.

»Von wem denn?«, wollte er wissen.

Sie öffnete eine Tür und führte ihn in einen kalten, nüchternen Raum. »Jared ist nicht unser Thema, wirklich nicht.«

Vielleicht …

Medea ging den Flur hinunter. Jetzt, wo Stryker aus der Zelle heraus war, spürte er, wie seine Kräfte wiederkehrten. Auf dem Raum musste eine Art Fluch liegen, der einem die Kräfte nahm. Nachdem der Fluch jetzt nachließ …

Mit neuer Kraft eilte er zu seiner Tochter und packte sie von hinten.

»Ich bin ein Anführer, mein Kind. Ich folge niemandem nach.« Er packte sie fester und versetzte sie und sich selbst aus dem Gebäude heraus und nach Kalosis.

Kapitel 4

Medea brüllte vor Zorn und versuchte, sich wieder aus Kalosis wegzuversetzen.

Stryker schüttelte missbilligend den Kopf. »Ich habe den Kanal längst verschlossen, du kannst nicht raus, bis ich ihn wieder öffne.«

Ihre schwarzen Augen blitzten vor Wut und erinnerten ihn unglaublich an ihre Mutter. »Matera wird dich dafür töten!«

Er ließ sie los und trat einen Schritt zurück. »Sie wollte mich doch ohnehin töten. Was macht das für einen Unterschied?«

»Sie hatte bisher nicht vor, dich erst noch zu foltern, aber jetzt wird sie sich das garantiert anders überlegen.«

Stryker zuckte nur nachlässig die Achseln. »Du wolltest doch Zeit mit deinem Vater verbringen: Hier bin ich also.« Seine Gesichtszüge wurden hart, als er ihrem Blick begegnete, und er ließ sie seine Entschlossenheit spüren. »Du solltest eines über mich wissen: Ich erfülle nie die Bedingungen, die andere stellen. Ich bin ein geborener Anführer, und das werde ich immer bleiben. Ich lasse mir von niemandem sagen, was ich tun muss.« Die letzte Person, der er gehorcht hatte, das war sein Vater gewesen, hatte ihn verraten. In jener Nacht hatte er geschworen, dass sein Leben in Zukunft ihm allein gehören würde und niemandem sonst.

Medea verzog die Lippen. »Matera hat recht, du bist wirklich ein Arschloch.«

Es amüsierte ihn, dass sie so sauer war. »Das stimmt nicht. Ein Arschloch würde dich jetzt seinen Dämonen vorwerfen. Ich dagegen bin dein Vater, und es fehlt mir sehr, dass ich meine Kinder nicht um mich habe. Diese Schwäche ist der einzige Grund, aus dem du überhaupt noch am Leben bist, nachdem du mich bedroht hast.«

Er streckte die Hand aus und wollte ihre Wange berühren. Sie spannte sich an, und er war wirklich überrascht, dass sie ihm nicht die Fangzähne in die Hand schlug. Stattdessen starrte sie ihn voller Verachtung an. Sie erinnerte ihn unglaublich an seine Tochter, die vor elftausend Jahren gestorben war. Nur war Tannis keine Kriegerin gewesen. Sie hatte die Liebe zum Leben nie mit ihrem Bruder Urian geteilt. Anders als Medea.

Tannis hatte sich an ihrem siebenundzwanzigsten Geburtstag einfach kampflos dem Verfall hingegeben. Stryker hatte sie in den Armen gehalten und sie angefleht, einem Menschen das Leben zu nehmen, damit sie wenigstens noch einen Tag länger leben könnte. Doch sie hatte sich starrköpfig geweigert. Ihre Schreie um Gnade klangen ihm bis zum heutigen Tag in den Ohren.

Medea drückte ihr Gesicht leicht gegen seine Hand, dann riss sie das Knie hoch und stieß es ihm zwischen die Beine.

Stryker fluchte, schnappte sich ihre Hand, ehe sie ihn schlagen konnte, und stieß sie von sich. Sein Körper schmerzte, und er hätte sie am liebsten umgebracht für das, was sie getan hatte. Aber sie war nun einmal die Tochter ihrer Mutter.

Und sie war auch seine Tochter.

Er setzte seine Kräfte ein und drückte sie an die Wand. »Du hast keine Ahnung, was du für ein Glück hast! Es tut mir nämlich leid, dass ich meinen Sohn für wesentlich weniger umgebracht habe, als für das, was du mir gerade angetan hast. Ansonsten wärst du jetzt schon längst tot.«

»Ich liebe dich auch, Dad.« Der sarkastische Tonfall war schneidend und kalt.

Aber zumindest war sie nicht wie Urian. Sie sagte ihm nicht, wie sehr sie ihn hasste und dass sie ihn töten wollte.

»Davyn!«, rief er einen seiner Befehlshaber heran. Er stand aufrecht da und ließ sich vor dem Mann nicht anmerken, dass er Schmerzen hatte. Niemand würde je etwas von seinen Schwächen erfahren.

Davyn trat ein. »Ja, Herr?«

Stryker wies mit dem Kinn auf Medea. »Führ unseren Gast in meine Räumlichkeiten. Schließ sie dort ein, bis ich Zeit habe, mich um sie zu kümmern.« Er hob die Hand, und Medea fiel von der Wand. Stryker ließ ein Paar Handschellen auftauchen und fesselte Medea.

Sie sog scharf den Atem ein und versuchte, die Fesseln zu zerbrechen. »Das zahl ich dir heim.«

»Und deinem kleinen Hündchen auch«, fügte er höhnisch hinzu.

Davyn hörte wohlweislich weg. »Jawohl, Herr. Ich werde sie wegbringen.«

Medea sagte nichts, als der gutaussehende Mann zu ihr trat. Eines musste sie ihm lassen, er berührte sie nicht.

»Wenn Sie mir bitte folgen würden.« Er wies auf die Tür.

Als ob sie eine Wahl hätte! Diese verdammten Dreckskerle.

Wütend starrte sie ihren Vater an, dann ließ sie sich von

Davyn hinausführen. »Gehorchst du ihm immer?«, fragte sie, sobald sie mit Davyn allein war.

Davyn warf ihr über die Schulter hinweg einen Blick zu. Er war groß und blond, hatte kurzes Haar und ein kleines Bärtchen. »Wenn ich lebensmüde wäre, würde ich aufhören, menschliche Seelen zu fressen und würde erlöschen. Das wäre wesentlich weniger schmerzhaft, als Stryker zu verärgern.«

»Also fürchtest du ihn?«

Davyn schnaubte. »Jeder hier fürchtet ihn. Der Mann hat seinen eigenen Sohn umgebracht.«

»Das erzählt er mir auch die ganze Zeit.«

»Tja, ich bin Zeuge davon gewesen. Wir erwarteten gerade den Angriff unserer Feinde, da ging Stryker ganz ruhig und gesammelt auf ihn zu. Er hat ihn umarmt und ihm dann einfach die Kehle durchgeschnitten. Danach hat er ihn sterbend liegen gelassen.«

Bei der Beschreibung dieser Szene lief Medea ein Schauer über den Rücken. Wie konnte ein Vater nur so kaltblütig sein! Dass er auch ihr Vater war, machte die Sache noch schauriger.

Davyn bog nach links in einen Flur ab. »Urian war einer meiner besten Freunde. Er hat seinen Vater über alles geliebt. Er hatte ihm jahrhundertelang mit absoluter Loyalität gedient. Glauben Sie mir, er hatte es nicht verdient.«

Was hatte ihr Halbbruder eigentlich getan, dass Stryker ihn so schwer bestraft hatte? »Warum hat er ihn umgebracht?«

»Er hat hinter seinem Rücken eine Feindin geheiratet.«

Bei diesen leisen Worten geriet Medea ins Stolpern. Sie konnte es nicht fassen, dass ein so geringes Vergehen rechtfertigen sollte, jemandem das Leben zu nehmen – noch dazu dem eigenen Kind! »Das war alles?«

Davyn blieb stehen und öffnete eine Tür. »Das war alles.«

Medea war schockiert, wie grausam dieser Mann gehandelt hatte. Sie zögerte, denn sie erspürte etwas an ihrem Begleiter. »Du bist ein Anglekos.« Das waren Daimons, die nur schlechte Menschen jagten. Diese Daimons hatten gelobt, nur die Seelen zu holen, die es verdient hatten zu sterben: Kinderschänder, Vergewaltiger, Mörder – den Abschaum der Menschheit.

Er wurde blass. »Woher wissen Sie das?«

»Ich kann die Seelen in dir spüren. Du hast erst kürzlich drei Stück gefressen.« Dann bemerkte sie noch etwas anderes an ihm: Er war nicht wie ihr Vater. Er hatte noch immer ein Herz, und es war nicht kaputt.

Noch nicht.

»Ich weiß, warum du dir diese Menschen aussuchst, aber ich gebe dir einen guten Rat: Diese Seelen machen dich auf Dauer kaputt. Sie werden dich verderben, und dann wirst du genauso ein Wesen wie die, von denen du dich ernährst.«

Davyn schaute sie argwöhnisch an. »Woher wollen Sie das wissen?«

Diese Frage würde sie nicht beantworten.

Stryker saß in seinem Arbeitszimmer und sah in seiner neuen *sfora*, wie Zephyra wütend auf und ab lief. Die Frau bewegte sich wie flüssiges Silber: heiß, fließend, graziös. Die Hormone in seinem Körper überschlugen sich, als er daran dachte, wie es sich angefühlt hatte, sie im Arm zu halten, wie es sich angefühlt hatte, ein solches Höllenfeuer zu lieben. Ihr Duft und ihre Berührung hatten sich in seine Erinnerung eingebrannt.

Stryker hatte es immer geliebt, wenn Zephyra wütend gewesen war. Einmal, nicht lange nach ihrer Hochzeit, hatte er sie verärgert, indem er mit einer anderen Frau geflirtet hatte. Zurück zu Hause hatte sie ihn gepackt und zu Boden gestoßen, dann hatten sie sich so lange geliebt, bis er vor lauter Lust fast blind geworden war. Noch eine Woche später hatte er aufgeschürfte Knie.

»Wenn du je wieder eine andere Frau anschaust, kratz ich dir die Augen aus.«

Stattdessen hatte Zephyra ihm fast die ganze Haut auf dem Rücken aufgekratzt, während sie sich in dieser Nacht immer wieder liebten. Sein Herz hämmerte bei der Erinnerung an ihre Qualitäten im Bett, und er wurde auf der Stelle hart. Er sehnte sich danach, sie zu schmecken und zu spüren.

Sie verlassen zu müssen war das Schwerste, was er je getan hatte. Aber wäre er bei ihr geblieben, dann hätte sein Vater sie unbarmherzig getötet. Apollo hätte auf keinen Fall gestattet, dass ein Mensch seine göttlichen Pläne durcheinanderbrachte. Er war noch unversöhnlicher als sein Sohn.

Also hatte Stryker eine edle Tat vollbracht. Das Richtige getan. Statt auf verlorenem Posten zu kämpfen, ein Kampf, der Zephyra und ihn das Leben gekostet hätte, hatte er sie verlassen. Aber sie blieb lebendig. Sie würde einen anderen Mann finden, der ihrer würdig war.

In all den Jahrhunderten, die seither vergangen waren, hatte Stryker jeden einzelnen Tag an Zephyra gedacht und sie vermisst. Er hatte jeden Augenblick bedauert, der ihnen nicht gemeinsam vergönnt gewesen war.

Aber er hatte es nie bereut, dass er sie vor dem Zorn seines Vaters bewahrt hatte.

Er wollte keine weitere Sekunde mehr von ihr getrennt sein und versetzte sich nach Griechenland in einen der wenigen verbliebenen Tempel der Artemis, der noch immer dazu diente, sie zu verehren. Kalt und zeitlos war die Atmosphäre hier, genau wie die Göttin selbst.

Sobald Zephyra seine Anwesenheit spürte, drehte sie sich um, und er bekam das volle Gewicht ihres Zornes zu spüren. Ihre schwarzen Augen blitzten, sie riss ihren Dolch aus dem Stiefel und trat auf ihn zu.

»Nicht«, sagte er ruhig, obwohl sein Körper vor Verlangen nach ihr brannte. »Wenn du mich tötest, werden meine Männer Medea töten.«

Zephyra packte den Dolch noch fester und erstarrte. »Du willst dein eigenes Kind als Unterpfand bei einem Handel einsetzen?«

Stryker zuckte mit den Schultern. »Agamemnon hat seine Tochter getötet, nur damit er ein Schiff besteigen und gegen seine Feinde zu Felde ziehen konnte. Wir sind schließlich alte Griechen – was hast du anderes erwartet?«

»Du warst ein Schwein und nur halb griechisch. Ich dagegen bin eine atlantäische Apollitin.« Sie schob den Dolch wieder in den Schaft ihres Stiefels und richtete sich auf. An ihrer Körperhaltung konnte er erkennen, dass sie immer noch bereit zum Kampf war. »Also, was willst du hier?«

Ehe er sich zurückhalten konnte, riss er sie an sich, nahm sie in die Arme und wollte sie küssen.

Zephyra hätte ihn am liebsten im gleichen Moment erdolcht, als er sie berührte, aber sobald seine Lippen auf ihren lagen, erinnerte sie sich wieder, warum sie ihn einst geheiratet hatte. Stryker war unerträglich arrogant, deprimierend loyal und unglaublich sexy – er hatte sie immer schon scharf gemacht. Niemand küsste so wie er, niemand fühlte sich so an wie er. Er hatte den Körper eines Kriegers, und seine starken, kräftigen Muskeln bewegten sich wie Wasser. Muskeln, die geradezu danach schrien, dass man sie streichelte und ableckte.

Wenn sie erst einmal in seinen Armen lag, würde sie ihm alles vergeben.

Fast alles.

Sie stieß ihn weg. »Das funktioniert bei mir nicht, du Arschloch. Ich bin nicht mehr das junge Mädchen, das du verlassen hast.«

Seine wirbelnden Augen verdunkelten sich. »Nein, das bist du nicht. Das Mädchen damals, das war schön, aber du … du bist schön wie eine Göttin.«

Zephyra zückte wieder ihren Dolch und drückte ihn Stryker an die Kehle, dicht unter seinen Adamsapfel. Sie wollte ihm die Kehle durchschneiden, doch ein Teil von ihr konnte es einfach nicht. Was stimmte bloß nicht mit ihr? Sie zögerte doch sonst nie. »Komm ja nicht näher!«

Seine wunderschönen Gesichtszüge schienen sie zu verhöhnen. Niemand hatte je ein schöneres Gesicht gehabt. Schwarze Augenbrauen wölbten sich über einem Paar blasser wirbelnder Augen. Und seine Lippen … sie erinnerte sich nur zu gut daran, wie intensiv und wie lange er ihr damit einst Vergnügen bereitet hatte. Er war ein unersättlicher, geschickter und rücksichtsvoller Liebhaber gewesen. Sie war niemals unbefriedigt geblieben.

»Würdest du mir tatsächlich die Kehle durchschneiden?«, fragte er, und seine Stimme glitt eine Oktave tiefer.

Sie wehrte sich gegen ihre schwankenden und sprunghaften Gefühle. »Lass meine Tochter frei, dann wirst du's schon rausfinden.«

Er rieb seinen Hals an der scharfen Klinge, sodass er einen schmalen Schnitt am Hals hatte. Zephyra starrte auf sein Blut, und ihr lief das Wasser im Mund zusammen, so gerne hätte sie es probiert. Von allem, was Apollo den Apolliten angetan hatte, war das eines der Dinge, die sie am meisten verabscheute: die Verlockung von apollitischem Blut. Es überkam sie ein Wahnsinn, und sie mussten es trinken, wann immer sie welches rochen. Es war ein Zwang, dem niemand entkommen konnte, der zu dieser Rasse gehörte.

Zephyra ertrug es nicht länger. Sie riss den Dolch weg, packte Stryker am Haar und zog ihn zu sich heran.

Er zog scharf die Luft ein, als sie ihm die Fangzähne in die Haut schlug. Schauer liefen über seinen Körper, während er es genoss, dass sie ihn so an sich drückte. Ihr Atem an seinem Hals versetzte seinen ganzen Körper in Flammen.

»Bei den Göttern, wie sehr hab ich dich vermisst!«

Sie biss härter zu und saugte Blut, bis es ihm wehtat. »Ich hasse dich! Mit jedem einzelnen Herzschlag.«

Diese Worte schmerzten ihn mehr als der Blutverlust. Und doch genoss er den Schmerz. Er hatte ihren Hass verdient. »Ich wünschte, ich könnte in die Vergangenheit zurückkehren und die Nacht, in der ich gegangen bin, anders leben.«

Zephyra machte sich fluchend von ihm los. »Du bist immer schon ein Feigling gewesen.«

Er packte sie am Arm und zerrte sie zu sich heran. »Ich bin nie ein Feigling gewesen. Ein Dummkopf vielleicht, das mag sein, aber ich bin nie vor irgendetwas davongelaufen.«

»Wenn du das ernsthaft glaubst, bist du noch dümmer, als ich dachte. Und jetzt gib mir Medea zurück.«

Er schüttelte den Kopf. »Meine Tochter bleibt bei mir.«

Knurrend wollte sich Zephyra wieder über seine Kehle hermachen.

Stryker fing sie ab und hielt sie zurück. »Immer noch so

unvernünftig!« Schlimmer noch, sie war anbetungswürdig, und er begehrte sie mit einem Wahnsinn, der völlig verzehrend war. Er beugte sich so nah über ihr Haar, dass er den köstlichen Duft von Baldrian und Lavendel riechen konnte. Bei den Göttern, wie sehr er Zephyra begehrte! »Ich sag dir was. Du willst mich tot sehen, und ich will dich lieben. Was meinst du: Sollen wir das nicht klären wie Krieger?«

»Was meinst du damit?«

»Wir fechten die Sache aus, und wenn du gewinnst, dann kannst du mich umbringen.«

Sie neigte misstrauisch den Kopf. »Und wenn ich verliere?«

»Dann gibst du mir zwei Wochen Zeit, um dich zurückzuerobern. Falls du mich am Ende dieser zwei Wochen noch immer verabscheust, dann darfst du mich töten.«

Bei diesem Angebot erstarrte Zephyra und schaute ihn misstrauisch an. »Woher soll ich wissen, dass ich dir vertrauen kann?«

»Ich bin ein Ehrenmann und stehe zu meinem Wort. Du weißt genau, dass mir meine Ehre alles bedeutet. Wenn ich dein Herz innerhalb von zwei Wochen nicht zurückgewonnen habe, dann verdiene ich nichts anderes als den Tod durch deine Hand.«

»Du weißt aber schon, dass ich nicht mehr die dämliche Idiotin bin, die du damals geheiratet hast und die allein überhaupt nichts auf die Reihe gekriegt hat. Ich werde dich *wirklich* umbringen.«

»Das weiß ich.«

»Dann nehme ich deine Bedingungen an.« Zephyra trat einen Schritt zurück. »Und jetzt mach dich zum Sterben bereit.«

Stryker ließ zwei altgriechische Schwerter erscheinen und reichte ihr eins davon.

Ihre Augen glühten vor Wut, aber sie nahm das Schwert und machte sich bereit. Stryker grüßte sie zum Beginn des Kampfes.

Sie stürmte auf ihn zu und erwischte ihn am Hals, aber er wehrte die Klinge mit seiner ab und zwang sie zurück. Dann fuhr er herum, nahm das Schwert rasch in die andere Hand und überraschte sie mit einem Aufwärtsschlag. Fast hätte er es geschafft, sie zu entwaffnen. Aber sie war reaktionsschnell und stark. Genau wie er nahm sie das Schwert jetzt in die andere Hand und trieb Stryker mit einem wilden Angriff zurück.

»Du bist unglaublich gut«, sagte er leise, beeindruckt von ihren Fähigkeiten und der Ernsthaftigkeit, mit der sie bei der Sache war.

»Du bist es nicht.« Sie versetzte ihm einen Scherentritt, sodass er zurücktaumelte, und schwang die Klinge gegen seinen Hals.

Stryker spürte ein Brennen, während er nach links auswich und sich fallen ließ. Er stieß ihr die Beine unter dem Leib weg, doch unter wüsten Beschimpfungen schaffte sie es, in einem Salto wieder auf den Füßen zu landen. Dann führte sie einen Angriff auf seinen ausgestreckten Arm aus. Stryker lächelte anerkennend und setzte seine eigene Strategie fort. Sie täuschte erst links an und dann rechts an, doch er fing ihre Klinge mit seiner ab und schlug ihr die Waffe aus der Hand, sodass sie außerhalb ihrer Reichweite landete.

Sie stieß ihn zurück und hieb ihm die Zähne in den Arm, dann rollte sie über den Boden, bekam den Griff ihrer Waffe wieder in die Hand, und erhob sich, erneut bereit zum Kampf.

Stryker fluchte und hielt sich die Wunde am Arm. »Hast du mich gerade wirklich gebissen?«

»Ich kämpfe mit allen Mitteln.« Sie kam mit lockerem Schritt wieder auf ihn zu.

»So was macht wirklich nur eine Frau«, sagte er enttäuscht, weil sie solche Mittel einsetzte.

»Es funktioniert doch. Wenn du auch wie eine Frau kämpfen würdest und nicht wie ein unterentwickelter Pavian, dann könntest du möglicherweise wirklich gewinnen.«

Der Schmerz pochte in seinem Arm. Er parierte ihren Schlag und drängte sie nach links ab. Instinktiv riss er die Hand hoch, um ihr ins Gesicht zu schlagen, aber dann hielt er inne.

Niemals würde er Hand an die Mutter seines Kindes legen. Niemals würde er Hand an die Frau legen, die er einst mehr geliebt hatte als sein Leben.

Dieses Zögern kostete ihn den erkämpften Vorteil. Sie riss ihr Schwert zurück und traf ihn an der Schulter. Stryker zischte vor Schmerz auf und taumelte zurück. Wie ein echter Krieger nutzte sie ihren Vorteil und kreuzte ihre Waffe immer wieder mit seiner.

Dass sie ihn so heftig angriff, verschlimmerte nicht nur die Schmerzen an seinem verletzten Arm. Es traf ihn tief im Herzen. »Willst du mich wirklich tot sehen?«

»Das will ich allerdings.«

Das wollte er ihr nicht zugestehen, also griff er erneut an, glitt mit seiner Klinge unter ihre und schlug ihr die Waffe aus der Hand, sodass sie in hohem Bogen in Richtung Boden flog. Er stieß Zephyra zur Seite, schnappte sich die Waffe aus der Luft und richtete beide Klingen auf ihren Hals.

»Gib auf!«

Ihre Augen standen in wütenden Flammen. »Ich hasse dich, du Dreckskerl.«

»Ich habe mit fairen Mitteln gewonnen, das musst du zugeben.«

Sie spuckte ihm neben die Füße. »Ich werde mich an mein Wort halten, aber du wirst mich *niemals* zurückerobern. Glaub mir, in zwei Wochen schlitz ich dir die Kehle auf und trinke dein Blut, zuletzt durchbohre ich dir das Herz und lache, wenn dein Körper zu Staub zerfällt.«

»Wirklich reizend. Du solltest Grußkarten für Hallmark schreiben.« Er benutzte seine Kräfte, und die beiden Schwerter lösten sich auf. »Du sollst wissen, dass ich fair gekämpft habe, von gleich zu gleich. Ich hätte meine Kräfte gegen dich einsetzen können, aber das hab ich nicht getan.«

Sie klatschte sarkastisch. »Soll ich jetzt etwa den Ofen anwerfen und dir Helden-Kekse backen?«

Er atmete tief aus. »Da hab ich wirklich noch einen ganzen Haufen Überzeugungsarbeit vor mir, was?«

»Eigentlich nicht. Ich hasse dich heute, und ich werde dich auch morgen noch hassen. Eigentlich ist das alles nur Zeitverschwendung. Gib mir das Schwert, dann kann ich dir gleich hier und jetzt die Kehle durchschneiden. Du hast doch mal gesagt, du würdest für mich sterben. Wie wär's, wenn du dieses eine Mal ein Versprechen halten würdest?«

Er schnaubte nur angesichts ihres Hasses. »Warum sollte ich dieses Versprechen erfüllen, wo ich doch schon so viele gebrochen habe?«

Ihr stieg die Röte in die Wangen, und die Augen begannen zornig zu blitzen. »Genau wie ich's mir gedacht habe: ein Lügner und ein Feigling. Wenn die zwei Wochen vorbei sind, wirst du dich mir bestimmt nicht ausliefern, oder?«

»Es geht hier nicht um Versprechungen. Das ist eine Sache der Ehre. Ich habe noch nie meine Ehre für irgendjemanden geopfert.«

»Nein, du hast bloß deine Liebe geopfert«, höhnte sie. »Sag mir eines, Strykerius. War es das wert?«

Das war die Frage in seinem Leben, auf die es immer wieder hinauslief. Eine der Priesterinnen, die ihn erzogen hatte, hatte ihn einst gelehrt, die Dinge, die man im Leben am meisten bedauerte, seien diejenigen, die man nicht getan hatte. Sie hatte recht behalten. Er wünschte, er hätte Zephyra niemals verlassen.

Ihm ging das Herz auf, als er an die Vergangenheit dachte. »Ich hatte zehn wunderbare Kinder, alle stark und entschlossen. Und ich habe jedes einzelne meiner Kinder geliebt. Wie könnte ich das je bereuen?«

»Und deine Frau? Was ist mit der?«

Sie war auch wunderschön gewesen, sanftmütig und ruhig. Sie stellte nie etwas infrage, eine wahre Dame der vergangenen Welt. »Sie war pflichtbewusst und treu. Ich würde niemals die Ehre der Mutter meiner Kinder beflecken oder sie beleidigen.«

Ihre Augen flammten jetzt noch dunkler auf. Er hatte Zephyra getroffen, ohne dass er es beabsichtigt hatte.

Aber das, was sie miteinander geteilt hatten, könnte er ihr nie nehmen. »Und doch war sie niemals wie du, Phyra. Sie war dir in nichts ähnlich, nicht vom Aussehen, nicht von der Gestalt oder von der Leidenschaft her. Du bist immer mein Licht in der Dunkelheit gewesen.«

Zephyra trat langsam und vorsichtig auf ihn zu.

Seine Schulter blutete noch immer und schmerzte ihn. Stryker spannte sich an und erwartete einen neuen Angriff, aber sie streckte sich, packte ihm ins Haar und zog seine Lippen zu sich, sodass sie ihn küssen konnte, so wild und heiß, dass es sein Blut in Wallung versetzte. Sein Körper erwachte zum Leben, er erwiderte den Kuss und bewies ihr mit jeder Faser seines Körpers, wie sehr er sie vermisst hatte.

Knurrend machte sie sich von ihm los und starrte ihn an, dann stieß sie ihn von sich. »Ich wollte dich nur daran erinnern, was du aufgegeben hast. Mein Herz ist tot, ich empfinde nur für Medea noch etwas. Nur ihretwegen habe ich überhaupt noch ein Herz.«

»Dann werde ich sie freilassen.«

Sie schnaubte verächtlich. »Deine Tricks ziehen bei mir nicht.«

»Das ist kein Trick. Du hast mir dein Wort gegeben, und ich lege mein Schicksal in deine Hände. Ich vertraue darauf, dass du dich an unsere Bedingungen hältst, also entlasse ich Medea wieder in deine Obhut.«

Zephyra kniff misstrauisch die Augen zusammen. Sie traute ihm kein Sekunde lang über den Weg. Er war klüger als alle Männer, denen sie je begegnet war, er war gerissen. Stryker wusste, wie er Leute manipulieren musste, um das zu kriegen, was er wollte. So war es immer schon gewesen.

Jeden hatte er manipuliert – nur seinen verdammten Vater nicht.

Ihr Strykerius war schöner als alle anderen Götter und hatte einst ihren Körper mit unersättlicher Lust erfüllt. Heute hingegen verspürte sie nur noch Wut und Hass.

Es war merkwürdig, ihn jetzt mit diesen unheimlichen, wirbelnden Augen zu sehen. Als Sterblicher waren seine Augen von einem ganz klaren Blau gewesen. Sie hatte Söhne und Töchter zur Welt bringen wollen, die diese Augen hatten.

Ihre Kinder sollten sie immer daran erinnern, wie sehr sie ihn liebte.

Doch Medeas Augen waren grün wie ihre eigenen, und während sie noch Sterbliche gewesen waren, war sie den Göttern dankbar für diese Gnade gewesen. Bis zu jener Nacht, da Apollo ihre gesamte Rasse verflucht hatte, weil eine Gruppe atlantäischer Soldaten seine griechische Geliebte und seinen Bastard-Sohn hingemetzelt hatten.

Es war an Medeas sechstem Geburtstag gewesen, und während sie feierten, hatte Zephyra beobachtet, wie die Augen ihrer Tochter plötzlich schwarz wurden. Zu diesem Zeitpunkt hatte sie noch nicht gewusst, was den Fluch verursacht hatte. Zephyra hatte ihre Tochter an sich gedrückt, die ihr Essen wieder herauswürgt und nach Blut verlangt hatte.

Sobald Zephyra begriff, was man ihnen angetan hatte und wozu sie verdammt worden waren, hatte sie alles gehasst, was mit Stryker und seinem Vater Apollo zu tun hatte.

»Sag mir eines – verehrst du deinen Vater noch immer?«

Bitterer Abscheu blitzte in seinen Augen auf. »Ich hasse ihn mit jedem Atemzug, den ich tue.«

»Dann haben wir ja eine Sache gemeinsam.«

»Wir haben auch eine gemeinsame Tochter.«

Bei seiner Dreistigkeit verzog Zephyra die Lippen. »Nein. *Ich* habe eine Tochter. Ich lasse nicht zu, dass du sie für dich beanspruchst, wo du doch nie für sie da gewesen bist. Sie gehört mir.«

Stryker schüttelte den Kopf. »Kinder sind eigensinnig. Egal wie sehr man sie liebt und wie sehr man sich anstrengt – sie haben ihren eigenen Kopf. Da können die Eltern machen, was sie wollen.«

»Aber du hattest nie einen eigenen Kopf, was?«

Da war viel Wahres dran, und er zuckte zusammen. »Ich war noch ein Kind, Zephyra. Mein Vater hätte uns beide getötet, wenn ich mich seinem Plan widersetzt hätte. Dass er uns verflucht hätte, wäre noch das Mindeste gewesen.«

»Er hat uns doch ohnehin verflucht, oder?«

»Das hat er getan. Und ich musste zusehen, wie alle meine Kinder und Enkel sich vor meinen Augen in nichts aufgelöst haben. Ich habe meine Tochter im Arm gehalten, während sie um Gnade schrie, die ihr stundenlang nicht gewährt wurde. Ich hätte sie töten und ihr die Qual des Sterbens ersparen sollen, aber ich war noch jung und hoffte, sie würde sich in einen Daimon verwandeln wie ihre Brüder. Aber sie weigerte sich. Irgendwann ist sie endlich zu Staub zerfallen. Einer nach dem anderen hat jedes Mitglied meiner Familie gelitten und ist gestorben. Jetzt habe ich nichts mehr. Es ist niemand mehr übrig.«

Zephyra wollte ihn wegen seiner weibischen Gefühlsduselei hänseln. Aber er berührte etwas in ihr, das sie einzig für ihre Tochter reserviert hatte. Sie wollte Stryker tatsächlich trösten, weil er einen so schlimmen Verlust erlitten hatte. Ihre größte Furcht war es immer gewesen, ihre Tochter altern und sterben zu sehen.

Zum Glück war Medea stärker gewesen.

»Hat Medea Kinder?«

Zephyra wappnete sich gegen den Schmerz, den diese unschuldige Frage hervorrief. Die bitteren Erinnerungen brannten tief in ihrem Inneren. »Sie hat einen Sohn.« Schöner als jedes Baby, das je das Licht der Welt erblickt hatte. Praxis war wunderbar und ungeheuer süß gewesen, das Kind hatte immer gelacht und wollte einen die ganze Zeit umarmen.

»Und wo ist er jetzt?«

Sie zwang jegliches Gefühl aus ihrer Stimme. »Tot.«

Bei der einsilbigen Antwort verdunkelten sich Strykers Augen. »War ihr Mann daran schuld?«

»Es ist wirklich Ironie des Schicksals. Gegen meinen Wunsch waren sie und ihr Mann Mitglieder des Pollux-Kultes. Das waren Apolliten, die dafür waren, dem Fluch des Apollo nichts entgegenzusetzen. Sie lebten friedlich unter den Menschen und erwarteten, an ihrem siebenundzwanzigsten Geburtstag auf schreckliche Art und Weise zu sterben. Jedes Mitglied dieses Kultes tat einen Schwur, keinem Menschen oder einer sonstigen Lebensform Schaden zuzufügen.« Sie seufzte.

»Ihr Mann wurde von wütenden Menschen getötet, die Angst vor seinen Fangzähnen hatten. Er versuchte, die Menschen abzulenken, damit Medea sich und das Kind in Sicherheit bringen konnte. Sie schlugen ihn nieder und rissen ihm das Herz aus der Brust, dann erwischten sie Medea und folterten sie tagelang. Sie haben ihr das Kind aus den Armen gerissen und es vor ihren Augen getötet.« Heftiger Zorn brannte in Zephyra. »Er war erst fünf. Medea hätten sie auch noch umgebracht, wenn ich sie nicht rechtzeitig gefunden hätte. So ist sie zu der Kriegerin geworden, die sie heute ist. Genau wie ich hasst sie die Menschen, weil sie so grausam sind. Es sind alles Tiere, die nichts weiter können, als andere zu schlachten, und ich genieße es von ganzem Herzen, wenn ich selbst einmal den Schlächter spielen kann.«

Stryker begriff diese Gefühle. Er hatte die Grausamkeit der Menschen aus erster Hand erlebt, als sie gegen seine eigenen Leute und seine Kinder vorgegangen waren. Deshalb hatte auch er mit der Menschheit kein Mitgefühl und kannte ihnen gegenüber keine Gnade. Warum sollten sie in Frieden leben, während seine eigenen Leute ihrer Zukunft beraubt waren?

Aber Zephyras Worte verwirrten ihn, als er sich im steinernen Tempel umschaute, dessen Wände mit friedlichen Szenen bemalt waren, in denen Frauen und Wildtiere miteinander tanzten. Hier also verehrten die Menschen Artemis noch immer. »Trotz allem lebst du hier im Tempel mit Menschenfrauen zusammen?«

»Nur mit einer kleinen Gruppe. Die Dienerinnen der Artemis haben uns Obdach gegeben, als wir es brauchten. Sie beschützen uns seit Jahrhunderten, also lassen wir sie am Leben.«

Er verzog das Gesicht. »Und warum erlaubt das die Göttin?«

»Artemis ist immer gut zu uns gewesen. Im Gegenzug dafür, dass sie uns Schutz gewährt, tue ich ihr den einen oder anderen Gefallen.«

»Zum Beispiel?«

»Dich umbringen.«

In seinen Augen flackerte Humor auf, als er zu ihr trat. »Aha, da wären wir also wieder beim Thema.«

»Wir werden immer wieder darauf zurückkommen.«

»In Ordnung.« Er seufzte. »Komm, Phyra, suchen wir unsere Tochter.« Er hielt ihr die ausgestreckte Hand hin.

Sie verzog angewidert den Mund. »Deine Hand kannst du schön bei dir behalten«, schnaubte sie.

Er schüttelte tadelnd den Kopf. »Es gab mal eine Zeit, da hättest du meine Handfläche zärtlich geküsst. Ich muss sagen, du überraschst mich. Ein kluger Feind würde mir jetzt die Hand küssen und mir dann, wenn ich abgelenkt bin, den Dolch in den Rücken stoßen.«

Sie schnaubte erneut und schob seine Hand weg. »So was macht nur ein Feigling. Du solltest keinen von uns beiden mit einer solchen Vorstellung beleidigen. Ich glaubte nicht an belanglose jugendliche Angriffe. Ich verfolgte ein Ziel, und wenn es das Leben eines Feindes ist, dann will ich nicht, dass es da irgendwas misszuverstehen gibt. Wenn du meinen Hass wert bist, dann muss es mir auch wert sein, dir zu sagen, dass der Kampf jetzt weitergeht.«

Bei ihren zornigen Worten lächelte Stryker. Er war dankbar, sie so reden zu hören. »Das ist der Ehrencodex einer wahrhaften Kriegerin.« Er respektierte sie dafür umso mehr. »Nimm meine Hand, Zephyra.«

Sie spuckte nach seiner Hand.

Stryker packte Zephyra und zog sie an sich. Er hätte sie am liebsten erwürgt, weil sie so stur war, aber am allerliebsten hätte er sie geküsst.

»Ich reiß dir gleich die Gedärme raus«, warnte sie ihn.

Er wischte sich den Speichel an ihrem Hemd ab, und sie schlug erneut nach ihm. »Solange du das nackt machst, werde ich mich nicht beschweren«, sagte er

»Du bist ein treuloses Schwein!« Sie wollte ihm einen weiteren Schlag versetzen.

Er fing ihre Hand ab und schaute ihr in die herausfordernden Augen. »Und du bist eine wunderschöne Widerspenstige. Du solltest dankbar sein, dass ich nostalgisch genug bin, dir nicht das anzutun, was ich mit jedem anderen machen würde, der mich anspuckt.«

Zephyra hielt kurz den Atem an, als sie die lodernde Wut in seinen Augen sah. Er war ganz kurz davor, sie zu schlagen, und obwohl ein Teil von ihr das akzeptiert hätte, war sie doch überrascht von seiner Zurückhaltung. In der Welt, aus der sie beide stammten, hatte ein Mann das Recht, eine Frau zu schlagen. Doch sogar während des Kampfes hatte er davon Abstand genommen.

Selbst das ganze Jahr, in dem sie im antiken Griechenland verheiratet gewesen waren, hatte er nie auch nur einen Finger gegen sie erhoben, während er anderen gegenüber gnadenlos gewesen war. Das hatte sie am meisten an ihm geliebt.

Er hatte ihr ein Gefühl der Sicherheit vermittelt, bei ihm hatte sie sich beschützt gefühlt. Wenn irgendjemand sie auch nur schief anschaute, hatte Stryker ihn schon ausgeweidet.

Sie vermisste den dummen kleinen Jungen, dessen Augen vor Liebe jedes Mal aufgeleuchtet hatten, wenn er sie nur anschaute.

Der Mann, der nun vor ihr stand, war beeindruckend. Es war kein unreifer junger Mann mehr, der ihr unbedingt gefallen wollte. Er war jetzt ein vollendeter Krieger mit elftausend Jahren Überlebenstraining, der eine Armee von Verdammten befehligte, die Krieg gegen die Menschheit und die unsterblichen Dark Hunter führte, die die Menschen beschützten.

Obwohl sie Stryker im Laufe der Jahrhunderte schon oft hatte töten wollen, war sie bisher nie in der Lage gewesen, an ihn heranzukommen. Die ganzen Jahre hatte er sich in Kalosis verkrochen, und der einzige Weg dorthin führte über eine Einladung, die entweder von ihm oder von Apollymi kommen musste.

Solange Zephyra Artemis diente, wollte Apollymi nichts mit ihr zu tun haben. Und Stryker selbst um Erlaubnis zu bitten hätte ihr natürlich den Überraschungsangriff versaut.

Jedenfalls war sein Ruf bei ihren Leuten legendär. Die Apolliten verehrten ihn und seine Elite-Spathi-Krieger. Sogar sie selbst respektierte ihn wegen der Schlachten, die er schlug.

Aber das änderte nichts an dem, was er ihr und Medea angetan hatte. Bis zum heutigen Tag hatte Zephyra das Bild vor Augen, wie Stryker sich umdrehte und aus dem Haus schlich, um die Frau zu heiraten, die sein Vater für ihn bestimmt hatte. Wie auch immer – sie hatte ihr Wort gegeben, diesen Kampf gegen Stryker zu führen, und sie wollte verdammt sein, wenn sie wortbrüchig wurde. So etwas tat sie nicht.

»Ich kann dein schwarzes Haar nicht ausstehen«, knurrte sie und nahm endlich seine Hand.

Stryker lachte über ihre Kapitulation und ihre bissige Bemerkung. Sie gab nicht auf, und sie zögerte nicht, ihn das wissen zu lassen. Er schloss seine Hand um ihre und führte sie nach Kalosis, wo er herrschte.

Sobald sie sicher in der Sphäre der Hölle angekommen waren, riss sie ihre Hand weg und drehte sich in dem dunklen Raum um, wo er für die Daimons, die hier lebten, Hof hielt. »Ziemlich deprimierend hier, oder?«

»Ich find's ganz in Ordnung.«

Sie sagte nichts, als sie sich wieder zu ihm umwandte. »Wo ist Medea?«

»In meinen Gemächern. Komm, ich bringe dich zu ihr.«

Krieg hielt inne und materialisierte sich im hinteren Flur eines Herrenhauses, das an eine alte griechische Villa erinnerte. Die dunkelgrauen Fensterläden waren gegen die unbarmherzige Sonne fest geschlossen. Sie drang durch die Lamellen und beleuchtete den luftigen Korridor. An den hellen Wänden hingen alte Fotos, auf denen ein Junge und eine sehr attraktive Frau mit blondem Haar und funkelnden blauen Augen zu sehen waren.

Der merkwürdige Klang fremder Musik drang durch die

Wände zu ihm und von draußen Geräusche von Gelächter und Autos. Aber hier drinnen lachte niemand. Alles war still.

Krieg schloss die Augen und durchsuchte mit seinen Kräften das Haus, bis er denjenigen fand, wegen dem er hier war – den Mann, den er töten sollte.

Nick Gautier.

Aber er war nicht allein. Bei ihm im Bett lag eine Frau, beide waren sie nackt und verschwitzt vom Sex.

Vor vielen Jahrhunderten hätte Krieg die Frau ohne zu zögern mit abgeschlachtet.

Vermutlich sollte er das jetzt am besten auch so handhaben.

Er senkte den Kopf und ging durch die Wände, bis er in das Zimmer mit dem großen Himmelbett kam, in dem die beiden auf schwarzseidenen Laken lagen. Auf dem Nachttisch stand ein Tablett mit einer halb leeren Flasche Wein, und rote Rosen lagen überall verstreut, als wäre eine Vase umgestoßen worden.

Nick lag auf der Frau und liebkoste ihren Oberkörper, sie streichelte ihm mit kreisenden Bewegungen den Rücken. Dem Mann fiel schulterlanges braunes Haar ins Gesicht, die Frau war wunderschön, das sah Krieg sofort. Ihr langes schwarzes Haar breitete sich über die Kissen aus, als sie den Rücken beugte und sich dehnte, die Augen hielt sie fest geschlossen.

Krieg zögerte beim Anblick ihres nackten wohlgeformten Körpers. Er hatte seit Jahrhunderten keine Frau mehr berührt oder geschmeckt, keinerlei Zärtlichkeiten erfahren …

Allein der Gedanke an diese Tussi versetzte sein Gemüt in Wallung. Blutrünstig sprang er auf die beiden zu, packte Nick an der Kehle und schleuderte ihn gegen die Wand.

»Raus!«, befahl er der Frau, die schreiend hochschreckte. »Verschwinde, Jennifer, schnell!«

Sie zögerte keine Sekunde, wickelte sich das Laken um, kletterte von dem großen Bett herab und rannte zur Tür.

Gautier richtete sich auf und starrte Krieg an. Er hatte einen Dreitagebart, und auf seinem Gesicht waren Doppelbogen und Pfeil abgebildet, das Zeichen der Artemis.

Krieg runzelte bei diesem Anblick die Stirn. Was sollte das bedeuten? Nicht dass es etwas änderte. Er war schließlich geradezu auf der Welt, um die Götter gegen sich aufzubringen.

»Wer zum Teufel bist du?«, fragte Nick. Er ließ Kleidung auf seinem Leib erscheinen.

Krieg lachte. »Du kannst mich gerne Tod nennen.«

»Nimm's nicht persönlich, aber ich nenne dich lieber armselig.« Er machte eine rasche Handbewegung.

Krieg schüttelte tadelnd den Kopf, als er die *shuriken*, eine japanische Wurfwaffe, sah. »Und du sprichst von armselig.« Er versetzte sich auf die andere Seite des Zimmers und packte Gautier an der Kehle. Die Waffe bohrte sich wirkungslos in den Bettpfosten, Krieg riss Nick hoch und drückte ihn gegen die Wand.

Nick rang nach Atem und versuchte, sich aus dem Griff des Mannes zu lösen. »Was bist du?«

»Das hab ich doch schon gesagt: Ich bin der Tod. Jetzt sei ein braver kleiner Junge und stirb schön.«

Nick begann zu keuchen.

Krieg schmetterte ihn dreimal gegen die Wand und versuchte, seine Luftröhre zu zerquetschen. Der Putz an der Wand splitterte, und ein Spinnwebmuster entstand. Nicks Lippen platzten auf, doch ebenso die Knöchel von Kriegs Hand, mit der er ihn gepackt hielt. Ihrer beider Blut vermischte sich. Krieg packte den Mann noch fester und wartete darauf, dass das Licht in seinen Augen endlich verlosch, damit er sicher sein konnte, dass der Mann tot war.

Aber das geschah nicht. Stattdessen zog sich eine dünne rote Spur durch Nicks dunkle Pupillen und färbte sie rot. Dann breitete sich das Rot im wirbelnden Silber seiner Augen aus.

Ehe Krieg etwas unternehmen konnte, schlug Gautier ihm hart auf den Arm und drückte ihn weg.

Schockiert stolperte Krieg rückwärts.

Nicks Haut wurde drei Schattierungen dunkler, und er schaute Krieg keuchend an. »Was geschieht mit mir? Was hast du mit mir gemacht?«

Krieg griff erneut an.

Gautier wehrte Krieg ab und versetzte ihm einen Kopfstoß. Krieg torkelte regelrecht zurück, als er das Unmögliche begriff.

Er lief ernsthaft Gefahr, besiegt zu werden.

Stryker und Zephyra hatten erst zwei Schritte in Richtung seiner Gemächer und Medea gemacht, als plötzlich im Flur ein helles Licht aufblitzte. Eigentlich konnte niemand Strykers unantastbare Räume betreten, es sei denn, er hätte ihn eingeladen.

Stirnrunzelnd drehte er sich um und sah einen sehr verärgerten Krieg vor sich stehen.

»Stimmt irgendwas nicht?«, fragte Stryker.

»Ob irgendwas nicht stimmt?«, wiederholte Krieg sarkastisch. »So dumm kannst du doch gar nicht sein, oder?«

»Offenbar schon, denn wenn Acheron und Nick nicht tot

sind, wüsste ich keinen Grund, aus dem du hier auftauchen solltest.«

Krieg ging langsam und mit bebenden Nasenflügeln auf ihn zu. »Tot? Du Schwachkopf bist wirklich so dumm, was?«

Stryker kniff die Augen zusammen und wurde jetzt richtig zornig. »Zumindest bin ich nicht derjenige, der seine Zeit mit Beschimpfungen verschwendet. Entweder sagst du jetzt, was du willst, oder du verschwindest.«

»Na schön, ich versuch's mal so, dass auch ein Schwachkopf mich verstehen kann. Als du mich erweckt hast, hast du offenbar vergessen, mir ein paar sehr wichtige Dinge zu erzählen. Acheron ist nicht einfach nur ein Gott. Er ist ein Chthonier und wird von einem anderen Chthonier und einer Armee von Charonte-Dämonen beschützt.«

Stryker verschränkte die Arme vor der Brust und stöhnte genervt. Wieso sollte das jemandem wie Krieg etwas ausmachen? Hauptsächlich deshalb hatte sich Stryker doch an ihn gewandt. Wenn es nicht so verdammt schwierig wäre, Acheron zu töten, dann hätte Stryker selbst es schon vor Jahrhunderten getan. »Du bist doch erschaffen worden, um die Chthonier zu töten, also dürfte das für dich wohl kein Problem darstellen.«

»Du hättest mich warnen sollen.«

Als ob das einen Unterschied gemacht hätte. »Das sind doch nur Details. Ich dachte, du schaffst das mit links.«

»Ich kann ihn tatsächlich töten. Es wird einfach nur länger dauern.«

»Und?«

»Und außerdem hast du versäumt, mir etwas über Nick Gautier mitzuteilen.«

»Was ist denn mit ihm? Er ist ein Dark Hunter, ein wertloser Mensch, der seine Seele der Artemis verkauft hat und in ihrer Armee dient. Der große Krieg wird ja wohl vor einem wie ihm keine Angst haben?«

Krieg schnaubte höhnisch. »Ein Dark Hunter, dass ich nicht lache! Gautier ist ein Malachai, du verdammter Vollidiot.«

Stryker richtete sich bei dieser Beleidigung drohend auf. »Was ist er?«

»Ein Malachai«, wiederholte Zephyra voller Ehrfurcht. »Bist du sicher?«

Krieg richtete seinen dunklen Blick auf sie und nickte. »Ein Malachai ist das einzige Wesen im ganzen Universum, das mich töten kann.«

Stryker ließ tief in seiner Kehle einen Laut des Abscheus hören. »Du willst mich wohl verarschen! Ich dachte, du wärst das mächtigste Wesen überhaupt. Selbst die Götter fürchten sich vor dir.«

»Wir haben alle unseren Fressfeind«, knurrte Krieg. »Das Universum ist ein System, in dem sich alles wieder ausgleicht. Und ich habe gerade mein Nullsaldo getroffen.«

Stryker fluchte. »Willst du mir ernsthaft erzählen, das mächtigste Wesen auf diesem Planeten ist ein armseliger Cajun aus der Gosse, der sich selbst abgemurkst hat, weil einer meiner Männer seine Mami getötet hat?«

Krieg antwortete genauso sarkastisch. »Falls du nicht noch irgendwo einen Sephiroth rumliegen hast – dann lautet die Antwort: Ja!«

»Was zum Teufel ist ein Sephiroth?«

Zephyra lachte, als sie hinter ihn trat und ihm die Hand auf die Schulter legte. »Stryker, du armes Kerlchen, du lebst einfach schon viel zu lange in diesem fürchterlichen Loch hier.«

»Was willst du damit sagen?«

»Ich will damit sagen, mein Lieber, wenn du Gautier tot sehen willst, dann komm und sprich mit mir. Es sieht ganz so aus, als wäre deine Macht über mich gerade an ihr Ende gelangt. Tja, Leute, jetzt wird's erst richtig spannend!«

Kapitel 5

Nick lag zitternd und mit kaltem Schweiß bedeckt auf dem Boden und versuchte, sich zu konzentrieren, aber es führte zu nichts. Alles verschwamm vor seinen Augen, sein ganzer Körper fühlte sich so heiß an, als wäre er schwarzer Asphalt um die Mittagszeit an einem späten Augusttag im French Quarter von New Orleans.

Was geschah bloß mit ihm?

»Scht...« Eine zärtliche Hand strich ihm das verschwitzte Haar aus dem Gesicht.

Er schaute auf und sah Menyara. Sie war hübsch und zierlich, und ihre kreolische Haut hatte den Braunton von Milchkaffee. Mit ihren grünen Augen schaute sie ihn besorgt an. »Es ist alles in Ordnung, *mon petit ang*«, sagte sie mit ihrer tiefen Stimme, die ihn immer an Eartha Kitt erinnerte.

»Was machst du denn hier?«, fragte er mit schleppender, belegter Stimme.

»Ich habe gespürt, wie sich deine Kräfte entfalten, da bin ich so schnell wie möglich gekommen.«

Er runzelte verwirrt die Stirn. »Wie bitte?«

Menyara schüttelte den Kopf, nahm ihn in die Arme und drückte ihn an sich, wie sie es getan hatte, als er noch ein verängstigter kleiner Junge gewesen war, der sich vor den

Anfeindungen der Nachbarskinder fürchtete. »Mein armer Ambrosius. Du musstest schon so viel durchmachen. Und jetzt sage ich dir etwas, von dem ich gehofft hatte, ich müsste es dir niemals sagen …«

»Das versteh ich nicht.« Stryker schüttelte den Kopf und versuchte, sich auf das, was er von Zephyra und Krieg gehört hatte, einen Reim zu machen. »Wie kann Nick Gautier so ein unglaublich mächtiges Wesen sein? Er ist doch bloß eine Mücke, die man mit der Hand zerquetschen kann.«

Krieg holte tief Luft und antwortete ungeduldig. »Als der Primus Bellum ausgefochten wurde, schuf die Dunkelste Macht – der Mavromino – die Malachai, um die Sephirii zu besiegen. Die Sephirii waren die Wächter und Gefährten der ersten Götterordnung, Soldaten, die die ursprünglichen Gesetze des Universums durchsetzten. Als der Mavromino sich gegen die Ursprüngliche Quelle wandte und mit dem Gedanken spielte, die gesamte Schöpfung zu vernichten, wurden die Sephirii auf ihn losgelassen, um ihn zu töten. Die meisten fingen sich in den aufgestellten Fallen, aber es überlebten genug Sephirii, dass sie den Malachai den Krieg erklären konnten. Und die Sephirii hätten die Malachai auch besiegt, wäre nicht ein Sephiroth zum Verräter geworden.«

»Einer ist immer der Verräter, nicht wahr?«, fragte Stryker rhetorisch. In jedem Haus gab es einen unzufriedenen, eifersüchtigen Mistkerl, der nur darauf aus war, den anderen alles kaputt zu machen, aus reiner Gehässigkeit. Die gesamte Weltgeschichte war mit dem Blut derer geschrieben, die von den Leuten verraten worden waren, denen sie vertraut hatten.

Stryker schaute Krieg an. »Wie viele Malachai gibt es heute noch?«

»Eigentlich sollte es gar keinen mehr geben. Als der Waffenstillstand geschlossen wurde, einigten sich beide Seiten darauf, alle Soldaten zu töten. Alle Malachai und alle Sephirii wurden damals hingerichtet.«

»Alle außer einem«, sagte Zephyra und trat einen Schritt vor. »Der Verräter, der Mavromino geholfen hatte, musste weiterleben, um zu leiden und zu sehen, was er angerichtet hatte. Seine Kräfte wurden ihm genommen, und er wurde für alle Zeiten der Schande übergeben und versklavt.«

Krieg nickte. »Checks and balances. Als man diesen einen Sephiroth am Leben ließ, hat die Ursprüngliche Macht offenbar auch einen Malachai am Leben gelassen. Heute habe ich den Letzten seiner Art kennengelernt.«

Stryker hätte wissen müssen, dass es nicht so einfach wäre, die beiden Männer umzubringen, die er am meisten hasste. Andererseits fühlte er sich jetzt ein bisschen besser, weil es Krieg genauso schwerfiel mit ihnen fertig zu werden wie ihm selbst. Zumindest lag es nicht an irgendwelchen mangelnden Fähigkeiten seinerseits.

Das Universum war einfach durch und durch beschissen.

»Wo ist denn dieser Sephiroth?«, fragte Stryker Zephyra.

»In Griechenland, im letzten Tempel der Artemis.«

Stryker schnaubte. Er begriff auf der Stelle, wer der Sephiroth war und warum er so misshandelt wurde. »Jared.«

Sie nickte sarkastisch. »Ganz genau. Jared.«

Das zog eine sehr wichtige Frage nach sich. »Und wie kommt es, dass er ausgerechnet dein Sklave geworden ist?«

Sie gab keine Antwort. »Du brauchst nur zu wissen, dass ich ihn besitze und dass er, ohne irgendwelche Fragen zu stellen, das tut, was ich ihm befehle.«

Na sicher! Sie war da seiner Ansicht nach ein bisschen zu

optimistisch. »Also, als ich ihm begegnet bin, schien er nicht besonders entgegenkommend.«

»Möglicherweise nicht. Aber er wird tun, was wir wollen, glaub mir.«

Stryker war ganz und gar nicht überzeugt davon. Und ihm fiel das merkwürdige Pronomen auf, das sie verwendete. »Wir?«

»Du willst Gautier tot sehen, und ich will dich tot sehen. Mir persönlich ist es völlig egal, ob dieser Gautier lebt oder stirbt, aber wenn er eine Bedrohung für meinen Sephiroth darstellt, dann will ich auch seinen Tod. Am besten schnappen wir ihn, ehe er lernt, seine Kräfte richtig zu gebrauchen.«

Stryker lächelte. »Das ist eine Frau nach meinem Herzen.«

Ausnahmsweise schaute sie ihn jetzt mit verführerischen Blicken an, sofort wurde Stryker hart. »Du hast absolut recht. Nichts würde mir mehr Freude machen, als dir genau dieses Organ aus dem Körper zu reißen und mich darüber herzumachen.«

Angesichts ihrer offenen Feindseligkeit hob Krieg eine Augenbraue. »Mmm, endlich mal eine Frau, mit der ich mich auch identifizieren kann. Du bist doch hoffentlich noch ungebunden?«

»Sie ist meine Frau«, fuhr Stryker ihn an.

»Ich *war* deine Frau«, korrigierte Zephyra rasch. »Du hast offenbar vergessen, wie man das Imperfekt bildet.« Sie schaute zu Krieg hinauf. »Er hat sich von mir scheiden lassen.«

Krieg zog ihre Hand an die Lippen. »Ich bin sehr erfreut, deine Bekanntschaft zu machen, Herrin. Wie darf ich eine so schöne und bösartige Dame nennen?«

»Zephyra.«

»Wie der Zephyr – der sanfte Wind.«

Sie lächelte ihn listig an. »Genau wie er kann ich schreckliche Zerstörung bringen, wenn man mich reizt.«

Er holte voller Bewunderung Luft. »Alle Achtung, Stryker, du hast, was Frauen angeht, einen ausgezeichneten Geschmack. Zu dumm, dass du nicht Manns genug warst, sie zu halten.«

Wider jede Vernunft schob Stryker Krieg von Zephyra weg. »Sie gehört zu mir, und du tust gut daran, das zu akzeptieren.«

Krieg sah nicht besonders eingeschüchtert aus, als er sich wieder an Zephyra wandte. »Wenn du ihn umgebracht hast, sag mir Bescheid, dann zeig ich dir, was ein echter Mann alles kann. Und wenn wir in der Zwischenzeit den Malachai töten wollen – da bin ich auf jeden Fall dabei –, dann sollten wir allmählich anfangen. Mit jeder Sekunde, die wir warten, nehmen seine Kräfte zu.«

»Dann nichts wie los nach Griechenland, um meinen Sephiroth zu befreien!« Zephyra schaute Stryker an. »Bring mich in meinen Tempel zurück.«

Jared seufzte. Seine blutigen, wund gescheuerten Handgelenke pochten vor Schmerz. Er wünschte sich, er könnte sterben. Aber das hier war nun einmal sein Schicksal, und zwar bis in alle Ewigkeit.

Das hast du verdient, Verräter.

Vielleicht hatte er es verdient. Aber zum Zeitpunkt seines Verrats hatte er sich für das einzig Mögliche entschieden.

Druckmittel. Im Leben kam es einzig und allein auf Druckmittel an. Ein ausgeglichenes Machtverhältnis hatte es für ihn nie gegeben. Alle Geschöpfe waren Opfer ihrer Geburt und ihrer Umstände. Trotz all seiner Kräfte bildete nicht einmal er eine Ausnahme von der Regel. Angeekelt spannte er sich an und spürte plötzlich ein merkwürdiges Kribbeln in der Luft. Diese Wahrnehmung kannte er.

Einen Augenblick später sah er klar. Durch die Tür kamen sein Fluch Zephyra und zwei Männer. Einer war der Daimon-Halbgott von vorhin. Und der andere …

Polemus. Krieg.

Na wunderbar. Den wiedererweckten Geist des Krieges brauchte er jetzt ungefähr genauso dringend wie ein heißes Schüreisen im Arsch. *Behalt diesen Gedanken mal schön bei dir, Junge, du musst Zephyra ja nicht noch auf weitere Ideen bringen, wie sie dich quälen könnte.*

Das stimmte allerdings. Zephyra tat nichts lieber, als ihn immer wieder dazu zu bringen, sie um Gnade anzuflehen.

Jared begegnete ihrem feindseligen Blick und wusste sofort, was die drei hier wollten. »Ich bin immer wieder erstaunt, was die Leute alles tun, um ihren Willen zu bekommen. Ich werde ihn nicht für euch töten. Du solltest es besser wissen, als das von mir zu verlangen.«

Zephyra schüttelte missbilligend den Kopf und zog ihren Dolch aus dem Stiefel. »Warum müssen wir dieses Spielchen eigentlich immer wieder von Neuem spielen, Jared? Du weißt genau, was ich denke. Du bist schon in meinem Kopf und liest meine Gedanken. Jetzt sei ein guter Junge und tu, was ich dir sage.«

Jared war es so leid, immer nur Befehlen zu gehorchen und keinen eigenen Willen zu haben. Es war an der Zeit, wieder die Kontrolle über sein armseliges Leben zu übernehmen und nicht mehr zu dienen. »Es ist mir völlig gleichgültig, was du mir antust.«

Zephyra fuhr ihm mit einer trügerisch zärtlichen Hand

über die Wange. Jetzt sehnte er sich nach einer echten zärtlichen Berührung, nach einer, die nicht bösartig war. »Ich weiß, dass es dir gleichgültig ist. Aber wir wissen beide, dass es bei deinem kleinen Freund anders aussieht. Du würdest nämlich sterben, um ihn zu schützen.«

Als sie seinen Dämonen-Gefährten erwähnte, verkrampfte sich Jared. »Nim ist gar nicht hier, er ist gegangen.«

»Aber sicher doch.« Ihr Tonfall war spielerisch.

»Nim?«, fragte Stryker.

Zephyra warf ihm einen Blick über die Schulter hinweg zu. »Ein nutzloser Dämon. Jared hat ihn adoptiert.«

»Hab ich nicht.« Im Gegenteil – Nim hatte *ihn* adoptiert, und seitdem versuchte Jared, ihn wieder loszuwerden. Der Dämon stellte eine Gefahr dar, die Jared nicht gebrauchen konnte und auch nicht auf sich nehmen wollte. Er war es wirklich leid, dass Nim immer auf ihm herumhing und sein Leben zusätzlich komplizierte. Das Einzige, was der Dämon ihm einbrachte, war Ärger. Schlimmer noch: Wegen Nim wurde Jared gefoltert.

Zephyra glitt mit der Spitze des Dolches über die Zeichen auf Jareds linkem Arm. Einst hatte er sie voller Stolz getragen, doch jetzt erinnerten sie ihn nur noch an seine Demütigung. Diese Zeichen kennzeichneten ihn als Sklaven. Als den Letzten seiner Art.

»Ist er hier irgendwo?«, fragte sie.

Jared zischte, als sie seine Haut auf der ganzen Länge des Stammestattoos aufschnitt. Blut trat heraus und rann ihm über den Arm. Stryker wandte sich ab, als würde ihm bei diesem Anblick übel.

Zephyra ging es vollkommen anders, sie genoss das Spektakel. »Da hab ich mich wohl vertan.«

Jared begegnete ihrem Blick, ohne mit der Wimper zu zucken, doch er wurde wütend. »Ich habe dir doch gesagt, er ist fort.«

»Ach wirklich?« Sie zog den Dolch über sein Schulterblatt. »Ich wette, er versteckt sich auf deinem Rücken.«

Jared schnappte nach Luft, als sie ihm den Dolch in die Schulter stieß, mitten durch sein Schultertattoo hindurch. Der Schmerz schoss ihm durch den ganzen Körper.

»Zephyra, hör auf!«, fuhr Stryker sie an. »Das ist doch nicht nötig!«

»Glaub mir, das ist die einzige Art, wie man ihn dazu kriegt zu gehorchen. Er muss dir nicht leidtun, Stryker. Er hat seinen eigenen Leuten die Kehle durchgeschnitten, nicht wahr, Jared? Und diejenigen, die er nicht selbst getötet hat, hat er zur Schlachtbank geführt.«

Schmerz und Zorn stiegen in Jared auf. »Sei still!«

»Warum denn? Das ist doch die Wahrheit. Es ist dir nie um jemand anders gegangen, immer nur um dich selbst. Also gib uns den Dämon, dann musst du seinetwegen nicht länger leiden.«

Gegen seinen Willen zuckte Jared zusammen, als sie mit dem Messer über das Tattoo glitt, das ihm nicht wirklich in die Haut tätowiert war. Es verschmolz zwar mit den anderen, aber es war gar keines …

»Aha, hab ich den kleinen Mistkerl gefunden!« Zephyra hielt den Dolch fest umklammert und drückte ihn in Jareds Haut, wo Nim schlief.

Jared knirschte mit den Zähnen. Wenn sie Nim erstach, während er auf seinem Körper schlief, würde der Dämon sterben.

»Soll ich dich vielleicht von diesem Ärgernis befreien?«

Zephyra drückte die Spitze des Dolches tiefer in sein Fleisch, es sickerte schon Blut aus der Haut.

Jared versuchte sich loszumachen, aber vergeblich. Die Ketten hielten ihn an Ort und Stelle, er hatte keine andere Wahl. »Stopp!«, knurrte er. »Tu ihm nichts.«

»Töte Gautier, dann lass ich deinen Dämon leben.«

»Und wenn ich ihn nicht töten kann?«

Zephyra riss Jared so heftig an den Haaren, dass sein Kopf gegen die Wand knallte. »Was dann passiert, möchtest du lieber nicht wissen, glaub mir.« Sie schnippte mit den Fingern und öffnete mit ihren Kräften Jareds Handeisen.

Er rutschte an der Wand hinunter zu Boden. Ihm tat alles weh. Er konnte sich nicht einmal mehr daran erinnern, wann er das letzte Mal frei gewesen war. So steif wie sich seine Muskeln anfühlten, war das Jahrhunderte her – das entsprach vermutlich der Wahrheit.

Zephyra stand über ihm und blickte auf ihn herab. »Mach dich sauber, du Hund, und bring mir den Kopf des Malachai! Dann gewähre ich dir zwei Tage, an denen du huren und saufen kannst, ehe du wieder in Gefangenschaft zurückmusst. Wenn du mich aber verrätst, dann werden dir die letzten beiden Jahrhunderte vorkommen wie das Paradies.«

Jared lachte bitter. »Deine Gnade ist über jeden Tadel erhaben, Herrin.«

»Sarkasmus … das ist Musik in meinen Ohren.« Sie trat ihn mit voller Kraft in die Rippen. »Jetzt verschwinde und führ meine Befehle aus!«

Stryker begegnete Jareds stechendem Blick. In seinen Augen loderte Hass, aber irgendetwas verriet ihm, dass der Hass mehr nach innen als nach außen gerichtet war. Die arme Kreatur! Es wäre vielleicht am besten, ihn zu töten.

»Bist du sicher, dass er das schafft?«, fragte Stryker, als Zephyra den Dolch wieder in ihren Stiefel schob.

Sie führte ihn aus der Zelle in den Flur, und Krieg folgte ihnen auf den Fersen. »Lass dich von seiner Wehleidigkeit nicht irreführen. Er ist zum Töten geschaffen worden.«

»Genau wie der Malachai.«

»Ja, aber der Malachai ist ein halber Mensch und entfaltet seine Kräfte gerade zum allerersten Mal. Jared sollte es ziemlich leichtfallen, kurzen Prozess mit ihm zu machen.« Sie blieb stehen und schaute an Stryker vorbei zu Krieg. »Behalt Jared im Auge und stell sicher, dass sein kleiner Dämon nicht abhaut. Dieses dämliche Vieh ist der einzige Weg, wie ich Jared ganz sicher kontrollieren kann.«

Stryker sah zu, wie Krieg den Kopf neigte und in Jareds Zelle zurückkehrte. »Woher weißt du eigentlich, dass er nicht rebelliert und Krieg tötet?«

Sie schnaubte. »Und wenn schon! Seid ihr beiden vielleicht Freunde?«

»Das wohl kaum. Aber wenn Krieg erst mal beseitigt ist, könnte es Jared als Nächstes auf dich abgesehen haben.«

»Solange er diesen eisernen Ring um den Hals trägt, gehört Jared mir. Er kann mich genauso wenig töten wie ich ihn. Ich kann ihn zwar verwunden und ihm Schmerzen zufügen, aber das Halsband gestattet mir nicht, ihn ernsthaft anzugreifen. Im Gegenteil, wenn mich irgendjemand angreift, hat Jared keine Wahl, er muss mich verteidigen, ob er will oder nicht.«

Das war sicher eine der grausamsten Verbindungen, die Stryker je zu Ohren gekommen waren. Er konnte sich keine schlimmere Strafe vorstellen, als dass man gezwungen war, denjenigen zu beschützen, den man hasste. Denjenigen, der einen folterte.

Er blickte die Frau, die vor ihm stand, noch einmal genau an. Sie war ihm so vertraut und gleichzeitig so fremd. Was war mit der Frau geschehen, die er geheiratet hatte? »Ich erinnere mich an ein schönes Mädchen, das mir nicht erlaubt hat, eine Katze zu halten, denn die hätte ja Mäuse getötet. Eine Frau, die darauf bestanden hat, dass ich jedes einzelne Insekt nach draußen trage, freilasse und es nur ja nicht töte.«

Sie schaute ihn geradewegs an, und in ihren schwarzen Augen sah er einen so mächtigen Hass, dass es ihm den Atem nahm. »Und ich erinnere mich an die Hilfeschreie meines Enkels, während man ihn brutal abschlachtete. Ich konnte ihm nicht helfen. Ich bin nicht mehr das junge Mädchen, das du verlassen hast, Stryker. Ich bin eine rachsüchtige Frau, die im Krieg mit der Welt liegt, die ihr Unrecht getan hat.«

»Dann kannst du mich ja verstehen. Ich habe nicht um die Existenz gebeten, die ich jetzt führe, und ich will Blut von allen, die dazu beigetragen haben, dass ich verdammt bin: von meinem Vater, von Apollymi, Acheron und Nick Gautier.«

»Was ist mit Artemis?«

»Die liebe ich nicht gerade, aber ich hasse sie auch nicht. Solange sie sich aus meinen Angelegenheiten heraushält, ist sie mir ziemlich egal.«

Zephyra schaute zu ihm hinauf. Sein schwarzes Haar bildete einen scharfen Kontrast zu seinen silbrig wirbelnden Augen. Er sah völlig anders aus als der Junge, in den sie sich damals so unsterblich verliebt hatte. Der Junge, mit dem sie hatte alt werden wollen. Damals hatte sie gehofft, vielleicht vierzig Jahre mit ihm zu haben, wenn sie Glück hatten, dann hätte der Tod sie getrennt.

Nun standen sie sich elftausend Jahre später als Feinde gegenüber.

Es war wirklich ironisch. Mit vierzehn hätte sie ihre Seele verkauft, um die Ewigkeit mit ihm verbringen zu können. Und jetzt wollte sie ihn nur noch elendig verrecken sehen.

Wie sich doch alles geändert hatte …

»Löst du jetzt vielleicht bald mal dein Versprechen ein und lässt Medea frei?«

Stryker war erstaunt über den plötzlichen Themenwechsel. »Ja, natürlich.« Er streckte wieder die Hand nach ihr aus und erwartete, sie würde sie wegschlagen.

Zephyra starrte seine Hand misstrauisch an, als würde sie sich genau das überlegen. Aber gerade als er sich sicher war, dass sie zuschlagen wollte, ergriff sie die Hand sanft.

Stryker wusste nicht, warum sein Herz plötzlich so schnell schlug, aber so war es nun einmal. Ihre Haut war ganz weich, ihre Hand klein und zartgliedrig. Er hätte ihr jeden Knochen dieser Hand brechen können. Und doch hatte sie einst genug Macht besessen, ihn in die Knie zu zwingen. »Ich hatte ganz vergessen, wie zierlich du bist.«

Er hatte Zephyra viel größer in Erinnerung gehabt. Aber jetzt, in ihrer Nähe, erinnerte er sich, wie gut es sich angefühlt hatte, wenn sie sich nachts an ihn kuschelte.

»Ich bin immerhin groß genug, um dich in den Arsch zu treten.«

Er hob ihre Hand, sodass er die Handfläche küssen konnte. »Ich freu mich schon darauf.«

Ihre Augen wurden dunkel. »Willst du jetzt etwa noch mehr Zeit schinden?«

»Nein.« Er legte sich ihre Hand in die Beuge seines Ellenbogens und versetzte sie beide zurück in die Eingangshalle von Kalosis. »Ich werde meine Versprechen dir gegenüber halten. Das werde ich immer tun.«

»Das würde ich dir vielleicht abkaufen, wenn du nicht das wichtigste Versprechen, das ein Mann einer Frau überhaupt machen kann, schon gebrochen hättest. Beim ersten Einschreiten deines Vaters hast du die Flucht ergriffen. Du kannst mich ruhig zynisch nennen.«

»Es ist nicht nötig, dass du zynisch bist, Liebste.« Er führte sie zu seinen Gemächern, wo eine äußerst wütende Medea auf sie wartete.

Sobald er die Tür öffnete, machte sich Zephyra von ihm los und versicherte sich, dass ihrer Tochter nichts zugestoßen war.

Medea starrte Stryker voller Hass an. »Du hast recht, Mutter, er ist ein Drecksack.«

Zephyra lachte. »Da bin ich elftausend Jahre alt, und du hörst immer noch nicht auf mich.«

»Du bist doch bloß vierzehn Jahre älter als ich. Das ist ja wohl nicht besonders viel, oder?« Medea schaute an ihrer Mutter vorbei. »Warum ist er eigentlich immer noch am Leben?«

»Wir beide haben einen Pakt unter Kriegern geschlossen. In den nächsten beiden Wochen müssen wir ihn erdulden, danach kann ich ihm die Kehle durchschneiden.«

Stryker seufzte tief, als er die gehässige Absprache der beiden mithörte. »Ihr wisst aber schon, dass ich hier hinter euch stehe und jedes Wort verstehe?«

Zephyra starrte ihn arrogant an. »Das wissen wir. Und es ist uns egal.«

»Oh. Tja, solange wir ehrlich miteinander sind …« Er verdrehte die Augen. »Dann schicke ich wohl mal einen Diener, der Medea ihre eigene Unterkunft zeigt.«

»Und was ist mit mir?«, fragte Zephyra.

Auf Strykers Gesicht breitete sich ein langsames Lächeln aus. »Du bleibst hier bei mir.«

Zephyra verschränkte die Arme vor der Brust. Stryker war einfach ein bisschen zu selbstbewusst. Sie musste zugeben, dass er ein schöner Mann war, aber das änderte nichts daran, dass sie ihn hasste. »Du bist dir deiner Reize aber verdammt sicher.«

»Ich hatte ja auch Zeit, daran zu arbeiten.«

Medea verzog den Mund. »Achtung, Würgereiz! Eltern, bitte denkt daran, wie ekelhaft es ist, Blut zu spucken. Sei denn, ihr beide wollt es abkriegen. Ich möchte jetzt bitte die Gemächer sehen, von denen eben die Rede war.«

»Davyn!«, rief Stryker.

Sein Daimon erschien auf der Stelle. »Ja, Herr?«

»Bring meine Tochter in Sataras Gemächer und kümmere dich darum, dass sie alles hat, was sie braucht.«

Davyn neigte den Kopf. »Darf sie kommen und gehen, wie es ihr beliebt?«

Stryker schaute Zephyra an. »Wirst du sie losschicken, um mich zu töten?«

»Nein. Ich habe dir mein Wort gegeben, und im Gegensatz zu dir werde ich es auch halten. Du bist sicher, du Feigling. Ich würde nie ein junges Mädchen losschicken, damit sie die Arbeit für ihre Mutter erledigt.«

Er ging gar nicht erst auf ihre Beleidigungen ein. »Gewähr ihr auch Zutritt zu den Schlupflöchern.«

»Ja, Herr.«

»Medea?« Stryker wartete, bis sie ihn anschaute, dann sprach er weiter. »Mach dir keine Gedanken. Sataras Gemächer sind weit genug weg, dass du unseren wilden Sex nicht hören musst.«

Zephyra blieb der Mund offen stehen.

Medea sah alles andere als erfreut aus. »Du hattest recht, Mum. Ich hätte dir sofort erlauben sollen, ihm die Kehle durchzuschneiden.« Sie wandte sich an Davyn. »Bring mich so schnell wie möglich hier raus!«

Davyns Augen funkelten spöttisch, als er die Tür hinter ihnen zumachte.

Sobald sie allein waren, schüttelte Zephyra den Kopf. »Das war grausam von dir.«

»Ich konnte einfach nicht widerstehen. Außerdem hättest du ihr beibringen sollen, niemanden ihre Schwächen spüren zu lassen.«

»Wir sind schließlich ihre Eltern. Wir sollten sie lieben und nicht ihre Schwächen ausnützen.«

»Und doch sitzen wir hier und planen den Tod *meines Vaters* und den meiner Tante.«

»*Du* planst ihren Tod. Ich warte nur darauf, dass ich dich endlich töten kann.«

»Stimmt, aber der springende Punkt ist: Heute ist die Familie dran und morgen der Feind.«

»Das ist immer schon dein Problem gewesen, Stryker. Ich glaube an die Familie. Getreu dem alten Sprichwort: Blut ist dicker als Wasser. Im Falle der Apolliten ist es sogar noch zutreffender.«

Wenn er das nur glauben könnte! Seiner Erfahrung nach hatte sich das Sprichwort nie bewahrheitet. Die Familie diente nur dazu, dem Feind alle Türen zu öffnen. »Wann hätte meine Familie je zu mir gestanden?«

»Es müsste richtiger heißen: Wann hättest du je zu ihnen gestanden? Ich wäre für dich da gewesen, und zwar immer. Aber die Chance hast du mir gar nicht erst gegeben.«

Trotz aller Erfahrungen von Verletzung und Verrat in seiner Vergangenheit trafen ihn Zephyras Worte. Er hätte gern jemanden an seiner Seite gehabt, dem er vertrauen konnte, und wenn es nur ein einziges Mal gewesen wäre. Nur Urian war immer für ihn da gewesen, deshalb war Stryker auch so wütend geworden, als er erfahren hatte, dass Urian einiges vor ihm geheim gehalten hatte. Dass er hinter seinem Rücken hingegangen war und …

Sollte er es wagen, Zephyra zu vertrauen?

»Diese Chance gebe ich dir jetzt.«

Zephyra trat von ihm weg. »Jetzt ist es zu spät. Es sind schließlich Jahrhunderte vergangen. Es gab mal eine Zeit, da hätte ich alles gegeben, um ein freundliches Wort von deinen Lippen zu hören. Aber die Vergangenheit war so bitter und beleidigend, dass du das weder mit Charme noch mit List je wiedergutmachen kannst.«

Stryker beugte sich so weit zu ihr, dass ihre Lippen sich fast berührten. »Dein wilder Herzschlag verrät mir, dass du lügst. Du begehrst mich noch immer.«

»Du solltest meinen Zorn nicht als Lust missverstehen. Ich will dein Blut – und nicht deinen Körper!«

Das glaubte er keine Sekunde lang. »Sag mir ganz ehrlich: Hast du nicht wenigstens einen Sekundenbruchteil überlegt, wie ich nackt aussehe? Erinnerst du dich nicht daran, wie wir uns früher geliebt haben?«

Sie legte vorsichtig die Hand auf seine Erektion. »Du bist ein Mann, Stryker. Ich weiß, dass du an so was denkst.« Ganz plötzlich packte sie fest zu, er schnappte nach Luft und krümmte sich vor Schmerz. Sie hieb ihre Nägel in seine Hoden. »Ich hingegen bin eine Frau, und wie der große Dichter so treffend schrieb: Die Hölle selbst kann nicht wüten wie eine verschmähte Frau.« Sie drückte ein letztes Mal kräftig zu und trat von ihm weg.

Stryker hätte am liebsten einen Blitz nach ihr geschleudert, aber sein Körper schmerzte so sehr, dass er sie nur noch hilflos anstarren konnte, während sie sich umwandte und sein Zimmer verließ.

»Wir sind noch nicht fertig miteinander, meine Liebe«, knurrte er voller Schmerzen. Er würde Zephyra für sich zurückgewinnen, und sie würde ihn um Vergebung bitten. Egal was es ihn kosten sollte, er würde sie wieder besitzen.

Danach würde er sie eigenhändig umbringen.

Kapitel 6

»Wie geht's ihm?«

Tory schaute auf. Vor ihr auf dem Bett lag Ash und erholte sich. Sie blickte geradewegs in Savitars lavendelfarbene Augen. Komisch, sie hätte schwören können, seine Augen wären grün …

Er hatte seinen Surferdress ausgezogen und trug jetzt eine weiße Leinenhose und ein Beach-Shirt, das die ausgeprägte Muskulatur seines Oberkörpers sehen ließ. Das lange braune Haar war aus dem schönen Gesicht geschoben.

»Krieg hat ihn ganz schön übel zugerichtet, aber …«

»Ich werd's überleben«, sagte Ash, wälzte sich herum und schaute die beiden an. Er stützte sich in den Kissen auf und streifte sich das schwarze Haar aus dem Gesicht. »Glaubt mir, ich bin schon schlimmer zusammengeschlagen worden. Ist nur schon länger her.«

Tory sah ihn tadelnd an. »Soweit ich weiß, hast du dich kürzlich erst von einem Auto überfahren lassen …«

Ash schnaubte, dann verschränkte er seine Finger mit ihren. »Zu meiner Verteidigung muss ich sagen, dass ich damals abgelenkt war.« Er warf ihr einen bedeutungsvollen Blick zu. »Und zwar von einer gewissen Menschenfrau mit Nahtoderfahrung. Das zählt also nicht.«

Savitar ignorierte seine Spöttelei. »Also, die gute Nachricht lautet, wir haben Krieg besiegt. Und die schlechte Nachricht lautet …«

Ash beendete den Satz. »… dass er wiederkommt.«

Savitar nickte.

Tory schluckte voller Furcht. »Sollen wir Vorbereitungen dafür treffen?«

Savitar schaute drein, als würde diese Frage ihn ungeheuer beleidigen. »Der Dreckskerl wird nicht auf meine Insel kommen, dazu ist er zu klug. Man klopft dem Teufel nicht auf die Schulter, es könnte sein, dass man dann nach seiner Pfeife tanzen muss.«

Ash räusperte sich und starrte Savitar bedeutungsvoll an. »Tory, seine Insel steht aus gutem Grund niemals still. Sav ist ein bisschen paranoid, also ist die Insel sehr gut gegen alle Arten von paranormalen Eingriffen geschützt. Man kann nur mit besonderer Einladung des Besitzers nach Neratiti gelangen, deswegen hat Alexion euch hierhergebracht. Wir wussten, dass das hier der einzig Ort ist, an den Krieg nicht gelangen kann. Ich und die Meinen brauchen keine gesonderte Einladung, wir sind hier immer willkommen, aber für den Rest der Welt gilt das nicht.«

Savitar nahm eine drohende Haltung ein. »Selbst wenn er die Insel finden würde, würde er es nicht wagen hierherzukommen. Ich würde ihm so kräftig in den Arsch treten, dass er in der Steinzeit landen würde«, sagte Savitar. Seine Augen blitzten humorvoll. »Und zieh nicht so über meine Paranoia her, sie beschert dir schließlich diesen sicheren Unterschlupf hier, oder?«

»Ja, das stimmt, und ich danke dir dafür.«

Savitar neigte huldvoll den Kopf. »Bitte schön. Aber bring

dich nicht noch mal in Schwierigkeiten. Deine Mutter hat es geschafft, Jammern und Wehklagen zu einer olympischen Disziplin zu machen, und sie hat mir deinetwegen ganz schön Kopfschmerzen verursacht. Meinetwegen könntest du ja zu ihr gehen, damit sie sich dir an den Hals wirft, aber ich will schließlich nicht, dass die Welt untergeht. Wenn sie allerdings noch lange so weiterquengelt, ändere ich möglicherweise meine Meinung und bringe dich höchstpersönlich zu ihr.«

Ash lachte. »Das merk ich mir. Jetzt zum Thema: Hast du irgendeine Ahnung, wer unseren neuen Freund aufgeweckt haben könnte? Offenbar hat ihm jemand gesagt, er soll mich besuchen und mit mir spielen.«

Tory schaute ihn übellaunig an. »Ich tippe auf Artemis.«

»Die Wette nehme ich an, denn du verlierst«, entgegnete Savitar. »Das hab ich von Artipou höchstpersönlich. Sie war es nicht, und das ist eine weitere gute Nachricht für euch beide, denn es bedeutet offenbar, dass sie sich an die Vorstellung gewöhnt, dass sie nicht mehr Ashs Freundin ist. Sie ist nicht gerade glücklich darüber, aber sie will euch beiden auch nicht mehr unbedingt ans Leder deswegen. Das ist zwar nur ein kleiner Sieg, aber besser als nichts.«

Tory runzelte die Stirn. »Aber wer …«

»Der gute Stryker hat Krieg freigelassen.«

Ash fluchte. »Das passt ja gut ins Bild. Wo ist Krieg jetzt?«

»Er ist von der Bildfläche verschwunden. Das bedeutet, er ist jetzt wahrscheinlich in Kalosis und berichtet Stryker von seiner spektakulären Niederlage.«

Ash kniff besorgt die Augen zusammen. »Ist meine Mutter denn dann in Sicherheit?«

»Wenn ich von dem Lärm in meinem Kopf ausgehe, den sie wegen dir veranstaltet, dann kann ich diese Frage klar mit

Ja beantworten. Aber mach dir keine Sorgen, die Charonte behalten sie die ganze Zeit über im Blick. Sie führt nicht gerade Freudentänze auf, aber sie ist diesmal wirklich vernünftig. Deine Sicherheit ist ihr Hauptinteresse. Sie hat gesagt, du sollst alles tun, was nötig ist, damit du unversehrt und in Sicherheit bist. Ihr Leben ist erst in zweiter Linie wichtig.«

Ash schnaubte. »Auf gar keinen Fall werde ich Stryker umbringen und damit meine Mutter zu Grabe tragen. Warum zum Teufel hat sie ihrer beider Leben bloß miteinander verbunden?«

Savitar zuckte mit den Achseln. »Anders als wir besitzt sie nicht die Fähigkeit, in die Zukunft zu sehen. Ihre Kräfte liegen in der Zerstörung und nicht in Prophezeiungen. Wenn sie gewusst hätte, dass Stryker dich eines Tages bedroht, dann hätte sie ihn eigenhändig umgebracht, da bin ich ganz sicher. Jetzt weißt du auch, warum ich nie Mitleid mit jemandem habe. Mitgefühl ist wie ein Bumerang. Er kehrt immer zurück und trifft dich.«

Ash schob die Decke von sich weg und wollte aufstehen.

Tory hielt ihn zurück und drückte ihn wieder aufs Bett hinunter. »Du solltest dich noch ausruhen.«

Er küsste ihr die Hand. »Das kann ich nicht. Da läuft ein Wahnsinniger frei herum und versteckt sich wahrscheinlich genau dort, wo meine Mutter lebt.« Er schloss die Augen und ließ Kleidung auf seinem Körper erscheinen. »Wir müssen Vorbereitungen treffen und einen Ort finden, an dem wir Krieg gegenübertreten können, ohne dass zu viele Unschuldige unter unserem Kampf leiden und sterben müssen.«

Savitar verdrehte die Augen. »Kleiner Bruder, ich will dir die Sache ja nicht vermiesen, aber wir sprechen hier immerhin von Krieg. Es gibt keine Möglichkeit der Schadensbegrenzung, das wird er nicht zulassen. Ich habe damals gemeinsam mit fünfundzwanzig Chthoniern gegen ihn gekämpft, und er hat uns das Fell gegerbt, als wären wir Sklavinnen aus Lemurien. Zwei Chthoniern hat er das Herz rausgerissen und es ihnen in den Hals gestopft, dabei hat er fürchterlich gelacht. Dann hat er sich das Blut von den Fingern geleckt und ist auf den Rest von uns zumarschiert. Ich habe die Sache mit Mühe und Not überlebt, und ich habe zwanzig Menschenjahre gebraucht, um mich von meinen Verletzungen zu erholen. Ich fürchte mich nicht vor diesem Dreckskerl, das sicher nicht, aber ihr müsst euch ganz klar darüber sein, mit wem wir uns gerade anlegen.«

Ash runzelte die Stirn, aber sein Entschluss stand fest. Sie mussten Krieg besiegen, auf welche Art auch immer. »Wie hast du ihn denn letztes Mal gefangen gesetzt?«

»Ishtar, Eirene, Bia und die Giganten sind uns zu Hilfe gekommen. Von all diesen Kämpfern hat nur Eirene überlebt. Es gibt auf der Welt insgesamt nur noch acht Chthonier, und da bist du schon mitgezählt.«

Trotzdem wollte Ash nicht glauben, dass die Sache hoffnungslos war. »Es gibt immer einen Schalter, mit dem man die Leute ausknipsen kann, man muss ihn nur finden.«

»Das werden wir auch versuchen. In der Zwischenzeit solltest du wissen, dass Urian Nachricht von der anderen Seite bekommen hat. Stryker zieht die Daimons von überall her auf der Welt zusammen, wahnsinnig viele, eine so große Armee, dass Cecil B. DeMille stolz auf ihn wäre.«

»Warum?«

»Stryker will am kommenden Weihnachtsfest der Menschen die Hölle losbrechen lassen. Natürlich hat Urian vorgeschlagen, du könntest diesen Plan durchkreuzen, indem du dich selbst darbietest. Stryker bläst den Angriff vielleicht wieder ab, wenn du dich Krieg unterwirfst und einen schmerzhaften Tod stirbst.«

Tory kniff wütend die Augen zusammen und schaute Ash an. »Wag es ja nicht! Ich schwöre dir, Acheron Parthenopaeus, wenn du auch nur darüber nachdenkst, werde ich dich zusammenschlagen, bis du um Gnade flehst.«

Ash packte ihre Hand fester. »Mach dir keine Sorgen. Selbst wenn ich mich stellen sollte, würde Krieg die Menschen immer noch verfolgen. Das liegt einfach in seiner Natur, und ich bin nicht so dumm zu glauben, er würde je Gnade walten lassen. Wie sagst du doch immer: Es ist nicht entscheidend, welche Karten du bekommst, sondern wie du sie ausspielst.« Er stand auf. »Sav, du musst dich bei meiner Mutter niederlassen.«

Allein bei der Vorstellung erstickte Savitar fast. »Bist du verrückt geworden? Die Frau hasst mich aus tiefster Seele. Nein, sie hasst mich nicht – Hass würde ja schon fast bedeuten, dass sie mich eines Tages möglicherweise leiden könnte.«

Das gehörte zu den Dingen, die Ash nie verstanden hatte. Aber er konnte seine Mutter auf keinen Fall mit Stryker und Krieg allein lassen. »Nimm Alexion und Danger mit und steh ihr bei, damit wir sicher sein können, dass ihr nichts geschieht.« Diese Leute würde sie sehr viel besser in ihrer Nähe tolerieren als Savitar. »Sonst muss ich es selbst machen. Aber das Ziel der ganzen Aktion liegt ja schließlich darin, den Weltuntergang zu verhindern, und da wäre meine Anwesenheit in ihrer Heimat doch extrem kontraproduktiv.«

Wenn Ash je einen Fuß nach Kalosis setzte, würde seine Mutter die Welt sogar noch schneller zerstören als Krieg und Stryker. »Savitar, du bist der Einzige, dem ich zutraue, meine

Mutter vor Stryker, Krieg und Kessar zu schützen. Auch wenn sie und ich nicht immer gut miteinander auskommen und wir in diesem Krieg auf unterschiedlichen Seiten stehen – sie ist noch immer meine Mutter, und ich will nicht, dass ihr etwas zustößt.«

Savitar sah aus, als würde er lieber ausgeweidet. Nicht dass Ash das nicht nachvollziehen konnte. Seine Mutter konnte extrem temperamentvoll und schwierig im Umgang sein … und sie liebte ihn. Savitar ertrug sie nur schwer.

»In Ordnung«, lenkte Savitar ein. »Ich gehe hin. Aber dafür bist du mir was schuldig. Und zwar ganz gewaltig. Wenn ich also irgendetwas brauche, egal was, dann bist du in der Verantwortung.«

Ash schnaubte. »*So* schlimm ist sie auch wieder nicht.«

»Wie stellst du dir das denn vor, Kumpel? Deine Mutter ist schließlich die Zerstörerin. Diesen Titel hat sie sich nicht nur verdient, sie genießt ihn. Und du schickst mich zu ihr, bloß mit ein paar Charonte als Verstärkung! Was hab ich dir bloß getan?«

Ash lachte. »Jetzt reiß dich mal zusammen, Savitar, du jammerst ja hier herum wie ein kleines Mädchen.«

»Wenn deine Mutter ihren Willen bekommt, dann wird sie mich auch in ein kleines Mädchen verwandeln, und Pink steht mir echt beschissen, vielen Dank auch.«

Ash schüttelte den Kopf und sah zu, wie der Chthonier verschwand. Dann stand er auf, aber Tory stellte sich ihm entschlossen in den Weg. Sie wirkte wie ein militärischer Befehlshaber, der abmarschbereit für den Krieg war – und das verhieß nichts Gutes. »Was ist denn?«

»Wo willst du hin?«

»Ich will zu Nick.«

Sie schnaubte. »Hältst du das wirklich für eine gute Idee? Der Mann hasst dich aus tiefstem Herzen, mehr noch als Stryker. Du kannst von Glück reden, wenn er dir nicht die Wirbelsäule durch die Nasenlöcher zieht.«

»Wie schön, dass ich dich Sonnenscheinchen hab. Gibt es noch ein paar idiotische Vorhersagen, von denen du mir erzählen möchtest?«

»Bloß eine noch: Wenn du diese Insel verlässt, kann Krieg dich wiederfinden. Was willst du tun, wenn er vor dir steht?«

»Blutflecken auf seinem besten Hemd hinterlassen.«

Ihre Augen wurden dunkel. »Das ist nicht lustig, Ash. Du hast mir vorhin selbst gesagt, diese Insel hier ist der einzige Ort, an dem man vor Krieg sicher ist.«

»Ich bin kein Schlappschwanz, Baby, ich bin ein Gott. Ich werde mich nicht hier verstecken, weil ich mich vor ein paar Verletzungen fürchte. Ich muss Nick warnen, dass jemand hinter ihm her ist, so viel bin ich ihm immerhin schuldig.«

Sie verschränkte die Arme vor der Brust und schaute ihn entschieden an. »Dann komme ich mit.«

Den Teufel würde sie tun! Ehe er das erlaubte, würde er Tory hier anketten. Sie besaß zwar ein paar Kräfte seiner Mutter, aber längst nicht alle, und anders als er war sie auch nicht gewöhnt, um ihr Leben zu kämpfen. »Ich nehme Xirena mit. Aber du bleibst hier. Keine Diskussion.«

Sie knurrte ihn an. »Du bist vielleicht stur.«

Er lächelte charmant und hoffte, dadurch würde ihr Zorn ein bisschen verrauchen. »Ich habe schließlich von den Besten gelernt.«

»Ich weiß, ich kenne deine Mutter auch.«

Ash ließ die Dämonin Xirena draußen, damit sie in Sicherheit war, falls ein Kampf ausbrechen sollte. Er betrat Nicks Haus und hielt kurz inne, um zu erspüren, ob der Cajun hier war. Er hörte kein Herz schlagen.

Aber irgendeine unbestreitbare Macht war zu spüren, uralt und kalt, bei Ash klingelten sämtliche Alarmglocken.

Kampfbereit versetzte er sich ins Obergeschoss in Nicks Schlafzimmer, wo das Zentrum dieser Macht zu sein schien. Kaum hatte Ash Gestalt angenommen, wandte sich ein großer, schmaler rothaariger Mann zu ihm um. Unheimliche gelbe Augen, in denen Qual und Macht lagen, blickten aus einem Gesicht, das so zart geschnitten war, dass man es fast schön nennen konnte. Sein schulterlanges rotes Haar fiel ihm perfekt ums Gesicht, und er trug schwarze Goth-Klamotten, genau wie Ash, der ihn schon seit Jahrhunderten nicht mehr gesehen hatte.

»Jared?«

Der Sephiroth neigte respektvoll den Kopf. »Lange nicht gesehen, Atlantäer.«

»Was machst du denn hier?«

Jared seufzte und stellte eine von Nicks Voodoo-Puppen zurück auf die Kommode. »Wahrscheinlich dasselbe wie du, ich suche Nick Gautier. Die Frage ist nur: Bist du Freund oder Feind?«

»Macht das einen Unterschied?«

Sein Gesicht versteinerte sich. »Eigentlich nicht. Ich will nur wissen, wie wütend du wirst, wenn ich ihn umbringe.«

»Verdammt wütend.«

Jared seufzte. »Eine Schande. Aber es ändert nichts daran.« Er ging im Zimmer herum und nahm Nicks Wesen in sich auf, damit er ihn besser verfolgen konnte.

Ash benutzte seine Kräfte dazu, Nick zu schützen, sodass Jared nichts Genaues herausbekommen konnte. »Warum bist du so an Nick interessiert?«

Jared wies mit dem Daumen auf das schwarze Halsband, mit dem er beherrscht wurde und das ihm den Hals einschnürte. »Ich bin nicht in der Position, irgendeinen Auftrag zu hinterfragen, ich muss gehorchen wie der hirnlose Bittsteller, zu dem ich gezwungenermaßen geworden bin.«

Ash zuckte zusammen, als er sich an sein eigenes Dasein als Sklave erinnerte. Da hatten sie etwas gemeinsam, das er niemandem wünschen würde. Er hätte alles gegeben, um Jared zu befreien, aber seine Form der Sklaverei endete nie.

»Kann ich dich um einen Gefallen bitten?«, fragte Jared in einem Ton, der verriet, wie sehr er es verabscheute.

Trotzdem war Ash vorsichtig, denn ein Gefallen bedeutete nur selten etwas Gutes. »Hängt ganz davon ab.«

Jared lächelte gezwungen, zog seinen schwarzen Ledermantel aus und legte das Drachentattoo auf seinem Unterarm frei. »Nim, verwandle dich in einen Menschen!«

Ash sah zu, wie der dunkle Schatten sich von Jareds Arm löste und sich in einen jungen Mann verwandelte. Er war ungefähr eins siebzig groß und gekleidet wie ein Steampunk, komplett mit einer großen Schutzbrille, die auf seinen schwarzen Dreadlocks saß, und mit einem kleinen Bärtchen. Seine Fingernägel waren schwarz lackiert, schwarz waren auch seine Augen und seine Kleidung. Das einzig Farbige an ihm war ein pinkfarbenes Häschen, das mit einer Kette an seiner Hüfte befestigt war.

Nim riss die schwarzen Augen auf, als er Acheron sah, und versteckte sich rasch hinter Jareds Rücken. »Ist er Freund oder Feind?«

Jared seufzte genervt auf. »Freund – noch dazu ein guter.«

Nim schaute hinter Jared hervor wie ein verängstigtes Kind. »Er stinkt nach Charonte-Dämon.«

»Ich weiß. Ich will, dass du mit ihm gehst.«

»Nein!«, knurrte der kleine Dämon. »Nim bleibt bei Jared. Immer.«

Jared fluchte. »Könntest du einem Bruder aus der Patsche helfen, Acheron? Du musst die Vormundschaft für Nim übernehmen und ihn für mich in Sicherheit bringen.«

»Nein!«, fuhr Nim dazwischen, noch entschiedener als das erste Mal.

Jared knurrte nur zur Antwort. »Verdammt, Nimrod! Tu einmal im Leben, was ich dir sage, und geh mit Acheron!«

Der Dämon drückte das kleine pinkfarbene Stofftier an die Brust und schüttelte heftig den Kopf. »Nim bleibt bei Jared. So ist es vorgeschrieben.«

In Jareds Gesicht zuckte ein Muskel. »Ich hätte dir gar nicht erst das Leben retten sollen.«

Ash konnte seinen Schmerz spüren. Er begriff, was Jared wollte. Ash hatte schließlich selbst eine Dämonin und wusste, was für eine Schwäche und Verantwortung das bedeuten konnte. Obwohl der Dämon in seiner jetzigen Gestalt ungefähr zwanzig Menschenjahre alt zu sein schien, konnte man aus seinem Benehmen doch ablesen, dass er noch jünger sein musste als Simi. »Es gibt nichts Schlimmeres als Dämonen im jugendlichen Alter.«

»Da sagst du was.«

»Ich kenn mich da aus.« Ash ging langsam auf Nim zu, wie er es bei einem kleinen Kind getan hätte. »Nim, du kannst ruhig mit mir mitkommen. Ich verspreche dir, dass dir nichts Schlimmes passiert.«

Nim schaute ihn böse und übel gelaunt an. »Ich kenn dich nicht.«

Jared versuchte, ihn in Richtung Ash zu schieben. »Er ist ein guter Mensch.«

Nim entblößte seine Fangzähne und zischte die beiden böse an. »Er ist bei den Charonte gewesen, und die hassen Nim. Sie tun Nim weh, sodass er blutet. Ich will bei Jared bleiben.« Sofort kehrte er als kleines Drachen-Tattoo auf Jareds Hals zurück und legte sich schlafen.

Jared seufzte lange und genervt. »Siehst du irgendeine Möglichkeit, ihn von mir wegzubekommen?«

»Nein.«

»Hab ich mir fast gedacht.« Jareds Augen schimmerten mit goldenen Flecken, die sich bewegten, bis seine Augen goldbraun leuchteten. »Eines Tages wird meine Besitzerin ihn töten, wenn ich ihn nicht anderswo unterbringen kann.«

»Ich glaube, das solltest du ihm sagen.«

»Er sagt, er wäre lieber tot, als dass er mich verlässt. Seiner Auffassung nach sind wir eine Familie. Ich schätze, das macht mich zum verrückten Onkel, mit dem keiner reden will. Und er ist das Kind, das sich nur mit seinen Fantasie-Freunden unterhält. Normal Rockwell – wir kommen!«

Ash lächelte, als Jared mit dem Namen des Malers spielte. Er fühlte wirklich mit ihm, aber er konnte nichts für ihn tun. »Die Entscheidung liegt allein bei ihm.«

Jared starrte ihn unwirsch an. »Würdest du auch so reden, wenn es um Simi ginge?«

»Du kennst meine Antwort.«

»Und du weißt, warum ich ihn loswerden muss.«

Das stimmte nur zu gut. Es gab nichts Schlimmeres, als eine Schwäche offenlegen zu müssen, wenn die Feinde um einen herum nur darauf lauerten, wenn die Feinde diese Schwäche ausnutzten, um einen unter Kontrolle zu bringen und zu unterwerfen. Das wusste Ash vielleicht besser als alle anderen. Jareds Lage tat ihm aufrichtig leid.

Er seufzte und wechselte das Thema. »Warum hat man dir befohlen, Nick zu töten?«

Jared zog seinen Mantel wieder an. »Er ist der Letzte aus der Linie der Malachai.«

Ash lachte über diese absurde Vorstellung. »Nick Gautier soll ein Malachai sein? Jetzt komm aber mal wieder runter, Jared.«

»Nein, das ist kein Scherz. Er ist wirklich der Letzte seiner Art.«

Ash war völlig verblüfft, und ihm blieb tatsächlich der Mund offen stehen. Nick Gautier? Doch so grotesk es zunächst schien, so ergab es doch auf merkwürdige Weise einen Sinn. Nicks unerklärliche Kräfte. Ashs Unfähigkeit, ihn unter Kontrolle zu bekommen …

Verdammt.

Wie konnte ihm das nur entgehen?

Du hast nicht danach gesucht. Aber wer hätte das schon getan? Die Malachai waren schließlich eine ausgestorbene Art.

»Du musst dir keine Vorwürfe machen«, sagte Jared sanft. »Seine Kräfte waren gebunden und verborgen, ganz ähnlich wie bei dir, als du noch ein Mensch warst. Erst als Krieg ihn angegriffen hat, sind sie zum Vorschein gekommen.«

»Weiß Nick denn überhaupt, was er ist?«

Jared schüttelte den Kopf. »Mein Auftrag lautet, ihn zu töten, ehe er es herausbekommt.«

»Das kann ich auf keinen Fall zulassen.«

»Du hast keine andere Wahl – und ich auch nicht.« Mit

diesen Worten verschwand er, ehe Ash auch nur Luft für eine Erwiderung holen konnte.

»Jared!«

Der Sephiroth blieb verschwunden. »Verdammt!« Wenn Jared Nick früher fand als Ash, wäre der Junge mausetot.

»Du siehst entschieden zu selbstzufrieden aus.«

Stryker warf einen Blick über die Schulter und sah, dass Zephyra ihn anschaute. »Ich hab schließlich dich hier. Warum sollte ich da nicht zufrieden sein?«

»Da fallen mir locker eine Million Gründe ein. Als Allererstes zum Beispiel, dass ich dich ungeheuer gern töten würde. Möchtest du die anderen Gründe nach Wichtigkeit geordnet oder lieber alphabetisch?«

Er lachte. »Sag mal ehrlich, hast du mich nie vermisst?«

»Nein.«

Dieses eine Wort traf ihn sehr. »Nicht ein einziges Mal?«

Sie verschränkte die Arme vor der Brust. »Weißt du, woran ich mich erinnere, Stryker? An die letzten Worte, die du zu mir gesagt hast. ›Es gibt für mich keinen Grund hierzubleiben.‹ Dann hast du mein Haus verlassen und dich nicht mal mehr umgeschaut. Keinen Grund hierzubleiben, hast du gesagt. Keinen!« Sie kniff die Augen zusammen und schaute ihn bitterböse an. »Mit diesen Worten hast du mir das Herz gebrochen. Es wäre mir lieber gewesen, du hättest mich geschlagen.«

Stryker stockte. In seiner Erinnerung sah er die Nacht ganz deutlich vor sich. Zephyra hatte mit Tränen in den Augen vor ihm gestanden, aber sie hatte nicht geweint. Ihre Stärke war ganz klar zum Ausdruck gekommen. Er hatte sich nichts mehr gewünscht, als sie in die Arme zu schließen und ihr zu sagen, dass ihm sein Vater scheißegal war. Dass sie die Einzige war, die er liebte, und dass er sterben würde, um sie zu beschützen.

Wäre er bei ihr geblieben, hätte sein Vater sie getötet. Und wenn Apollo das nicht selbst getan hätte, hätte er Artemis diese Ehre überlassen, nachdem Zephyra ihr Kind zur Welt gebracht hatte. Damit hätte Stryker sie alle beide verloren. Apollo war unglaublich rachsüchtig. Stryker hatte versucht, Zephyra das genau auseinanderzusetzen, aber sie hatte sich geweigert, ihm zuzuhören.

»Dann werde ich in Liebe zu dir sterben.« Das war ihre einzige Antwort gewesen.

Ein solches Opfer hatte er nicht gewollt. Er hielt es für besser, dass Zephyra ihn hasste und überlebte, statt dass sie ihn liebte und starb.

Wenn er damals nur geahnt hätte, was die Zukunft bringen würde!

»Ich hab das damals nicht so gemeint.«

Zephyra schnaubte verächtlich. »Natürlich nicht. Es war nur gedankenlos und so weiter und so weiter. Das ist jetzt auch wirklich egal.«

»Wenn es dir wirklich egal wäre, würdest du dich nicht an den genauen Wortlaut erinnern.«

»Jetzt schmeichel dir mal nicht. Ich hab dich genauso abgeschrieben wie du mich. Anders als Medea brauche ich nämlich keinen verbalen Abschluss. Es reicht mir, wenn du endlich tot bist.«

»Ach, sind wir wieder beim Thema?«

»Wir werden immer wieder an diesem Punkt landen.«

Stryker hätte am liebsten geflucht, aber er hatte ihre Kritik mehr als verdient. Sie hatte recht. Er hatte sie verlassen und nicht ein einziges Mal zurückgeblickt.

Nein, das stimmte nicht – er hatte zurückgeblickt, oft sogar. Er hatte sich an ihre gemeinsame Zeit erinnert, daran gedacht, wie Zephyra frühmorgens ausgesehen hatte, wenn sie an ihn geschmiegt dalag. Wie sie lüstern zu ihm aufgeschaut hatte, als wollte sie über ihn herfallen.

Er hatte sich dafür gehasst, dass er das alles aufgegeben hatte. Dass er *sie* aufgegeben hatte.

Er seufzte und ging zur Tür. »Ich muss mich um ein paar Dinge kümmern. Wenn du irgendwas brauchst, ruf Davyn.« Ohne ein weiteres Wort verschwand er.

Zephyra blieb allein in seinem Zimmer zurück. Der verletzte Blick in seinen silbernen Augen hatte ihr wehgetan, und sie hatte sich für diese Schwäche gehasst. Warum wollte sie ihn eigentlich immer noch gern im Arm halten – nach allem, was er ihr angetan hatte?

Ja, sie hätte ihm am liebsten die Augen ausgekratzt und mit ihrem Dolch auf ihn eingestochen, bis er tot war.

Doch neben der ganzen Wut und dem ganzen Schmerz gab es einen Teil in ihr, der Stryker noch immer liebte. Diesen Teil versuchte sie mit aller Macht zu unterdrücken und zu ignorieren. Er war ein Scheusal und ein Feigling.

Er ist der Vater deiner Tochter.

Na und? Er mochte der biologische Vater sein, aber das machte ihn noch nicht zu einem Vater. Es machte ihn nur zu einem Arschloch, das sie verlassen hatte. Wieder stieg die Wut in ihr auf, und sie schaute sich in seinem Schlafzimmer um. Es war ziemlich einfach eingerichtet: burgunderrote Bettbezüge, eine kleine Kommode. Fenster gab es nicht, und die Wände waren völlig schmucklos.

Er lebte hier wie ein Bär in einer Höhle, fand sie.

Es lag nicht einmal ein Buch auf dem Nachttisch. Hatte er

überhaupt welche? Die oberste Schublade stand einen Spalt offen. Vielleicht lag ja da ein Buch darin? Neugierig ging sie hin und zog die Schublade auf.

Ihr stockte der Atem.

Unten in der Schublade lag ein Gegenstand, von dem sie nie gedacht hätte, dass sie ihn in diesem Leben noch einmal zu Gesicht bekommen würde. Es war die handbemalte Kachel, die Stryker als Hochzeitsgeschenk für sie in Auftrag gegeben hatte. Zephyra starrte auf ihr eigenes verblasstes Bildnis. Sie trug altgriechische Kleidung, ihr blondes Haar war hochgebunden, und die Locken fielen ihr ins Gesicht. Sie schaute aus großen grünen Augen unschuldig drein. Sofort stürmten die Erinnerungen auf sie ein. Diese Kachel machte die Vergangenheit lebendig.

Stryker war ihre gemeinsam verbrachte Zeit offenbar ständig gegenwärtig gewesen. Trotz allem, was passiert war, hatte er diese Kachel behalten. Darunter lag eine weitere Kachel und außerdem Fotografien von jungen Männern, die Stryker unglaublich ähnlich sahen. Besonders ein Bild hatte es ihr angetan. Es zeigte drei Männer, die einander in Gestalt und vom Gesicht her ähnlich waren, sie waren in der Mode der Dreißigerjahre gekleidet. Sie hatten sich die Arme um die Schultern gelegt und lächelten glücklich.

Seine Söhne.

Immer wieder stieß sie auf Fotos von ihnen.

Auf der anderen Kachel war ein Mädchen, das Medea sehr ähnlich sah. Zephyra lief ein Schauer über den Rücken, als sie mit dem Finger über die verblasste Inschrift fuhr. *Tannis.* Sie musste eine weitere Tochter von Stryker gewesen sein.

Zephyra legte die Kachel zur Seite und nahm das neueste Bild aus der Schublade. Aus dem Zustand der Fotografie und der Mode auf dem Foto schätzte sie, dass es nicht älter war als zehn Jahre. Es zeigte einen jungen Mann mit weißblondem Haar, das zu einem Pferdeschwanz zusammengebunden war – der mittlere der drei Brüder vom Foto aus den Dreißigerjahren. Obwohl seine Gesichtszüge etwas Maskulines hatten, sah er Medea so ähnlich, dass es schon fast gruselig war. Als Zephyra das Foto ins Licht hielt, begriff sie noch etwas anderes.

Die Spuren auf dem Foto stammten von Tränen her.

»Nein«, flüsterte sie. Die Vorstellung, dass Stryker wegen irgendetwas weinte, war für sie unfassbar. Er war immer völlig unsentimental gewesen. Sie hatte gesehen, wie er bei einem Übungskampf mit dem Schwert schwer verwundet worden war, seine Augen waren nicht einmal feucht geworden.

Das einzige Mal, als sie Tränen in seinen Augen gesehen hatte, war ...

Die Nacht, in der er sie verlassen hatte.

Doch während sie noch ihre Hand über die Spuren auf dem Foto gleiten ließ, wusste sie, dass sie keinen anderen Ursprung haben konnten. Wer sonst als Stryker selbst würde in diesem Zimmer dieses Foto in der Hand halten und weinen? Niemand! Es waren seine Fotos, und er bewahrte seine Erinnerungsstücke an einem Ort auf, von dem er dachte, niemand würde ihn entdecken.

Du liebe Zeit! Der Mistkerl besaß tatsächlich ein Herz. Wer hätte das gedacht!

»Ich werde dich immer lieben, Phyra. Zweifle nie daran – und auch nicht an mir.«

Es wurde ihr eng im Hals, als sie die Kachel mit ihrem eigenen Bildnis betrachtete. Hatte er sie wirklich vermisst und sich nach ihr gesehnt?

Mach dich nicht lächerlich! Wahrscheinlich hat er geplant, dass du genau das hier finden sollst.

Aber wie sollte er das denn geplant haben – er hatte sie doch für tot gehalten! Warum hätte er ihr Bildnis über Jahrhunderte hinweg aufbewahren sollen, wenn sie ihm nichts bedeutet hatte? Sie jedenfalls hatte von Stryker absolut gar nichts aufbewahrt.

»Jetzt werd bloß nicht schwach«, schalt sie sich laut. »Es bedeutet nichts.« Sie legte die Sachen zurück. Doch dann erstarrte sie, als sie etwas sah, das ihr eben entgangen war. Es war ein kleines, grünes, ausgefranstes Band.

Das gleiche Band, das sie auf der Kachel in ihr Haar geflochten trug. In die Mitte des Bandes war der Ehering aufgezogen, den sie ihm ins Gesicht geworfen hatte, als er ihr gesagt hatte, er werde sie verlassen.

Ihr kamen die Tränen, als sie die antike Schrift auf dem Band sah. *S'agapo* – »Ich liebe dich« auf Griechisch.

»Verdammt«, knurrte sie und wurde schwach, als sie noch mehr Beweise für seine offensichtliche Liebe sah. Er hatte sich tatsächlich etwas aus ihr gemacht. Diese ganzen Jahrhunderte hindurch hatte er sie so nahe bei sich gehabt, wie es ihm nur möglich gewesen war.

Zephyra ertrug es nicht länger. Sie verließ das Zimmer und suchte nach dem Arbeitszimmer von Stryker. Sie war noch nicht weit gekommen, als Davyn erschien.

»Kann ich Ihnen helfen?«

»Ich will Stryker sehen – und zwar sofort.«

»Er wird nicht gerne gestört, wenn er arbeitet.«

»Das ist mir völlig egal.« Sie ging an ihm vorbei.

Davyn seufzte tief, dann führte er sie in die richtige Richtung und klopfte an eine Tür. »Herr?«

»Was ist denn!«, schimpfte Stryker ärgerlich von drinnen.

Zephyra drängte sich vor Davyn und öffnete schwungvoll die Tür. Stryker saß an seinem Schreibtisch und schaute in eine kleine runde Kugel – nein, er schaute nicht einfach nur hinein, er schien regelrecht gefesselt von dem, was er sah.

»Was machst du denn da?«, fragte sie, sie legte ihre ganze Verbitterung in die Stimme, um die zärtlichen Gefühle nicht preiszugeben.

Er schaute hoch. »Ich versuche, Gautier zu finden. Und was machst du hier?«

Ehrlich gesagt wusste sie das nicht genau. Eigentlich wollte sie gar nicht hier sein, war es aber trotzdem … »Ich wollte dich sehen.«

»Geh!«, befahl er Davyn, der augenblicklich gehorchte. Sobald sie allein waren, schaute er Zephyra wieder an. »Ich dachte, du hättest mehr als genug von mir.«

Das hatte sie auch – und doch …

Immerhin hatte er ihre Kachel aufbewahrt. Wie konnte etwas derart Langweiliges und Dummes sie bloß so bewegen? Sie hatte immer geglaubt, sie wäre über solche belanglosen Sentimentalitäten erhaben.

Offenbar lag sie da falsch.

Ehe sie sich zurückhalten konnte, war sie schon neben ihn getreten. »Warum jagst du Gautier nicht selbst hinterher?«

»Ich hab es versucht, aber der kleine Mistkerl ist schnell und hat jede Menge guter Ideen. Ganz zu schweigen davon, dass seine Kräfte wirklich nicht zu unterschätzen sind. Ich war so dumm zu denken, dass die meisten seiner Kräfte daher stammen, dass wir unser Blut miteinander vermischt haben. Aber jetzt, da ich weiß, was er in Wirklichkeit ist, begreife ich erst richtig, warum es mir so schwergefallen ist, ihn unter

Kontrolle zu bringen. Ich hätte mich von *seinem* Blut ernähren und *seine* Kräfte annehmen sollen.«

»Und das hast du vorher nicht gemerkt?«

»Nein. Wer immer Nicks Kräfte gebunden hat, hat es unglaublich gut und geschickt gemacht. Hier haben wir gerade ein Paradebeispiel dafür: Ich kann ihn nirgendwo finden. Obwohl wir eigentlich beide in der Lage sein sollten, einander immer zu sehen, ist er völlig von meinem Radar verschwunden.«

»Das kann doch nicht sein!«

Er starrte sie an. »Das weiß ich auch. Trotzdem sehe ich ihn einfach nicht.«

Sie trat um seinen Schreibtisch herum und schaute in die *sfora*. »Wann hast du denn zum letzten Mal Sichtkontakt gehabt?«

Er schaute sie entgeistert an. »Willst du mir jetzt etwa helfen?«

Diese Befriedigung wollte sie ihm nun nicht verschaffen. »Halt einfach die Klappe und beantworte meine Frage.«

Langsam breitete sich ein Lächeln auf seinem Gesicht aus. Das neckende Glitzern in seinen Augen machte sie wütend. »Du hilfst mir tatsächlich!«

»Gewöhn dich bloß nicht dran! Ich stehe nur zu meinem Wort. Ich kann dich nun mal jetzt noch nicht umbringen. Und da es nicht gerade in meiner Natur liegt, mich mit einer Handarbeit in die Ecke zu setzen und nichts zu tun, bin ich hier. Warum wollen wir diesen Mann überhaupt umbringen?«

»Er hat meine Schwester getötet.«

Das war nun wirklich ein guter Grund. »Dreckiger Abschaum.«

Stryker nickte zustimmend. »Vor ein paar Stunden hatte ich ihn noch im Blick, da ist Krieg gerade über ihn hergefallen.«

»Dann versteckt er sich offenbar.«

»Das glaube ich auch. Aber wo?«

»Am besten kann man sich in aller Öffentlichkeit verstecken. Der Scheißkerl ist sicher irgendwo in der Nähe, wir müssen nur noch rausfinden wo.«

Nick fuhr sich fassungslos mit den Händen durchs Haar und starrte die winzige Afroamerikanerin vor sich an. Er hatte immer gedacht, er würde sie schon sein ganzes Leben lang kennen, doch in den letzten Minuten hatte er begriffen, dass er sie nie wirklich gekannt hatte.

»Ich versteh das alles nicht. Mein Vater war ein psychotischer Krimineller. Wenn er ausnahmsweise mal aus dem Knast draußen war und meine Mutter dumm genug war, ihn in unsere Wohnung zu lassen, hat er sie ganz fürchterlich verprügelt.«

Menyara schüttelte den Kopf. »Dein Vater war ein Dämon, der sich ins Gefängnis geflüchtet hatte, weil diejenigen, die ihm nach dem Leben trachteten, ihn dort zuallerletzt gesucht hätten. Außerdem konnte er sich da wunderbar von der ganzen schlechten Energie ernähren. Aus dieser negativen Stimmung zog er seine Kraft.«

Nick konnte das nicht glauben. Es war einfach unmöglich! »Das kann auf keinen Fall stimmen. Mein Vater war ein Mensch.« Ein korrupter, gemeiner und bösartiger Mensch, aber auf alle Fälle ein Mensch.

Menyara schüttelte wieder den Kopf. »Hör zu, Ambrosius, ich war bei deiner Geburt dabei und habe dir auf die Welt geholfen. Dann habe ich deine Kräfte verborgen – sowohl für die sichtbaren Welten als auch für die unsichtbaren. Ich habe gewusst, du würdest deine Kräfte eines Tages entfalten, das hat mich damals schon erschreckt. Warum, glaubst du wohl, habe ich die ganzen Jahre über dich gewacht?«

»Ich habe gedacht, du hast mich und meine Mutter gern.«

»Ich liebe dich sehr, und auch Cherise habe ich sehr geliebt. Sie war eine gute Frau, sanft wie ein Engel. Nie hat sie jemanden verletzt oder auch nur schlecht von jemandem gedacht. Deshalb konnte Adarian sie auch verführen, deshalb hat er sich so von ihr angezogen gefühlt. Er wählte sie für die heilige Ehre aus, die Mutter seines Erben zu sein. Aber er hat nie daran gedacht, wie sehr die Reinheit deiner Mutter dich beeinflussen würde. Und auch mit mir hatte er nicht gerechnet.«

»Du redest eine solche Menge Scheiße, Menyara, dass du eine ganze Kuhweide mit Fladen bedecken könntest.«

Sie richtete einen knochigen Finger auf ihn. »Achte darauf, in welchem Ton du mit mir redest, mein Junge. Ich kann dir durchaus noch eine Tracht Prügel verpassen, wie früher, als du noch klein warst.«

»Ich bin doch allmächtig! Hast du mir das nicht gerade eben erzählt?«

»Und ich habe deine Kräfte einst gebunden. Das könnte ich genauso gut jetzt wiederholen. Glaub mir, du bist nicht das mächtigste Wesen im Universum, es gibt durchaus einige, die dich besiegen können.«

Nick trat den Rückzug an. Es hatte keinen Zweck, Menyara anzugehen, außerdem käme er sich dann vor wie sein Vater – und den hatte er immer verachtet. Sie hatte ja recht. Sie war immer für ihn da gewesen, wie eine zweite Mutter. »Tut mir leid, Mennie. Es fällt mir nicht leicht, das alles zu verdauen. Nimm es mir bitte nicht übel, das ist einfach ganz schön viel auf einmal.«

Sie legte ihm die Hand an die Wange, über das Zeichen mit dem doppelten Bogen und dem Pfeil. »Du wolltest deine Seele einer Göttin verkaufen, um Rache zu üben. Das ist ziemlich lächerlich.«

»Du hast völlig recht. Und es ist auch nicht gut ausgegangen. Ich wünschte nur, ich würde mehr von alldem hier begreifen.«

Sie ließ die Hand auf seine Schulter fallen. »Wenn du an deinen Vater denkst, an was kannst du dich da erinnern?«

»Nur an seine Hände, wenn er mich geohrfeigt hat. Auf die Finger seiner rechten Hand waren die vier Buchstaben des Wortes ›Hass‹ tätowiert, und auf der linken Hand stand ›Töte‹. Ich weiß nicht mal mehr genau, wie er aussah, ich erinnere mich nur an einen Berg von Mann mit hasserfüllten Augen.«

Menyara seufzte sanft. »Der Malachai. Gewissenlos, wütend, bitter – wie alle Dämonen. Sie wurden aus den negativsten Elementen des Universums erschaffen, um gegen diejenigen zu kämpfen, die voller Reinheit und Fürsorge sind. Trotz all seiner Fehler hat dein Vater länger gelebt als jeder Malachai vor ihm. Aber er wusste, dass seine Zeit ablief, und deshalb hat er dich gezeugt. Jeder Malachai darf nur einen einzigen Sohn bekommen, der sein Erbe fortführt. Der bist du.«

»Und ich habe mir das Leben genommen, also ist damit alles zu Ende.«

Menyara schüttelte den Kopf. »Du hast die Möglichkeit, von den Toten zurückzukehren. Du kannst deine Seele zurückfordern und wiedergeboren werden.«

»Wozu soll das gut sein?«

Sie lächelte ihn an. »Das musst du wissen. Nur wir selbst können die Frage beantworten, zu welchem Zweck wir auf der Welt sind. Dein Vater wollte andere verletzen und bestrafen. Mein Ziel war es, dich zu beschützen. Und dein Ziel?«

»Acheron Parthenopaeus zu töten.«

»Und das könnte wirklich das bittere Loch in deinem Herzen ausfüllen, das du dir selbst hineingerissen hast?«

»Ich habe mir kein Loch ins Herz gerissen, das war *er*!«, schnauzte Nick.

»Schau mich an!«, bellte sie. »Du wirst Menyara die Wahrheit sagen, mein Junge!«

Nick knirschte mit den Zähnen, als bittere Gefühle in ihm aufstiegen. »Ash hat meine Mutter getötet.«

»Ein Daimon hat deine Mutter getötet, weil du sie zu spät von der Arbeit abgeholt und sie nicht nach Hause begleitet hast. Du kennst doch die Wahrheit, Ambrosius. Gib sie vor dir selbst zu! Ash hätte niemals zugelassen, dass Cherise stirbt, wenn er etwas dagegen hätte unternehmen können. Er wurde in dieser Nacht selbst brutal angegriffen. Obwohl er wütend auf dich war, hätte er sein Leben gegeben, um deine Mutter zu beschützen. Bis heute besucht er ihr Grab und ehrt sie damit mehr, als du es tust.«

Nick traten Tränen in die Augen, als der Schmerz in ihm aufwallte. Er wollte seine Mutter zurück, er wollte sie noch einmal sehen! Er wollte, dass sie ihm über die Wange strich und ihn mit ihren freundlichen Augen stolz anlächelte. Er wollte die Zeit zurückdrehen und Cherise davor bewahren, heimtückisch ermordet zu werden. Sie war die beste Mutter der Welt gewesen, und seine Feinde hatten sie brutal getötet.

Das hatte sie einfach nicht verdient.

Und sie hatte einen besseren Sohn als ihn verdient. Er war nicht in der Lage gewesen, sie zu beschützen.

Menyara stachelte ihn weiter an. »Du hast sie in Gefahr gebracht, nicht Acheron. Du hast sie im Stich gelassen. Du hast dir das Leben genommen.«

Nick heulte auf, als die Wut durch seine Adern schoss. Er warf den Kopf zurück und brüllte seinen ganzen Schmerz heraus, das Zimmer erzitterte wie bei einem Überschallknall. Seine Sehkraft änderte sich, die Welt sah auf einmal völlig anders aus ... Er konnte keine Farben mehr unterscheiden. Stattdessen sah er das Universum so, wie es wirklich war. Er hörte die Struktur des Lebens, die jedem lebendigen Wesen innewohnte und an die es gebunden war.

Eine solche Kraft hatte er nie erlebt, weder einen solchen Zorn noch einen solchen Hass. Er spürte ihn regelrecht auf der Zunge.

Menyara schaute ihn geradewegs an, ohne jede Furcht oder Verzagtheit. »Jetzt hast du die Macht, Acheron zu töten. Wirst du es tun?«

Nick bleckte seine Fangzähne, Flammen schlugen ihm aus den Händen und liefen seine Arme entlang. »Oh ja – und ob!«

Endlich würde Acheron Parthenopaeus sterben!

Kapitel 7

Stryker holte tief Luft, als Zephyra sich vorbeugte und in seine *sfora* schaute. Sie roch so gut, dass ihm das Wasser im Mund zusammenlief. Sie fuhr mit einem langen Fingernagel über die bewölkte Kugel, und Stryker überlief ein Schauer, als er sich vorstellte, sie würde auf diese Weise über seine Haut streichen. Er war so hart und voller Lust, dass er sich zurückhalten musste, um Zephyra nicht zu packen und sie an sich zu ziehen.

Wenn er das auch nur versuchte, würde sie ihn umbringen. Ganz zu schweigen davon, dass er sie nie rau angepackt hatte. Er weidete Männer aus, ohne mit der Wimper zu zucken, und selbst viele Frauen, aber wenn es um Zephyra ging … Er wusste nicht, ob er die Frau verletzen könnte, die er so sehr liebte.

Zephyra erstarrte, als sie die Beule bemerkte, die sich in Strykers Hose gebildet hatte, die subtile Änderung in seinem Atemrhythmus. Sie konnte sich nicht erinnern, wann sie das letzte Mal einen Geliebten gehabt hatte. Aber diese Erfahrung war ziemlich erbärmlich gewesen. Sie hatte sich damals entschieden, dass sie nicht wieder enttäuscht werden und die Sache lieber selbst in die Hand nehmen wollte.

Stryker hatte sie nie enttäuscht. Er war mehr als nur ein

geschickter Liebhaber gewesen, er war stets aufmerksam und rücksichtsvoll gewesen.

Zephyra schluckte und trat von der *sfora* zurück. Dann blickte sie auf seine Lippen.

»Ich hab dich auch vermisst«, sagte sie leise, ehe sie sich zurückhalten konnte.

Stryker erstarrte. Als er sah, wie sich ihre Augen verdunkelten, und als er ihre Worte hörte, verspürte er ein regelrechtes Brennen in sich. Er konnte nicht länger an sich halten, er zog sie zu sich hinunter und küsste sie. Ihre Lippen berührten die seinen, und ihre Zunge glitt über seine Zähne. Sofort war er blind vor Begierde. Er hatte so wunderbare und wertvolle Erinnerungen an sie, und er hatte nie damit gerechnet, dass er sie jemals würde auffrischen können.

Er zog Zephyra auf den Schoß und knurrte. Wie gut sich das anfühlte! Sie war so zierlich, dass sie fast nichts zu wiegen schien, und der Duft ihrer Haut berauschte ihn.

Zephyra stöhnte auf, so gut schmeckte Strykers Kuss. Er war so stark! Auch wenn sie es verabscheute – sie musste zugeben, wie sehr sie das hier vermisst hatte.

Wie sehr sie *ihn* vermisst hatte. Sie konnte es nicht leugnen.

Elftausend Jahre später entflammte sie noch immer für diesen Mann.

Sie begehrte ihn mit einer Wut, die sie gar nicht erst zu verstehen versuchte. Also setzte sie sich einfach rittlings auf seinen Schoß und lehnte sich ein wenig zurück, sodass sie ihm das Hemd über den Kopf ziehen konnte.

Sein Mundwinkel hob sich zu einem neckischen Lächeln.

Sie legte ihm den Finger auf die Lippen. »Ein einziges Wort, und ich schwöre dir, ich reiß dir die Zunge heraus.«

»Also habe ich dich noch nicht ganz zurückgewonnen?«

Sie ließ sein Hemd zu Boden fallen. »Hier geht es nicht darum, irgendetwas zu gewinnen. Es geht nur um Lust. Ich will dich nicht mehr begehren.«

»Und du glaubst, so schaffst du das?«

»Wenn ich erst einmal merke, wie schlecht du im Bett bist, will ich dich sicher nie wieder anrühren.«

Er lachte und stand mit ihr auf dem Schoß auf, sie schlang die Beine um ihn. Dann lehnte er sie mit dem Po gegen seinen Schreibtisch. »Meine Liebe, ich bin mein ganzes Leben lang noch nicht schlecht im Bett gewesen.«

Sie schnaubte, obwohl sie aus Erfahrung wusste, dass er sie nie enttäuscht hatte. Aber irgendwann musste seine Glückssträhne ja mal zu Ende gehen, vielleicht war er mit dem Alter schlechter geworden …

Er küsste sie wieder, während er eine Hand über ihren Körper gleiten ließ. Sie erschauderte lustvoll, als sie spürte, wie sich die große Beule zwischen ihre Beine schob. Sie begehrte ihn unglaublich.

Stryker griff nach ihrem Top, aber in diesem Moment schlug etwas gegen seine Tür. Stirnrunzelnd schaute er hoch, als die Türen aufflogen. Davyn stürzte zu Boden, er war voller Blut, und dann erschien eine Gruppe von etwa zwanzig Dämonen auf der Schwelle.

»Klopf, klopf«, knurrte Kessar wütend. »Sieht ganz so aus, als hätte hier jemand anders die Macht übernommen.«

Stryker trat zurück und zog Zephyra vom Schreibtisch. Mit seinen Kräften ließ er ein Hemd auf seinem Körper erscheinen und stellte sich zwischen Zephyra und den Dämon. »Was zum Teufel geht hier vor?«

»Natürliche Selektion.« Kessar warf einen Blitz nach ihm.

Stryker zischte vor Schmerz. Aber er war schließlich kein Neuling im Kampf. Er beschwor seine schwarze Rüstung herauf, stellte den Schreibtisch hochkant und knallte ihn gegen den Dämon. Kessar duckte sich weg und schleuderte einen weiteren Blitz. Stryker warf nun seinerseits einen Blitz nach Kessar. Die Kräfte der beiden Blitze trafen sich in einem knisternden Bogen. Aber das Ganze war körperlich sehr anstrengend. Stryker konnte spüren, wie er schwächer wurde, und wenn er sich anschaute, welche Massen an Dämonen in sein Arbeitszimmer eindrangen, dann wäre ein erschöpfter Daimon ziemlich bald auch ein toter Daimon.

»Lauf, Phyra!«, befahl er über die Schulter hinweg.

»Nicht ohne dich.« Ehe er sie zurückhalten konnte, warf sie einen eigenen Blitz auf die Dämonen und trieb sie zurück. »Wir müssen hier raus, und zwar schnell«, sagte sie.

Stryker schaute zu Davyn, der noch immer bewusstlos am Boden lag. »Wir müssen ihn mitnehmen.«

»Lass ihn doch sterben.«

»Ich lasse meine Männer nicht zurück.« Zumindest die nicht, die ihm wirklich loyal dienten. Leute wie Desiderius, dessen Loyalität sehr fraglich war, würde er opfern, aber Davyn hatte Stryker nie Anlass gegeben, an ihm zu zweifeln. Um solche Männer zu retten, würde Stryker sein Leben geben.

Sie knurrte ihn an. »Dann hol ihn, aber mach schnell.«

Als er einen Ausfallschritt in Richtung Davyn machte, griff Kessar an. Er packte Stryker um die Hüfte und warf ihn zu Boden. Fluchend trat Stryker nach ihm. »Du wertloser Drecksack mit deinem fiesen Mundgeruch, geh sofort von mir runter!«

Ein anderer Dämon sprang auf ihn zu. Stryker rollte sich weg und sah, dass Zephyra einen weiteren Dämon zu Boden warf. »Vorsicht, lass dich nicht beißen, sonst wirst du zu einem der ihren!«

Sie lachte böse, während ihre Augen sich hellgelb mit einem roten Rand färbten. »Mit deiner Warnung bist du ein bisschen spät dran.« Sie schnappte sich den Dämon, der ihr am nächsten stand, und verdrehte ihm den Arm. Er stürzte mit einem Aufschrei zu Boden, sie stach ihm zwischen die Augen und tötete ihn. »Das weiß ich alles schon. Ich bin genauso scharf auf ihr Blut wie sie auf meines.«

Kessar und seine Dämonen zogen sich zurück, als sie begriffen, dass sie es hier mit etwas anderem zu tun hatten als mit einer ganz normalen Daimon-Frau.

»Hast du deinen Kumpel jetzt?« Ihr schneidender Tonfall irritierte Stryker.

Er zog Davyn hoch und warf ihn sich über die Schulter. »Vor solchen Schwachköpfen wie denen fliehe ich doch nicht!« Er wollte Kessar verfolgen, blieb aber wie angewurzelt stehen, als er sah, dass der ganze Flur voller Toter lag. Es waren alles Mitglieder seiner Daimon-Armee. »Was zum Henker geht hier vor?«

»Sie verwandeln deine Daimons in Dämonen. Wenn du überleben willst, dann solltest du ganz schnell hier verschwinden!«

»Ich trete auf keinen Fall den Rückzug an!«

Zephyra packte Stryker und zwang ihn, sie anzuschauen. »Jeder tritt irgendwann mal den Rückzug an. Mach das Portal auf und lass uns hier raus – und zwar sofort!«

Stryker knurrte, aber dann gehorchte er. Bis sie begriffen hatten, was eigentlich los war, würde er auf sie hören, auch wenn es ihm eigentlich nicht recht war.

Zephyra führte ihn aus Kalosis und zurück in ihren Tempel

zu Medea. Die drei erschienen mitten in Medeas Zimmer, wo ihre Tochter am Computer saß.

»Leg ihn aufs Bett«, befahl Zephyra Stryker.

»Was soll das denn?« Medea war kein bisschen begeistert. Sie sprang auf. »Ich will keinen Unbekannten in meinem Bett!«

»Bei solchen Worten ist man als Vater richtig stolz. Danke, dass du unsere Tochter so gut erzogen hast.« Er warf Davyn auf die pinkfarbene Überdecke.

Zephyra schnaubte. »Jetzt fang bloß nicht so an, sonst denke ich vielleicht noch einmal darüber nach, ob ich dich nicht doch den Dämonen vorwerfe.«

Stryker richtete sich zu seiner ganzen Größe auf und schaute Zephyra an. »Und jetzt kommen wir zu der interessanten Frage: Was genau bist du eigentlich?«

Sie stieß einen langen Seufzer aus, ehe sie antwortete. »Tja, zum einen bin ich stinksauer und außerdem … bin ich zu einem Teil Dämon.«

Diese Worte jagten Stryker einen Schauer über den Rücken. Zephyra wirkte so normal und dennoch … wenn sie wirklich Dämonenblut in sich hatte, dann besaß sie einige wertvolle Fähigkeiten. »Wie kommt das?«

»Ein gallu hat mich gebissen – der gleiche gallu, dem Jared gehört hat. Er dachte, er könnte mich zu einer hirnlosen Speichelleckerin machen. Aber dann musste er leider erfahren, dass ich um einiges stärker bin, als ich aussehe. Ich habe den Dreckskerl umgebracht.«

Medea seufzte. »Warum sagst du ihm nicht die Wahrheit, Mum?«

»Die Wahrheit?«, fragte Stryker stirnrunzelnd.

Zephyra starrte ihre Tochter fluchend an. Ihre Augen

sprühten beinahe Funken, aber dann wandte sie sich an Stryker. »Na schön. Ich habe mein Menschsein eingetauscht, damit Medea länger leben konnte als nur bis zu ihrem siebenundzwanzigsten Geburtstag.«

»Wovon redest du da eigentlich?«

»Im Gegensatz zu dir«, höhnte Zephyra, »hatte ich nämlich keine atlantäische Gottheit, die mir gezeigt hätte, wie man an menschliche Seelen kommt, um zu überleben. Ich habe Artemis gebeten, zugunsten von Medea einzuschreiten, aber sie hat sich geweigert. Sie hat mir gesagt, sie würde den Fluch ihres Bruders nicht rückgängig machen, selbst wenn es dabei um ihre Großnichte ging. Nachdem ich schon meinen Enkel und meinen Schwiegersohn an die Menschen verloren hatte, wollte ich nicht wegen Apollo auch noch mein Kind sterben lassen. Also habe ich einen Vermittler heraufbeschworen und ihm meine Seele versprochen, wenn er Medea schützen würde.«

Das klang ganz schön verrückt, und außerdem gab es da noch ein kleines Problem. Die Dämonen-Vermittler gingen niemals auf Bitten von Daimons ein. »Das kannst du doch gar nicht, das kann nur ein Dämon.«

Zephyra warf ihm einen halb sarkastischen halb bewundernden Blick zu. »Du bist vielleicht eine Intelligenzbestie! Und ich hab dich bloß wegen deiner Muskeln geheiratet, das muss man sich mal vorstellen. Wer hätte gedacht, dass sich unter dem ganzen Muskelgebirge so ein Superhirn verbirgt.«

Medea gab ein würgendes Geräusch von sich und schaltete sich ein. »Sie hat einem Dämon erlaubt, sich von ihr zu ernähren und ihr Blut zu saugen. So hat sie sich auch in eine Dämonin verwandelt und konnte einen Vermittler einschalten.«

Zephyra richtete ihren sarkastischen Blick jetzt verdrossen auf Medea.

Stryker war überrascht, dass sie in der Lage war, so intensiv zu lieben. Es berührte ihn tief, dass sie ein so großes Opfer gebracht hatte, um ihr Kind zu beschützen. Diese Fähigkeit, für diejenigen zu sorgen, die sie liebte – deshalb hatte er sich im antiken Griechenland in sie verliebt.

»Nachdem ich mich verwandelt hatte, wandte ich mich gegen den Dämon und habe ihn getötet. Das ist eine sehr praktische Sache bei den gallu: Wenn du denjenigen tötest, der dich gebissen hat, erlangst du die Kontrolle über dich zurück und behältst außerdem die Kräfte des gallu und fügst sie deinen Kräften hinzu. Es ist eigentlich sehr schön, abgesehen von der nervigen Gier nach Blut, die zu der hinzukam, die ich ohnehin schon Apollo verdanke. Aber das Leben ist nun mal eine Reihe von Kompromissen, oder?«

Vielleicht. Aber das ließ immer noch eine Frage unbeantwortet. »Und Jared?«

»Der gallu hat ihn mir angeboten, damit ich ihn nicht töte. Ich habe die Vormundschaft für Jared übernommen und den gallu dann in seinem eigenen Haus an die Wand genagelt. Niemand bedroht mich oder mein Kind – niemals! Und ich werde *niemals* irgendjemandes Sklavin werden. Keiner soll je Kontrolle über mich haben.«

Das konnte Stryker gut nachvollziehen. Er hatte denen, die seine Söhne getötet hatten, Schlimmeres angetan.

Nur Urian nicht.

Aber daran wollte er jetzt nicht denken. Er kniff die Augen zusammen und schaute Zephyra an. »Das erklärt, warum du so alt geworden bist.« Dämonen, selbst wenn sie nur Halb-Dämonen waren oder erst spät zu Dämonen geworden waren, blieben von Apollos Fluch verschont. »Aber was ist mit ihr?« Er wies mit dem Kinn auf Medea.

Zephyra verschränkte die Arme vor der Brust. »Ich musste meine Seele für ihr Leben eintauschen, und jetzt ist es an meines gebunden. Merkwürdig, wie gern die Götter so ein Arrangement treffen. Eigentlich ist es sadistisch und gefühlskalt. Aber egal. Anders als wir muss Medea sich nicht von Menschen ernähren, um länger zu leben – sie ist technisch gesehen immer noch eine Apollitin. Sie könnte sogar noch mehr Kinder bekommen, wenn sie je einen Mann finden würde, der zur Abwechslung einmal was taugt.«

»Ich hatte einen gefunden«, sagte Medea, und ihr brach die Stimme. »Aber die Menschen haben ihn abgeschlachtet.«

Zephyra berührte sie leicht am Arm. »Ich weiß, mein Schatz. Ich wollte nicht hartherzig klingen. Ich habe ihn auch geliebt.« Sie schaute Stryker wieder an. »Deswegen habe ich mich darum gekümmert, dass jedes einzelne Familienmitglied der Mörder meines Schwiegersohns stirbt. Ich habe eine Menge Leute abgeschlachtet und mich über jeden einzelnen gefreut.«

Stryker salutierte mit dem alten militärischen Gruß. »Genau dafür bewundere ich dich so. Kriegerehre bis zum Schluss.« Blut wird nur mit Blut abgewaschen. Auge um Auge, Zahn um Zahn. Ein Leben für ein anderes Leben.

Das war das Eine, bei dem sie sich immer einig gewesen waren.

Davyn stöhnte, als er endlich wieder zu sich kam. Er hob den Kopf, und sein Blick fiel auf Stryker. »Wie viele von uns haben sie getötet?«

»Ich weiß es nicht. Was ist passiert?«

»Krieg.« Seine Stimme klang schwach und angestrengt, als

hätte er starke Schmerzen. Er schob sich das Haar aus dem Gesicht und setzte sich mühsam auf. »Er hat den Dämonen gepredigt, sie sollten dir nicht mehr untertan sein. Sie sollten sich lieber erheben, uns umbringen und dann Kalosis übernehmen. Er sagte, es wäre ein perfekte Ort für die Dämonen, wenn erst mal alle Daimons tot oder umgewandelt wären.«

Stryker knurrte tief in seiner Kehle. »Der verräterische Dreckskerl.«

Zephyra verspottete ihn. »Du bist schließlich derjenige, der Krieg freigelassen hat.«

»Nun ja, damit er Nick und Ash tötet«, sagte er abwehrend.

Sie hob eine höhnisch neckende Augenbraue. »Was hast du gedacht, würde er danach so unternehmen?«

»Ich habe angenommen, er würde mich umbringen, aber nicht meine Leute.«

Zephyra lachte voller Sarkasmus. »Der Mann heißt schließlich Krieg. Hat dir das nicht einen kleinen Hinweis auf seine Persönlichkeit geliefert? Das wäre in etwa so, als würdest du Peone treffen und davon ausgehen, dass die Göttin der Vergeltung dir vergibt und dich einfach so davonkommen lässt. Und dann lebten sie glücklich und in Frieden …«

Medea runzelte die Stirn. »Ich dachte, Nemesis ist die Göttin der Rache?«

Zephyra starrte sie überrascht an. »Bleib du mal schön bei deinen atlantäischen Göttern, Schätzchen. Peone ist die Göttin der Vergeltung und der Rache, wenn es um Mord geht. Nemesis dagegen ist eine ausgleichende Göttin. Sie bestraft diejenigen, die zu viel Glück haben oder mit einem Betrug davongekommen sind. Zwischen diesen beiden Göttinnen besteht ein himmelweiter Unterschied.«

»Oh – aha.« Medea trat einen Schritt zurück.

Stryker schaute wieder zu Zephyra. »Ich bin beeindruckt, dass du dich noch an die alten Götter erinnerst. Aber ich muss trotzdem zurück nach Kalosis und diese Arschlöcher dort rausschmeißen.«

»Warum bist du denn so wild auf Selbstmord?«

»Ich bin überhaupt nicht wild auf Selbstmord. Aber dort unten sind meine Leute, und ich werde sie nicht einfach so ohne ihren Anführer sterben lassen.« Er verschwand.

Zephyra war über seinen plötzlichen Abgang wie vom Donner gerührt. »Ist er jetzt wirklich zurückgegangen?«, fragte sie Davyn.

Er nickte. »Mein Herr spielt gerne Spielchen, aber nicht, wenn es um einen Angriff geht. Er hat die Dämonen nach Kalosis geholt und fühlt sich deshalb für die jetzige Situation verantwortlich.«

Zephyra versuchte, sich nach Kalosis zu versetzen, aber ohne Einladung konnte sie das nicht. »Davyn, kannst du mir ein Schlupfloch öffnen?«

Er schloss kurz die Augen, dann schüttelte er den Kopf. »Stryker muss mich ausgeschlossen haben.«

»Verdammt soll er sein. Jared!«, brüllte sie und rief ihn von seiner Suche nach Nick zurück.

Augenblicklich stand er vor ihr. »*Akra*?«, fragte er mit dem atlantäischen Wort für Herrin und Besitzerin.

»Du musst nach Kalosis und Stryker beschützen, dass niemand ihn tötet. Hilf ihm, die Dämonen zu vertreiben.«

»Dein Wille ist auch mein Wille«, sagte er sehr sarkastisch. Zephyra war überrascht, dass er ohne weitere Streitereien gehorchte, im nächsten Moment war er auch schon verschwunden.

Medea schaute finster drein. »Ich dachte, du wolltest Stryker umbringen?«

»Nach allem, was ich wegen dieses Mannes durchgemacht habe, gebührt mir diese Ehre. Ich will auf keinen Fall, dass irgendein Schlag eines lächerlichen Dämons mir dieses Vergnügen raubt.«

Stryker warf einen Feuerstrahl, um die Dämonen zu versengen, die ihm am nächsten standen, während er zu seinen Männern und Frauen vordrang, die die Dämonen in Schach hielten. »Wo ist Apollymi?«

»Hinter dir.«

Er wandte sich um und sah sie dort mit leuchtend roten Augen stehen. »Wir müssen dich in Sicherheit bringen«, sagte er zu ihr. Keiner von ihnen beiden sollte umkommen, bis er die Lage in den Griff bekommen hatte.

Bei diesen Worten hob sie eine Augenbraue. »Seit wann bist du denn an meiner Sicherheit interessiert? Ich dachte, du willst mich am liebsten tot sehen.«

Das stimmte, so war es einst gewesen, aber jetzt sah die Sache anders aus. »Ich will noch einmal was von meinem Leben haben. Zumindest die nächsten beiden Wochen.«

»Na, wenn das so ist …« Sie streckte die Arme aus und ließ einen Wirbelwind um die Dämonen herum entstehen. Der Wind umschloss sie und fegte sie zusammen, während sie kreischten und schrien.

Dann erschien ein Loch mitten im Zimmer und saugte sie ein. Einen Augenblick später waren alle Dämonen verschwunden.

Das war doch mal eine wirklich nützliche Fähigkeit! »Das, liebe Freunde, ist der Unterschied zwischen einer ausgewachsenen Göttin und einem kleinen Halbgott«, murmelte er halblaut vor sich hin.

Unbeeindruckt drehte sich Apollymi zu Stryker um. »Das wird aber leider nicht der letzte Angriff gewesen sein, denn irgendjemand«, sie starrte Stryker wütend an, »hat den Dämonen Zutritt zu meiner Sphäre gewährt. Vielleicht sollte ich dich ihnen doch zum Fraß vorwerfen.«

»Lass mir ein paar Stunden Zeit. Jetzt muss ich erst einmal kontrollieren, welchen Schaden sie bei meinen Leuten angerichtet haben.«

»Seit wann kümmert es dich denn, was deinen Leuten zustößt?«

Er antwortete nicht. Apollymi hatte schon recht: Er tat immer so, als hätte er überhaupt keine Gefühle und würde meilenweit über so etwas Belanglosem wie Empathie stehen. Aber so war es nicht.

Stryker empfand sehr wohl Schmerzen, und manche Dinge beschäftigten ihn, auch wenn er es eigentlich nicht wollte. Wie sehr er es auch leugnete, er war doch immer noch ein Teil Mensch.

»Meine Leute brauchen mich.« Er ging an einem verärgerten Savitar vorbei, der auf Apollymi zuging.

»Warum bist du nicht geblieben, wo du warst?«, fuhr er sie an.

Sie starrte ihn kühl und arrogant an. »Ich bin die Göttin der Zerstörung. Glaubst du ernsthaft, ich würde wegbleiben, während sich die Feinde quer durch meine Heimat schlagen und sie zerstören wollen?« Sie verzog den Mund. »Du musst ihnen unbedingt Sin auf den Hals hetzen. Als sumerischer Gott sollte er ein Geschöpf seiner Götterwelt in den Griff kriegen und den Dreck beseitigen.«

Savitar schnaubte verächtlich. »Du weißt doch, dass deine Enkelin dann neben ihm an vorderster Front kämpfen wird, oder? Das letzte Mal, als sie gegen die gallu gekämpft hat, hätten sie sie fast zu einer von sich gemacht.«

Apollymi zischte Savitar an. »Was musste sie auch diesen nichtsnutzigen sumerischen Gott heiraten! Na gut, dann sag den beiden nicht Bescheid.« Sie warf einen Blick auf die Zerstörung um sich herum. »Strykerius, ich erwarte, dass du und deine Männer diesen Mist hier aufräumen.«

Stryker wollte schon lospoltern, aber er hielt sich zurück. Wenn er Apollymi verärgerte, würde er gar nichts erreichen. »Du weißt doch, dass dieser Kampf noch nicht zu Ende ist? Krieg wird wiederkommen.«

»Ja, das weiß ich selbst, vielen Dank auch. In der Zwischenzeit sollten wir ein paar Vorkehrungen treffen. Kennt irgendjemand einen guten Kammerjäger?«

Kaum hatte sie diese Worte ausgesprochen, erschien Jared neben Stryker. Er sah viel besser aus als das letzte Mal, als sie einander gesehen hatten. Er trug eine schwarze Lederjacke, ein schwarzes Button-down-Hemd, schwarze Jeans und außerdem eine dunkle Sonnenbrille. Das goldbraune Haar war zu einem gepflegten Pferdeschwanz zusammengebunden.

Der Sephiroth schaute sich stirnrunzelnd um. »Sieht ganz so aus, als hätte ich die Party versäumt. Gut so, ich wäre auch gar nicht richtig in Stimmung gewesen, heute Abend Dämonen kaltzumachen, ich hab nämlich noch keinen Kaffee getrunken.«

Savitar schnitt eine Grimasse. »Du trinkst Kaffee?«

Jareds Gesicht war unbewegt. »Nein, das war mein Versuch, einen Witz zu reißen.«

»Was willst du hier?«, fragte Apollymi. An ihrem Tonfall

war deutlich zu hören, dass es ihr nicht gefiel, wenn jemand uneingeladen in ihrem Reich auftauchte.

»Man hat mir befohlen, ihn zu beschützen.« Er wies mit dem Kinn auf Stryker.

Apollymi verschränkte die Arme vor der Brust. »Nun ja, ich habe nach einem Kammerjäger gefragt – und da tauchst du auf. Willst du Krieg für uns aus dem Verkehr ziehen?«

»Das kann ich nicht.«

Bei dieser Antwort sah sie nicht gerade erfreut aus. »Und warum nicht?«

»Die Ursprüngliche Quelle«, sagte Savitar trocken. »Jared ist erschaffen worden, um diese Mächte zu beschützen. Niemand kann ihn zwingen, sie zu zerstören.«

Jared nickte. »Ganz genau. Nicht mal meine Herrin kann mir das befehlen.«

Apollymi runzelte die Stirn. »Das verstehe ich nicht. Du kannst doch einen Malachai töten. Sind die nicht aus den gleichen Kräften entstanden?«

Jared seufzte. »Die Malachai haben die Quelle zu ihrem Todfeind erklärt und dadurch die Bande zertrennt. Weil sie die Quelle bedroht hatten, konnten die Sephirii sie überhaupt erst angreifen und töten. Wenn Krieg also nicht gerade eine Drohung gegen die Ersten Mächte ausstößt, kann ich ihm nichts anhaben.«

Savitars Mundwinkel zuckte. »Tja, ist das nicht beschissen?«

Jareds Gesichtszüge entspannten sich. »Glaub mir, da sind wir völlig einer Meinung. Du kannst dankbar sein, dass das nicht ansteckend ist.«

Stryker ignorierte die drei und dachte darüber nach, was er mit seiner glühenden Rachsucht unabsichtlich in Gang gesetzt hatte. Wie einfach doch alles ausgesehen hatte! Krieg sollte erst Ash und Nick umbringen und dann Stryker selbst. Aber jetzt waren hier noch ganz andere Konflikte losgetreten worden. »Wir müssen eine Möglichkeit finden, Krieg in den Griff zu kriegen.«

Savitar starrte ihn überrascht an. »Du bist doch derjenige, der ihn überhaupt erst entfesselt hat!«

»Nun ja, wir wollen doch nicht bei der Schuldzuweisung stehen bleiben. Ich war ein bisschen lebensmüde drauf, und zu der Zeit schien mir das Ganze eine gute Idee zu sein. Im Rückblick stellt sich das allerdings etwas anders dar.«

»Das ist bei den meisten größeren Fehlern so«, sagte Apollymi ruhig. »Viele Leute führen ihre Ideen gar nicht erst aus, wenn sie wissen, dass sie zu nichts Gutem führen werden ... Dummköpfe zählen allerdings nicht zu diesen Leuten.«

Savitar lachte. »Dann bist du fein raus, was, Stryker?«

Er starrte Savitar an. »Nur um das klarzustellen: Wir beide sind keine Freunde.«

»Nur um das mal klarzustellen: Ist mir egal.«

»Genug gezankt, Kinder«, sagte Apollymi. »Falls ihr es noch nicht mitbekommen habt: Wir haben hier ein ziemlich großes Problem am Hals. Wir müssen Krieg finden und ihn aufhalten, außerdem den gallu-Dämonen Einhalt gebieten, Apostolos beschützen und Savitar hier wegschaffen.«

»Und warum Letzteres?«, fragte Jared.

»Weil ich ihn nicht ausstehen kann.«

Savitar schüttelte den Kopf. »Ich hasse dich auch, meine Liebe.«

Sie grinste ihn spöttisch an. »Zieh du erst mal was Anständiges an. Was trägst du da überhaupt – gibt es das auch für Erwachsene?«

Savitar wirkte bei diesem Angriff auf seine Garderobe sehr beleidigt. »Cargohosen und ein Hawaiihemd *sind* was Anständiges.«

»Für mich nicht. Und knöpf dir gefälligst das Hemd zu!«

»Hey!«, fuhr er sie an, als sich das Hemd wie von selbst schloss. »Du weißt doch, es gibt jede Menge Frauen, die Geld dafür bezahlen würden, mich nackt zu sehen!«

»Ich bin sicher, es gibt Frauen, die *du* dafür bezahlst, dass sie dich nackt sehen. Und jetzt Schluss damit – ich gehöre jedenfalls zu keiner der beiden Gruppen. Ruhe jetzt, ich will nachdenken.«

Stryker fand ihr Geplänkel amüsant. Er hatte Apollymi noch nie so lebhaft gesehen und Savitar noch nie so verwirrt. Zu jedem anderen Zeitpunkt hätte er die beiden angespornt weiterzumachen, aber sie hatten im Moment viel zu tun.

Jared trat zurück. »Während ihr hier Pläne schmiedet, habe ich noch einen Malachai zu töten.« Er verschwand.

Savitar seufzte. »Ich glaube wirklich nicht, dass das in Acherons Sinn ist.«

»Nein«, stimmte Apollymi zu. »Ich würde dich ja hinterherschicken, aber ich will nicht, dass Apostolos sauer auf mich wird.«

Savitar stieß einen lang gezogenen Seufzer aus. »Du weißt hoffentlich, dass wir wachsam bleiben müssen. Kriegs Devise lautet: Teile und herrsche. Er schafft es, Leute, die miteinander befreundet sind, gegeneinander zu wenden.«

Stryker verdrehte die Augen. »Nun ja, wir drei hassen einander ohnehin, da kann er ja nicht viel Unheil anrichten.«

Apollymi starrte ihn streng an. »Ich hasse dich nicht, Stryker. Wenn ich das täte, hätte ich dich nie in meine Sphäre gelassen.« Sie verschwand.

Diese für Apollymi so uncharakteristischen Worte überraschten und verunsicherten Stryker. Wenn er über die vielen Jahrhunderte hinweg eine Sache über Apollymi gelernt hatte, dann die, dass sie noch unsentimentaler war als er selbst.

Andererseits hatte er auch eine andere Seite, die nur zum Vorschein kam, wenn er alleine war. Er fragte sich, was Apollymi an Geheimnissen verbarg.

Sie hatte sich in ihren abgeschlossenen Garten zurückgezogen, der von einer marmornen Mauer umgeben war. Überall blühten schwarze Rosen zur Erinnerung und als Zeichen der Trauer über den Sohn, den sie nicht sehen durfte. Ihre beiden Charonte-Bodyguards standen rechts und links von ihr wie Statuen. Hätten sie nicht ab und zu gezwinkert, man hätte sie für tot halten können.

»Was hast du da eben gesagt?«, fragte er und setzte sich an den Rand des Teiches, dessen Wasser bergauf floss.

»Ich bin es leid, Strykerius.« Apollymi stand auf und wollte gehen.

Er tat etwas, das er nie zuvor getan hatte: Er hielt sie zurück. »Ich möchte eine Antwort von dir.«

Sie schob seine Hand weg. »Wie dumm du doch bist, mein Kind. Hast du vor lauter Hass in deinem Herzen nicht ein einziges Mal über unsere Beziehung nachgedacht?«

»Glaub mir, in den letzten Jahren habe ich kaum etwas anderes getan. Du hast mich benutzt, und dann hast du mich abgeschrieben.«

Apollymi schüttelte den Kopf. »Ich habe dich adoptiert, Stryker. Und als deine Kinder gestorben sind, habe ich mit dir zusammen geweint.«

»Den Teufel hast du getan.«

Sie zog den Ärmel ihres Gewandes zurück und zeigte ihm

ihr Handgelenk. In ihre Haut waren elf schwarze Tränen tätowiert. Das war eine atlantäische Sitte, um seiner geliebten Verstorbenen zu gedenken. »Die oberste ist für meinen Sohn. Die anderen sind für deine Kinder.«

Er berührte ungläubig ihren Arm. »Und was ist mit Urian? Du hast mir schließlich gesagt, ich soll ihn töten.«

»Ich habe dir gesagt, dass dein Sohn ein Geheimnis hat, dem du nachgehen solltest. Ich habe dir gesagt, dass er Dinge vor dir geheim hält. Es war ganz bestimmt nicht meine Absicht, dass du ihn deshalb töten solltest. Das hast allein du entschieden.«

»Ich glaube dir nicht.«

»Das musst du auch nicht. Es ist mir mittlerweile egal. Ich würde ja meinem und deinem Leben ein Ende setzen, aber bis ich ganz sicher weiß, dass Krieg unter Kontrolle und mein Sohn in Sicherheit ist, bin ich hier gefangen.«

»Zusammen mit mir.«

Ihre silbrigen Augen blitzten im schwachen Licht, aber er sah den Schmerz, den sie so elegant verbarg. »Das habe ich nicht gesagt.«

»Dein Tonfall hat es aber verraten.«

Sie seufzte schwer. »Du bist so unglaublich blind. Alles muss immer schwarz oder weiß sein, entweder hasse ich dich, oder ich liebe dich. Aber so ist das nicht. Das Leben ist niemals so eindeutig. Gefühle sind nicht so.« Sie berührte sanft seine Wange. »Überleg doch mal, Strykerius. Du und ich haben jahrtausendelang eine vereinte Macht gebildet. Wir beide standen gegen deinen Vater und Artemis, gegen ihre Armee von Dark Huntern und gegen die Menschen, die wir alle beide hassen. Nur einen Einzigen hast du nie anrühren dürfen, Apostolos, und inzwischen weißt du auch warum. Er ist mein Sohn. Aber trotzdem habe ich dich und die Deinen geschützt. Ich habe dich zu mir geholt und dich gelehrt, wie du den Menschen die Seelen nehmen kannst.«

»Und damit konntest du Rache an meinem Vater nehmen, weil er Acheron getötet hat.«

Sie neigte voller Respekt den Kopf. »Das ist wahr. Zu Beginn wollte ich nichts als meine Rache. Aber ich habe gesehen, wie deine Kinder aufgewachsen sind … wie auch du innerlich gewachsen bist, und ich habe gesehen, wie sie starben. Glaubst du wirklich, ich wäre so eiskalt, dass mir das nichts ausgemacht hätte?«

»Ja, das glaube ich. Du hast deine eigene Familie getötet – und zwar alle.«

Ihr Gesicht wurde steinern und verriet kein Gefühl und keine Regung. »Ich habe damals die gleiche Raserei gespürt wie du in der Nacht, als du Urian die Kehle durchgeschnitten hast. Nein, ich war sogar noch zorniger. Der Verrat meiner Familie an mir war viel schlimmer als das, was dein Sohn dir angetan hat. Was Urian getan hat, tat er aus Liebe zu einer Frau. Er hat nicht versucht, dich zu verletzen. Er hat nur versucht, sein Glück zu finden, er wollte dir keine Kränkung zufügen. Was meine Familie mir angetan hat, geschah hingegen aus egoistischer Furcht. Sie hatte sich gegen mich verschworen, um mich gefangen zu setzen und meinen Sohn zu töten. Das ist unverzeihlich.«

Apollymi hielt inne, und der Schmerz in ihren Augen flammte hell auf. Stryker begriff, wie sehr sie noch immer unter dem litt, was geschehen war. »Aber es ist genau wie bei dir: Nachdem sie alle tot waren und ich ganz allein dastand, bedauerte ich, was ich getan hatte. Ich vermisste meine Familie, so armselig sie auch war, und ich hätte sie nur zu gern wiedergesehen.«

Sie schaute über ihre Schulter zu den Dämonen-Wachen, die immer noch strammstanden. »Ich habe meine Armee von Charonte-Dämonen zwar sehr gern, aber es ist einfach nicht das Gleiche wie meine Familie.« Sie wandte sich wieder zu ihm, und ihr Gesicht wurde sanft. »Schließlich wandte sich ein goldblonder junger Mann an mich und bat mich, seine kleinen Kinder vor einem schrecklichen Schicksal zu bewahren. Er erinnerte mich an meinen Sohn, und so bot ich ihm etwas an, das ich nie zuvor irgendjemandem angeboten hatte.« Die Zärtlichkeit verschwand hinter dem kalten Ausdruck, der ihm so vertraut war. »Ich habe mein Leben an deines gebunden, um dich zu retten. Das einzige Mal, dass du und ich je uneins waren, war, als ich dir befohlen habe, Apostolos in Ruhe zu lassen und du dich geweigert hast.«

»Damals hast du mir nicht gesagt, dass er dein Sohn ist.«

»Weil ich wusste, dass ich dich damit verletzen würde«, sagte sie mit zusammengebissenen Zähnen. »Warum hätte ich es sonst geheim gehalten?«

»Du hast versucht, mich unter Kontrolle zu halten.«

»Das habe ich nie getan«, knurrte sie. »Ich habe dich von der Leine gelassen, damit du dich an deinem Vater rächen konntest. Ich habe meine ganze Sphäre für dich und die Deinen geöffnet und dir Zuflucht geboten. Jeder getötete Dark Hunter, jedes zerstörte Menschenleben, alle deine Leistungen – darauf war ich so stolz, wie eine Mutter es gewesen wäre.«

Noch immer weigerte er sich, ihr zu glauben. Sie hatte ihn ausgenutzt, punktum.

Und doch erinnerte er sich daran, wie sie jahrhundertelang zueinander gestanden hatten. Apollymi hatte ihn stets in ihren privaten Gemächern willkommen geheißen und seine Gesellschaft immer geschätzt.

Das vermisste Stryker mehr, als er vor sich selbst zugeben wollte.

»Warum hast du mir das denn noch nie gesagt?«

Sie seufzte. »Weil du lieber mich für den Tod von Urian hassen solltest und nicht dich selbst. Kein Elternteil sollte je einen solchen Schmerz erfahren.«

»Ich glaube dir nicht.«

»Dann lass es bleiben. Wir wissen beide, dass Mitgefühl nicht meine starke Seite ist.« Sie betrachtete ihn mit kühlem Blick. »Ich verstehe es ja selbst kaum.« Sie raffte die Röcke ihres schwarzen Gewandes zusammen und ging.

Stryker schaute ihr nach, und ihre Worte klangen ihm in den Ohren. Mitgefühl war vielleicht nicht ihre starke Seite, aber lieben konnte sie. Ihr kompromissloser Schutz und ihr Opfer für Acheron waren über jede Kritik erhaben. Genau das hatte Stryker so eifersüchtig gemacht, aus genau diesem Grund hatte er sich gegen sie gewandt.

Er hatte sich gewünscht, dass sie ihn genauso liebte.

Bei diesem Gedanken zuckte Stryker zusammen. Er war schon vor seiner Geburt aus dem Leib seiner Mutter genommen und den Priesterinnen des Apollo übergeben worden, die ihn aufziehen sollten. Sie waren zwar nie grausam zu ihm gewesen, aber sie hatten alle Angst vor ihm gehabt. Er hatte nie eine echte Mutter kennengelernt.

Bis er Apollymi begegnet war.

Trotz allem war er nicht sicher, ob er ihr vertrauen konnte. Sollte er es wagen? Trotz all ihrer Bosheit hatte er nie erlebt, dass sie gelogen hatte. Sie mochte vielleicht gelegentlich etwas verschweigen, aber sie log nicht aktiv.

Stryker schloss die Augen und biss die Zähne zusammen, als ihn Schmerz überkam. Es war schwierig, für so viele Leben verantwortlich zu sein und niemanden zu haben, dem er vollkommen vertrauen konnte.

Er hatte es so satt, ganz allein im Universum zu sein. Die ganze Zeit über musste er stark sein.

Er wollte nicht länger bei diesen Gedanken verweilen, also verließ er den Garten und kehrte dorthin zurück, wo seine Männer sich noch immer um die Verwundeten kümmerten und alle töteten, die sich verwandelten.

»Sind wir jetzt im Krieg, Herr?«

Er schaute Ann an, eine kleine, wunderschöne blonde Daimon-Frau, und nickte. »Die Dämonen sind hier nicht länger willkommen. Wir haben ihnen die Hand gereicht und wollten Freundschaft mit ihnen schließen, doch sie haben es uns mit Blutvergießen vergolten.« Eigentlich war das wenig verwunderlich, denn ein Dämon war nun einmal ein Dämon. Er hätte es besser wissen sollen, aber er hatte gedacht, die Daimons könnten ihre Kräfte mit denen der gallu vereinen. »Das ist schon in Ordnung. Wir sind zwar weniger, aber das machen wir durch Bösartigkeit und Gerissenheit wett. Wir sind Daimons und Spathi. Jetzt zeigen wir diesen Mistkerlen mal, was wir können.«

Seine Männer schrien zustimmend.

Hinter ihnen lachte Savitar.

Stryker warf ihm einen wütenden Blick zu. »Findest du daran irgendwas komisch, Chthonier?«

»Ja, allerdings. Ich finde es saukomisch, dass du so viel neuen Schwung hast, der nur durch Krieg zustande gekommen ist.«

Stryker warf Savitar einen Blick zu, an dem er ablesen konnte, was Stryker von ihm hielt: nicht besonders viel. »Zumindest habe ich neuen Schwung.«

»Stimmt, aber weißt du auch, was das Problem ist?«

»Was denn?«

»Auch der beste Schwung lässt irgendwann mal nach, und zwar eher früher als später. Wer bei einem Vertrag nicht auf das Kleingedruckte achtet, verbrennt sich oft die Finger.«

»Du machst mir keine Angst!«

»Ich will dir gar keine Angst machen. Aber wenn ich du wäre, würde ich meine beiden Frauen nicht zu lange allein lassen, während ich hier unten meine Zeit vergeude. Krieg hat eine verdammt unschöne Art, in friedliche Gefilde einzudringen, wenn du verstehst, was ich meine.«

Stryker bekam sofort ein schlechtes Gefühl. Krieg würde doch wohl nicht …

Natürlich würde er!

Sein Herz begann zu hämmern. Er musste unbedingt zu Medea und Zephyra zurückkehren, ehe es zu spät war.

Kapitel 8

Zephyra schaute von ihrem Schreibtisch auf, als es leise klopfte. »Komm rein, mein Schatz«, sagte sie, denn sie hörte schon am Klopfen, dass es Medea sein musste.

Sofort ging die Tür auf, und Medea steckte den Kopf hinein. »Störe ich?«

»Nein, Süße, ich habe nur ein bisschen aufgeräumt.«

Medea hob zweifelnd eine Augenbraue, und Zephyra konnte es ihr nicht verdenken. Sie war auch an schlechten Tagen noch erschreckend ordentlich. Das war ein Tick von ihr: Wann immer etwas sie verwirrte, verspürte sie ein geradezu zwanghaftes Bedürfnis, alles um sich herum in Ordnung zu bringen.

»Wie geht's denn unserem Gast?«, fragte sie und versuchte, ihre Tochter mit einem anderen Thema abzulenken.

»Der begutachtet ein paar Priesterinnen und hätte sie offenbar gern zum Abendessen. Er meint, sie könnten sehr schmackhaft sein, aber ich hab ihn schon gewarnt, dass sie nicht zur Verfügung stehen.«

»Gut. Ich will schließlich keinen Streit mit Artemis.«

Medea trat ins Zimmer und machte die Tür hinter sich zu. »Du liebst ihn immer noch, oder?«

»Wen liebe ich?«, versuchte Zephyra die Frage leichthin

abzutun. »Davyn? Ich kenne ihn nicht einmal. Das Einzige, was ich an ihm liebe, ist seine Abwesenheit.«

»Meinen Vater.«

Sie verabscheute es, wie ostentativ Medea manchmal sein konnte. »Den liebe ich auch nicht«, sagte Zephyra wegwerfend. »Ich ertrage kaum seine Gegenwart.«

»Aber du strahlst jedes Mal, wenn er dich anschaut.«

Zephyra warf einen Stapel Papiere in den Müll. »Mach dich bitte nicht lächerlich.«

Medea hielt sie auf, als sie sich wieder dem Schreibtisch zuwenden wollte. »Ich kenne dich, Matera. Du bist immer sehr wohlüberlegt und kühl. Seit Jahrhunderten habe ich mir Sorgen gemacht, dass meine Dummheit etwas in dir getötet hat.«

Sie runzelte die Stirn und schaute ihre Tochter an. »Welche Dummheit?«

»Dass ich bei den Menschen gelebt habe. Dass ich naiv genug war zu glauben, solange wir ihnen nichts tun, würden sie uns auch nichts tun. Ich erinnere mich noch, was du mir ein paar Wochen vor ihrem Angriff gesagt hast. ›Du kannst keinen Wolf zähmen und erwarten, dass er friedlich an deinem Herdfeuer schläft. Früher oder später setzt sich die Natur des Raubtiers wieder durch, und es wird tun, was seine Instinkte ihm befehlen – es wird töten.‹ Ich dachte damals, du würdest von uns reden, aber das war gar nicht der Fall. Kurz darauf wurden wir angegriffen, und du bist fast bei dem Versuch umgekommen, mich zu retten. Damals ist etwas in dir abgestorben. Der Teil von dir, der Mitleid mit anderen empfinden konnte. Deine Fähigkeit zur Gnade.«

Das stimmte. Jeder Glaube, den Zephyra an die Welt gehabt hatte, an Freundlichkeit oder an die sogenannte Humanität, war zusammen mit ihrem Enkel gestorben. *Bring das Monster um! Reiß ihm das Herz heraus, damit es uns nichts mehr tun kann.*

Fünf Jahre war er alt gewesen … kein Monster, sondern ein Kind, das nach seinen Eltern schrie, damit sie ihm halfen. Ein Kind, das nach seiner Großmutter schrie, damit sie half und ihm die Menschen nicht mehr wehtaten. Zephyra hatte ihr Bestes gegeben, um ihre Familie zu beschützen, aber die traurige Wahrheit war: Es war nicht genug gewesen. Die Menschen hatten das Kind weggeschleppt und totgeprügelt.

Das Kind ihres Kindes.

In dieser Nacht war tatsächlich etwas in ihr gestorben, und anstelle ihres Herzens war jetzt ein riesiges Loch voller Trauer.

»Das Leben ist schwer«, sagte sie mit einer Ruhe, die sie nicht empfand. Das hatte sie immer schon gewusst. Als Tochter eines Fischers hatte sie stets der Hunger geplagt, sie war in Armut aufgewachsen, allerdings auch in Würde. Während ihr Vater vergeblich versucht hatte, sich mit den Erträgen durchzuschlagen, die das Meer ihm schenkte. Er hatte es nicht geschafft und sich deshalb gegen seine eigene Familie gewandt. Das Leben hatte ihn zu einem verbitterten Trinker gemacht, der die Familie für sein Versagen verantwortlich machte. Er hasste sie alle, weil es sie gab und sie wirtschaftlich von ihm abhängig waren. Er hatte es nicht versäumt, ihnen seinen Hass auch zu zeigen.

Ihr ganzes Leben lang hatte Zephyra weder Respekt noch Freundlichkeit erfahren, bis ein schmaler, hübscher Junge sie am Hafen aufgehalten hatte.

Noch heute sah sie ihn vor sich, wie sich die Sonne in seinem blonden Haar fing. Sie sah die Bewunderung in den wunderschönen blauen Augen, mit denen er sie anschaute. Er trug den purpurfarbenen Chiton, den nur die Edelleute trugen und der seinen Körper betonte, den Körper eines jungen Kriegers, in dem der Mann verborgen lag, zu dem er einmal heranwachsen würde.

Sie dachte, er wollte sie nur belästigen, wie schon so viele andere vor ihm, ihr betrunkener Vater eingeschlossen, deshalb hatte sie ihm das Knie zwischen die Beine gestoßen und war losgerannt.

Er war ihr hinterhergelaufen, um sich dafür zu entschuldigen, dass er sie erschreckt hatte.

Um sich zu entschuldigen! Der Sohn eines Gottes entschuldigte sich bei einem einfachen, zerlumpten Fischermädchen! Es war Liebe auf den ersten Blick. Als er seinen Mantel auszog und ihn ihr umlegte, damit sie vor dem kalten Wind vom Meer geschützt wäre, war sie regelrecht dahingeschmolzen.

Eine kurze Zeit ihres Lebens hatte sie sich geliebt und verehrt gefühlt. Sie hatte sich gefühlt, als wäre sie mehr als nur der Dreck unter den Schuhen anderer Leute.

Bis Apollo auf den Plan getreten war und ihre Beziehung verdammt hatte. Er hatte sie als Abschaum beschimpft, eines Halbgottes unwürdig, und Stryker hatte kleinlaut dem Befehl seines Vaters gehorcht und Zephyra verlassen.

Selbst bei der Erinnerung daran durchfuhr sie noch Wut.

»Ich glaube nicht an Märchen«, sagte sie zu ihrer Tochter.

»Und doch hast du mich mit diesen Geschichten aufgezogen.«

Weil sie gewollt hatte, dass ihr Kind ein besserer Mensch wurde als sie. Sie hatte nicht gewollt, dass Medeas Unschuld genauso dahingeschlachtet würde wie ihre eigene.

»Ich liebe dich, mein Kind«, sagte sie leise. »In meinem ganzen Leben bist du das Einzige, was mir unendlich viel Freude bereitet hat. Du bist das Einzige, wofür ich sterben würde. Ich liebe deinen Vater nicht. Ich kann es gar nicht mehr.«

Medea senkte den Kopf. »Wenn du das sagst, Mum. Aber ich sehe trotzdem, wie du anfängst, innerlich zu strahlen, sobald er nur das Zimmer betritt.« Sie wollte gehen, aber sie blieb noch einmal stehen. »Nur damit du's weißt – falls ich durch irgendein Wunder Evander wieder in meinem Leben haben könnte, würde ich ihn nicht wegstoßen. Ich würde ihn für den Rest der Ewigkeit in den Armen halten.«

»Er hat dich schließlich auch nicht verlassen, als du vierzehn Jahre alt und schwanger von ihm warst.«

»Das stimmt – aber Evander war auch kein vierzehnjähriger Junge, dessen Vater die Macht besaß, uns beide mit einem einzigen Gedanken zu töten.«

Zephyra erwiderte nichts, als Medea sie allein ließ. Es stimmte, Stryker war selbst noch ein Junge gewesen, und er hatte ihr ganz schön viel Geld zurückgelassen, damit sie für sich und das Baby sorgen konnte. Aber ihr kaputtes Herz konnte sein Verhalten nicht einfach so rational betrachten.

Er hätte für das kämpfen müssen, was er liebte!

Das konnte sie ihm nicht vergeben, niemals. Oder nein – was sie ihm nicht vergeben konnte, war die Art, wie er sie hatte spüren lassen, dass sie unbedeutend und seiner Liebe nicht wert war. Lieber hätte sie sich von seinem Vater töten lassen, als so schrecklich demoralisiert zu werden. Würde hatte schließlich jedermann verdient.

Jeder.

Abgesehen von Jared. Als Zephyra darüber nachdachte,

begriff sie plötzlich, warum sie so viel Freude daran hatte, ihn zu foltern. Er hatte ebenfalls seine Familie verraten, seine Kameraden. Als seine Leute darauf angewiesen waren, sich zusammenzutun, als sie um ihr Überleben kämpften, da war Jared derjenige gewesen, der sie den Feinden ausgeliefert hatte, die sie dann niedermetzelten.

Dafür würde sie ihn ewig hassen. Genauso wie sie Stryker ewig dafür hassen würde, dass er sie verlassen hatte.

Sie seufzte und drehte sich um, um die Sachen auf dem Schreibtisch erneut zu ordnen, obwohl sie diese Unterlagen doch gerade erst aufgeräumt hatte. Sie hatte kaum einen Schritt getan, als ein Licht aufblitzte.

Es war Stryker.

Verdammt, Medea hatte tatsächlich recht! Zephyras Herz schlug schneller, als er vor ihr stand und sie anschaute. Eine schwarze Locke fiel ihm in die Augen. Seine Gesichtszüge waren hart und perfekt, und der Schatten eines Bartes war auf seinem Kinn zu sehen. Nichts würde ihr mehr Befriedigung verschaffen, als seinen Kiefer abzuschlecken und den Bartschatten auf ihrer Haut zu spüren.

Bei diesem Gedanken durchzuckte sie Wut. Ihr Körper betrog sie, dabei wollte sie Stryker doch hassen. »Was willst du?«

Stryker konnte sich gerade noch zurückhalten, sonst wäre ihm die Antwort »Dich« entschlüpft. Denn genau das war es, was er wirklich wollte. Das war alles, was er brauchte. Gerade jetzt hätte er am liebsten ihre blonden Flechten geöffnet und sie auf der nackten Brust gespürt, während sie ihn ritt, wie sie es früher getan hatte.

Sein Schwanz wurde schmerzhaft hart. Das war das Schwierigste, wenn er in ihrer Nähe war. Er brauchte nur das kleinste bisschen von ihrem Lavendelduft und ihrem Baldrianduft zu riechen, schon überkam ihn Verlangen.

Er zwang sich weiterzureden und räusperte sich. »Ich brauche dich und Medea. Ihr müsst mit mir nach Kalosis kommen.«

»Glaubst du wirklich, da wäre es sicherer als hier?«

»Dort sind eine ganze Armee von Charonte-Dämonen und eine stinksaure Göttin, die Blut sehen will – und das bedeutet, es ist dort sicherer als hier. Es sei denn, du weißt etwas über verborgene mütterliche Instinkte von Artemis, von denen ich nichts weiß. Ich kann mir einfach nicht vorstellen, dass sie dir eher helfen würde als mir.«

Zephyra starrte Stryker an. »Du musst wissen, dass ich der Sache nur zustimme, damit Medea in Sicherheit ist. Sonst würde ich dir sagen, du kannst dir deinen Vorschlag dorthin stecken, wo die Sonne nicht hinscheint.«

Er grinste sie an. »Süße, ich stecke euch alle beide dorthin, wo die Sonne nicht hinscheint. Anders als hier bei euch gibt es in Kalosis kein Tageslicht – niemals.«

»Das ist gar nicht komisch.«

»Ach wirklich? Ich finde mich eigentlich ziemlich witzig.«

»Das sieht dir ähnlich.«

Stryker entgegnete nichts mehr, während sie ein paar Sachen einpackte, darunter Make-up und eine Lotion. Er spürte ein merkwürdiges Gefühl in der Brust, als er sich daran erinnerte, wie sorgfältig sie diese beiden Dinge morgens immer benutzt hatte. Er hatte im Bett gelegen, sie hatte sich das Gesicht eingecremt und dann mit Kohlestift ihre Augen betont und Hennabalsam auf ihre Lippen aufgetragen.

Es hatte nichts Schöneres für ihn gegeben, als ihr dabei zuzuschauen. Es war so fraulich und unglaublich süß.

So typisch für Zephyra.

»Was starrst du so?«, schimpfte sie.

»Es ist nichts«, sagte er kurz angebunden und unfreundlich. Er hatte gar nicht so klingen wollen, aber sie sollte auf keinen Fall merken, wie zärtlich seine Gefühle für sie waren. Das verlieh ihr eine Macht über ihn, von der sie nicht unbedingt etwas wissen musste.

Als sie ihre Sachen zusammengesucht hatte, nahm er ihre Tasche. Zuerst wollte Zephyra sie ihm wieder abnehmen, aber dann gab sie wortlos nach.

»Ich hole Medea.«

»Ist Davyn noch in ihrem Zimmer?«

Sie ging zur Tür. »Vorhin ist er ein bisschen hier herumgelaufen, ich bin also nicht sicher.«

Stryker folgte ihr über den Flur zu Medeas Zimmer und bemerkte, dass Zephyra erstarrte, als sie Medea und Davyn sah: Sie saßen am Tisch neben dem Fenster und spielten Schach. Davyns Gesicht war zerschunden und geschwollen, aber sonst schien er schon wieder ganz munter zu sein.

Zephyra stemmte die Hände in die Hüften. »Sollte es mir zu denken geben, dass ihr beiden es euch hier so gemütlich gemacht habt?«

Medea hielt den Blick aufs Schachbrett gerichtet. »Entspann dich, Mutter. Für einen Daimon ist er echt in Ordnung.«

Zephyra warf Stryker einen schelmischen Blick zu. »Ich glaube, du solltest mal ein Wörtchen mit diesem Mann reden.«

»Warum denn?«

»Er ist mit deiner Tochter allein in ihrem Schlafzimmer.«

»Sie spielen Schach.«

»Ja, im Moment …«

Stryker lachte. »Beruhige dich, Phyra. Ich würde mir eher Sorgen machen, wenn Davyn mit meinem Sohn hier im Zimmer wäre. Die größte Bedrohung, die Davyn für Medea darstellt, besteht wahrscheinlich darin, dass er sich ihre Schuhe ausleihen könnte.«

Zephyra formte mit den Lippen ein lautloses *Oh*.

Davyn lachte und zog mit seinem Läufer. »Auch in dieser Hinsicht musst du dir keine Sorgen machen. Medea hat erstens die winzigsten Füße, die ich je bei einer Frau gesehen habe. Und zweitens: Nur weil ich Männer bevorzuge, heißt das nicht unbedingt, dass ich eine Frau sein möchte.«

Zephyra klatschte gebieterisch in die Hände. »Los, ihr müsst aufstehen. Medea, pack deine Sachen. Wir gehen eine Weile zu deinem Vater.«

Bei dieser Ankündigung war Medea fassungslos. »Warum?«, fragte sie Stryker.

Als er ihren aufsässigen Tonfall hörte, sträubte sich alles in ihm. »Ich bin dein Vater. Du stellst keine Fragen, wenn ich dir etwas befehle.«

Sie sprang wütend auf.

Zephyra seufzte laut. »Medea, reg dich nicht auf und tu, was er sagt.« Sie drehte sich um und grinste Stryker böse an. »Und du, denk daran, dass sie deine Tochter ist, die du gerade erst kennengelernt hast. Sie ist keiner von deinen Soldaten, die du herumkommandieren kannst!«

Davyn erhob sich langsam. »Falls dich das tröstet, Medea, wenn er uns anherrscht, ist sein Tonfall noch um einiges schroffer. Bei dir klang es wesentlich netter.«

Stryker warf einen bösen Blick in seine Richtung. »Du hältst dich da raus.«

»Ja, Herr.«

Medea blieb neben ihrer Mutter stehen. »Ich verstehe nicht, wieso wir vor den Dämonen fliehen sollen.«

»Nicht vor den Dämonen, Liebes, sondern vor Krieg. Und wir fliehen nicht. Wir handeln strategisch klug und begeben uns anderswohin, damit wir ihn uns vom Leib halten können, bis wir herausgefunden haben, wo seine Schwächen liegen. Jetzt pack deine Sachen!«

Nick fuhr zusammen, als er an einem Spiegel vorbeikam und sich sehen konnte. »Verdammt«, flüsterte er. Seine Haut war blutrot und voller uralter schwarzer Symbole, aber es war sein Gesicht, das ihn gefangen nahm.

Schwarze Streifen zogen sich über beide Augen hinweg die Wangen hinunter, und seine Augen blitzten rot. Außerdem hing ihm schwarzes Haar mit roten Strähnen ins Gesicht.

Verblüfft schaute er an sich herunter: Auch seine Arme und Hände waren rot mit schwarzen Mustern.

»Was zum Teufel geht hier vor?«

»Dies ist deine wahre Gestalt.«

Er drehte sich um und sah Menyara. Aber diesmal sah er nicht die ältere Frau, die ihn mit großgezogen hatte. Sie war jetzt größer als er und sah aus wie Anfang zwanzig, trug ein schwarzes Haltertop und eine enge schwarze Hose, das lange Haar war zu einem Pferdeschwanz zusammengebunden.

»Wer bist du wirklich?«

Menyara warf ihm einen der beiden Stäbe zu, die sie hielt. »Ich bin über die Jahrhunderte hinweg unter vielen Namen bekannt gewesen. Du kennst mich wahrscheinlich als Ma'at.«

Nick stockte das Herz, als er an die ägyptische Göttin dachte. Sie hielt die Ordnung des Universums aufrecht, sie war die Göttin der Gerechtigkeit und der Wahrheit. Menyara hatte ihm zum siebten Geburtstag eine Statue dieser Göttin geschenkt.

»Sie wird dich vor allem Übel bewahren, Nicholas. Stell sie neben dein Bett, dann wird dir niemand je Schaden zufügen können, während du schläfst. Sie wird immer über dich wachen.« Das hatte Menyara ihm damals gesagt.

Bittere Wut durchfuhr Nick. »Für eine Göttin der Wahrheit hast du mir aber ganz schön die Hucke vollgelogen.«

Menyara lächelte. »Ich habe nicht gelogen, mein Süßer. Ich habe dir und deiner Mutter lediglich ein paar Dinge verschwiegen. Falls es dir damit besser geht: Ich bin der Grund, warum Cherise bei deinen Dark Huntern nie misstrauisch geworden ist. Ich habe sie vor allen paranormalen Ereignissen in ihrem Leben bewahrt, genau wie ich es bei dir versucht habe. Aber das Schicksal lässt sich nicht einfach betrügen. Du warst dazu bestimmt, deine Kräfte zu erhalten, und nicht einmal meine Kräfte konnten dich ewig schützen.«

»Ich würde mich ja bedanken, dass du meine Mutter für meine außerplanmäßigen Aktivitäten blind gemacht hast – aber das ist schließlich mit ein Grund dafür gewesen, dass man sie umgebracht hat.« Nick hob den Stab und wog ihn in der Hand. »Was soll ich hiermit?«

Sie schoss mit ihrer Waffe auf sein Gesicht zu und zwang ihn, den Schlag mit seinem Stab abzuwehren. »Du musst kämpfen lernen.«

»Ich bin schon kämpfend zur Welt gekommen.« Doch er konnte ihrer Bewegung kaum etwas entgegensetzen, da hatte sie ihn schon getroffen.

»Du kannst vielleicht gegen Menschen kämpfen, aber nicht gegen die Kräfte, die sich jetzt gegen dich stellen werden.« Sie setzte zu einem erneuten Schlag an.

Nick blockte ihn ab und entwand ihr den Stab. Er lächelte stolz, als er sie entwaffnet hatte. »Ich hab's dir doch gesagt. Ich bin der Beste, den es je gab.«

Angesichts seiner unglaublichen Arroganz schnaubte sie nur. »Ich bin eine Göttin der Wahrheit und keine Kriegsgöttin. Wenn du mich schlägst, beweist du damit nur, dass du eine alte Frau besiegen kannst, weiter nichts. Also werd nicht frech.«

Nick verzog den Mund. »Weißt du, wenn du meine Mutter und mich beschützen wolltest, hättest du uns besser vor der Armut bewahrt.« Voller Schmerz dachte er an den müden Gesichtsausdruck seiner Mutter, wenn sie ihm mit der Hand durchs Haar fuhr, ehe sie auf die Bühne trat, wo sie als Striptease-Tänzerin arbeitete, um sie beide durchzubringen. Sie hatte Nick einmal gesagt, dass sie ihn nur aus einem einzigen Grund mit zur Arbeit nahm: Damit sie stets vor Augen hatte, warum sie hier arbeiten musste, sonst hätte sie sich sofort umgedreht und wäre zur Türe herausgerannt.

Die Schuld nagte an ihm, wie immer. Er hatte das Leben seiner Mutter ruiniert, und durch seine Dummheit war sie auch noch ums Leben gekommen.

Menyara hob die Hand und schnappte sich ihre Waffe zurück. Sie drängte Nick mit einem Ende des Stabes gegen die Wand, und er verzog vor Schmerz das Gesicht, als sie ihm das Ende in die Brust bohrte.

»Diese Armut hat dich erst zum Menschen gemacht, Junge. Ohne sie und ohne deine Mutter wärst du ganz genauso wie dein Vater.«

»Schwachsinn!«

Menyara wollte etwas sagen, aber dann erstarrte sie.

Einen Augenblick später blitzte ein blendend helles Licht

durch das Zimmer. Nick zischte, als es über ihn hinwegglitt und ihm die Haut versengte.

Eine grausame Macht traf ihn, hob ihn hoch und drückte ihn gegen die Decke. Nick versuchte, sich zu befreien, aber er fühlte sich wie ein Insekt, auf das jemand trat.

Plötzlich landete er auf dem Fußboden.

Er stöhnte vor Schmerzen, und Menyara lief zu ihm. Ihm klangen die Ohren, und er versuchte, sich zu konzentrieren. Alles tat ihm weh – so lange, bis er aufschaute. Auf der anderen Seite des Zimmers kämpfte Acheron gegen einen Mann, der dieselben stilisierten Muster auf der Haut hatte wie Nick, nur waren die Symbole dieses Mannes schwarz, wo Nicks rot waren, und wo Nicks schwarz waren, waren die des Mannes rot.

»Halt dich da raus, Atlantäer«, knurrte das Dämonen-Vieh.

Acheron fing den Blitz, den es nach ihm schleuderte, mit der Hand ab. »Menyara, bring Nick hier weg – sofort!«

Ehe Nick protestieren konnte, umschlang sie ihn, und alles wurde dunkel.

Jared fluchte, als die beiden verschwanden. »Was machst du denn hier!«

»Das habe ich dir doch gesagt. Ich bin durch meine Ehre an das Versprechen gebunden, ihn in Sicherheit zu halten, deshalb werde ich ihn mit meinem Leben beschützen.«

»Bist du wahnsinnig?«

Ash trat einen Schritt zurück, als der Sephiroth aufhörte zu kämpfen. »Ich bin ein atlantäischer Gott, Jared. Ich habe seiner Mutter geschworen, dass ihm nie jemand etwas zuleide tun würde. Du weißt doch, was das bedeutet.«

Jared trat ebenfalls zurück und beruhigte sich langsam. Seine Haut nahm wieder die Farbe eines Menschen an. »Also stirbst du ebenfalls, wenn ich ihn töte. Bist du wahnsinnig geworden? Warum tust du so etwas?«

»Weil ich dachte, er wäre ein Mensch, und ich war seiner Mutter dieses Versprechen schuldig.«

»Aber jetzt kennst du die Wahrheit. Du bist ein Chthonier und deine Aufgabe besteht darin, das Gleichgewicht des Universums zu wahren. Der Malachai muss sterben.«

Ash schüttelte den Kopf. »Das Universum will, dass er so lange lebt wie du.«

Jared lachte. »Du kapierst es einfach nicht, was? Ich *will* sterben, Acheron. Wenn ich den Malachai töte, dann werde ich mit ihm zusammen erlöst.« Er stieß Ash zur Seite und verschwand.

Ash fluchte, als er begriff, dass er nicht herausfinden konnte, wo Jared jetzt war. *Verdammt.* »Jared!«, brüllte er und ließ seine Stimme in den Äther hinaus erschallen, sodass der Sephiroth ihn sicher hören würde. »Du bist hier derjenige, der es nicht kapiert. Wenn ich sterbe, dann geht die ganze Welt mit mir zugrunde. Du darfst Nick Gautier nicht töten!«

Jared antwortete nicht.

Ash seufzte tief auf. Jared hatte recht, Ashs Aufgabe war es, die Ordnung des Universums aufrechtzuerhalten. Und niemand würde ihn davon abhalten, seine Pflichten zu erfüllen.

»Savitar?«, beschwor er seinen Freund leise herauf.

Savitar tauchte als Erscheinung an seiner Seite auf. »Was gibt's, Kumpel?«

»Du hast gewusst, was mit Nick los ist, oder?«

Savitar schaute Ash nicht an und bestätigte damit seinen Verdacht.

»Warum hast du mir nichts gesagt?«, fragte Ash.

»Ich werd mich doch nicht mit dem Schicksal anlegen! Aber die Antwort lautet: Ja, ich wusste, was mit ihm los ist. Als du mich gebeten hast, Nick zu trainieren, und ich ihn das erste Mal gesehen habe, da wusste ich gleich, was er ist. Deswegen habe ich ihn auch nicht trainiert. Hätte ich das getan, dann wären seine Kräfte sofort zum Vorschein gekommen. Sein Schild war nur so lange sicher, wie keiner von uns, die ihre Kräfte von der Ursprünglichen Quelle beziehen, ihn angriff.«

Bei diesen Neuigkeiten runzelte Ash die Stirn. »Warum sind seine Kräfte dann nicht in der Nacht zum Vorschein gekommen, als ich mit ihm gekämpft habe?«

»Das weiß ich nicht. Wahrscheinlich hat es etwas damit zu tun, dass deine Kräfte aus unterschiedlichen Quellen stammen. Oder es lag einfach daran, dass ihr beide enge Freunde gewesen seid. Obwohl ihr gegeneinander gekämpft habt, hättest du ihn niemals getötet. Selbst in der allergrößten Wut wärst du nie eine echte Bedrohung für ihn gewesen. Er hat seine Kräfte nicht gebraucht, um sich vor dir zu schützen.«

»Und doch bin ich schuld, dass er gestorben ist.«

»Nein, Nick selbst ist schuld, dass er gestorben ist. Er hat den Abzug gedrückt.«

Wenn Savitar das feststellte, klang alles so simpel, aber es änderte nichts an der Wahrheit. »Weil ich ihn dazu verdammt habe.«

Savitar starrte ihn überrascht an. »Du kannst froh sein, dass ich nicht körperlich bei dir bin, sonst würde ich dir jetzt eins überziehen. Du weißt genau, wie die Sache mit dem freien Willen funktioniert, also hör auf zu jammern und zerfließ hier nicht vor Selbstmitleid.«

Ash fand den Vorwurf gar nicht komisch. Er war schließlich kein Märtyrer, der über irgendwelchen belanglosen Quatsch jammerte. Es war einfach nicht zu widerlegen: Er war derjenige, der alles ins Rollen gebracht hatte. Aber über vergossene Milch zu weinen, würde das gegenwärtige Problem tatsächlich nicht lösen. »Wie kann ich Jared aufhalten?«

»Das kannst du nicht. Nur seine Besitzerin kann ihn zügeln.«

»Und wenn sie das nicht tut?«

»Dann sind wir alle am Arsch.«

Stryker war entsetzt, wie sehr er es liebte, Zephyras Besitztümer mit seinen vermischt zu sehen: ihre Bürste, ihre Cremes, ihr Parfüm. Er hob die Flasche, um daran zu riechen.

»Was machst du da?«

Sofort stellte er das kleine Glasflacon wieder weg. »Gar nichts.«

»So sah das aber nicht aus. Du hast dich nach meinen Dingen gesehnt, oder?«

Bei ihrer Wortwahl hob er eine Augenbraue. »Gesehnt? Was für ein archaisches Wort ist das denn?«

Er starrte sie an, und sie starrte zurück. »So leicht kannst du mich nicht ablenken. Du hast gerade jetzt nach mir geschmachtet.«

Er trat einen Schritt auf sie zu und schaute sie misstrauisch an, aber sie gab keinerlei Emotion preis. Wenn er seine Leute doch auch nur dazu bringen könnte. »Ist es das, was du von mir hören willst? Du weißt doch schon, wie sehr ich dich vermisst habe.«

Sie kniff die Augen zusammen. »Aber ich will, dass du es mir sagst.«

»Und warum?«

Sie lehnte sich an ihn und schaute ihn mit einem Blick an, der zum Teil böswillig, zum Teil freudig und zum Teil auch neckend war. »Weil ich sehen will, wie sehr dich meine Abwesenheit gequält hat.«

Er wollte gehen, aber sein Körper gehorchte ihm nicht. Stattdessen kam ihm die simple Wahrheit über die Lippen. »Ich habe dich vermisst.«

Zephyra hätte ihn für diese Worte am liebsten geschlagen. Sie wollte ihn so lange verprügeln, bis der Schmerz in ihr abklingen würde. Aber sie kannte die Wahrheit. So lange und so stark hätte sie ihn nie misshandeln können, dass es den Schaden, den Stryker angerichtet hatte, wettmachen könnte. »Glaubst du vielleicht, das macht irgendetwas wieder gut?«

»Es macht gar nichts wieder gut.« Seine Stimme klang brüchig. »Du stehst da und hasst mich. Aber du solltest die Sache mal von meinem Standpunkt aus betrachten. Ich habe alles vermurkst, und mit diesem Wissen und mit dem Ergebnis musste ich jeden einzelnen Tag meines Lebens zurechtkommen. Du bist mein einziges, mein wahres Herz gewesen, meine andere Hälfte – und ich habe dich verlassen. Hast du eine Ahnung, wie sehr dieser Gedanke mich fertiggemacht hat?«

Sie krallte ihm die Hände ins Haar und zerrte daran, bis er das Gesicht verzog. Zephyra kam mit den ganzen verworrenen Gefühlen, die in ihr im Widerstreit lagen, einfach nicht mehr zurecht. Plötzlich riss sie Stryker an sich und küsste ihn heftig.

Stryker sog ihren Duft ein, und als ihre Zungen sich berührten, genoss er den Geschmack unendlich. Sein ganzes Leben lang war Zephyra das Einzige gewesen, nach dem er wirklich verlangt hatte. Er musste ihr unbedingt so nah sein wie möglich, also zog er sie schwungvoll in die Arme und trug sie zum Bett.

Zephyra machte sich gerade lange genug von seinem Kuss los, dass sie ihm das Hemd über den Kopf ziehen konnte. Er wollte keine weitere Sekunde ohne sie sein, also benutzte er seine Kräfte dazu, sie beide komplett nackt auszuziehen.

Sie zog die Augenbrauen hoch und machte sich wieder von ihm los. »Das ist aber eine sehr nützliche Kraft, die du da hast«, flüsterte sie an seinen Lippen.

Ehe er antworten konnte, drückte sie ihn auf die Matratze und knabberte mit den Fangzähnen an seinem Kinn. Stryker knurrte und genoss dieses wunderbare Gefühl. Er hielt sie fest und glitt gedanklich zurück in die Zeit, als er noch ein junger Prinz gewesen war. Damals war die Welt für ihn noch neu gewesen, er hatte keinen Hass im Herzen verspürt und keine Einsamkeit gekannt.

In Zephyras Armen hatte er die Ewigkeit erlebt.

Jetzt machte sie sich mit der gleichen Gier über ihn her, die er empfand, wenn er sie anschaute. Er machte die Augen zu und genoss es, ihre nackte Haut auf seiner zu spüren. Sie umklammerte seinen Körper. Obwohl er verdammt und verloren war, war das hier der Himmel, und sie war sein Engel.

Zephyra drückte ihre Wange an seine und biss ihm ins Ohrläppchen. Seine Barthaare zerkratzten ihr die Haut und jagten ihr Schauer über den Körper. Stryker roch nach Männlichkeit und würzigem Aftershave, einen Duft, der sich mit ihrem Geruch vermischte. Noch Jahre, nachdem er sie verlassen hatte, hatte sie in den Stunden vor Morgengrauen seine Tunika an sich gedrückt und sich nach seiner Rückkehr gesehnt.

In einem Anfall von Wut über den Fluch des Apollo hatte

sie die Tunika dann verbrannt. Aber jetzt, als sie wieder mit Stryker zusammen war, wollte sie ihm alles vergeben. Am liebsten wäre sie in der Zeit zurückgekehrt und hätte ihn bei sich behalten.

Wenn das doch nur möglich gewesen wäre!

»Ich will dich in mir spüren«, flüsterte sie. Schauspielern könnten sie später wieder, jetzt wollte sie ihm so nahe sein wie nur irgend möglich.

Er antwortete mit einem leisen Stöhnen, erfüllte ihre Forderung und glitt in sie.

Sie schrie vor Lust auf, als sie sich an seine Hüften drängte, und wollte unbedingt ein Teil von ihm sein. Sie hatte völlig vergessen, wie gut es sich anfühlte, mit einem Mann zusammen zu sein, ganz besonders mit einem so erfahrenen Mann. Jeder Stoß, jede Liebkosung versetzte sie in Flammen, bis sie vor Wonne am liebsten aufgeschrien hätte.

Stryker rollte sich mit ihr herum, während er immer schneller und härter in sie stieß. Er schaute ihr in die Augen, und als sie im Dämmerlicht seinen silbrigen Blick und die offen liegende Verletzlichkeit darin sah, stockte ihr der Atem. Die Arroganz seiner Jugend war verschwunden, und der Schmerz, den dieser Mann ausstrahlte, traf sie tief. So viel hatten sie gemeinsam erlebt seit dem Tag in Apapas Tempel, als sie gelobt hatten, einander Mann und Frau zu sein.

Wieder sah sie den großen, unsicheren Jungen vor sich, der die Klinge des Dolches an seine Hand gelegt und sich in die Haut geschnitten hatte. »Mit meinem Blut, meinem Herzen, meiner Seele schwöre ich, mein Leben dem deinen zu widmen. Wo ich auch bin, du sollst in Gedanken für immer bei mir sein. Das gelobe ich dir vor deinen Göttern und vor meinen. Wir sind jetzt vereint, und nur der Tod kann uns trennen.« Dann hatte er sich vorgebeugt und ihr ins Ohr geflüstert: »Und selbst dann werde ich einen Weg zu dir finden. Du und ich, Phyra, in alle Ewigkeit.«

Bei dieser Erinnerung glitt ihr eine Träne aus dem Augenwinkel. Sie hatte ihm geglaubt.

»Phyra?«

Sie schluckte. Stryker bewegte sich nicht mehr und schaute zu ihr hinunter.

»Tu ich dir weh?«

Das Schluchzen blieb ihr in der Kehle stecken. »Du hast mir das Herz gebrochen, du Dreckskerl. Ich habe an dich geglaubt! Obwohl ich doch vorher an niemanden glaubte als an mich selbst.«

Diese Worte trafen ihn schwer, und Stryker holte tief Luft. »Alles, was ich je sein wollte, war der Mann, als den du mich gesehen hast. Ich wünschte bei den Göttern, ich könnte rückgängig machen, was ich getan habe. Ich wünschte, ich wäre geblieben und an deiner Seite gestorben, wie ich es hätte tun sollen. Aber ich kann die Vergangenheit nicht ungeschehen machen. Ich kann den Schmerz nicht zurücknehmen. Ich weiß, das ist kein Trost für dich, aber ich kann dir versichern, dass es für mich auch nicht leicht gewesen ist.« Sein Blick versengte sie fast. »Ich habe mich in meinem ganzen Leben nie für etwas entschuldigt. Ich habe nie jemanden um etwas gebeten. Aber es tut mir leid, was ich getan habe, und ich würde sofort vor dir auf die Knie fallen, wenn du mir vergeben könntest.«

Sie schob ihn von sich weg und setzte sich aufrecht hin. »Ich weiß nicht mehr, wie man jemandem vergibt.«

Bei diesen Worten zuckte Stryker zusammen. Er hatte ihre Verachtung verdient. Aber dabei konnte er es nicht belassen.

Er löste ihr Haar, und die seidigen Strähnen liebkosten seine Haut. Es erinnerte ihn daran, wie sie das Haar jeden Abend gebürstet hatte, ehe sie zu ihm ins Bett kam.

Zephyra klammerte sich an die Decke. Strykers Zärtlichkeit berührte sie tief. Sie sollte ihm eigentlich nicht vergeben, aber bei seinen Worten und angesichts seiner Ehrlichkeit wurde sie schwach. Sie schaute ihn an und schmolz noch mehr dahin. Dieser Mann war bekannt für seine Grausamkeit und seine Brutalität. Er machte vor nichts Halt.

Und doch strich er ihr jetzt mit der Hand durchs Haar, so sanft, als hätte er Angst, sie zu verletzen. Wie konnte sie jemanden hassen, der sie so sehr liebte? Wie konnte sie den Mann hassen, dem sie das Wichtigste in ihrem Leben zu verdanken hatte?

»Das bedeutet jetzt aber nicht, dass ich dich mag«, knurrte sie, dann schob sie ihn zurecht und setzte sich rittlings auf ihn.

Stryker lächelte, als Zephyra sich über ihn beugte und ihm die Fangzähne in den Hals schlug, um sein Blut zu trinken. Er hätte freudig zugelassen, dass sie ihn ganz aussaugte – wenn das bedeutete, dass er sie umarmen könnte, bis er tot war. Alles verschwamm vor seinen Augen, als er sie roch, als er ihre Brüste berührte, die sich an seine Brust drückten, während die Haare zwischen ihren Beinen an seiner Hüfte piekten.

Er neigte den Kopf und atmete ihren Baldrianduft ein, während sie sein Blut saugte. Es schmerzte. Und es war paradiesisch.

Er glitt mit der Hand ihren Arm hinunter, bis er seine Finger mit Zephyras verschränken konnte. Sie hob die Hand, und er küsste sie auf die Handfläche, dann hieb er ihr die Zähne ins Handgelenk.

Sie zuckte leicht zusammen, zog aber die Hand nicht weg. Stryker knurrte, als er den süßen Geschmack ihres Blutes schmeckte. Und als er trank, spürte er, wie sich ihre Kräfte mit seinen vermischten. Bis jetzt hatte er keine Vorstellung davon gehabt, wie unglaublich viel dämonische Energie sie besaß.

Ich hätte sie niemals besiegen können …

Bei dieser Erkenntnis erstarrte er. Sie hatte ihn gewinnen lassen. Langsam verzogen sich seine Lippen zu einem Lächeln, aber er sagte nichts. Er wollte sie nicht schon wieder verärgern, nicht jetzt.

Sie machte sich von seinem Hals los und starrte auf ihn hinunter. Er ließ ihre Hand los, während ihr Haar ihn an der Brust kitzelte. Es gab einfach keinen schöneren Anblick als Zephyra, wie sie da über ihm hing und ihre nackten Brüste ihn streiften.

Zephyra war gebannt von Strykers Schönheit und seiner Kraft. Jetzt kannte sie die Wahrheit. Er hatte sich zurückgehalten, als sie miteinander gekämpft hatten. Er hätte sie ernsthaft verletzen können, und doch hatte er es nicht getan.

Wenn sie ihm nur wieder vertrauen könnte.

Ob sie es wagen sollte?

Er richtete sich auf, sodass er sanft an ihrer Brust saugen konnte, und Zephyra umfasste seinen Kopf, drückte ihn an sich und erzitterte, als sie seine heiße Zunge spürte. Er hob sie ohne jede Anstrengung hoch, setzte sie auf sich und drang wieder in sie ein. Als sie ihn in sich spürte, sog sie scharf die Luft ein.

Sie hob das Kinn und küsste ihn erneut, während sie sich ganz langsam auf ihm bewegte. Wie unglaublich gut er sich anfühlte! Sein Atem mischte sich mit dem ihren.

Stryker konnte nicht mehr klar denken vor Lust. Er brauchte jedes bisschen Kontrolle, sonst wäre er auf der Stelle gekommen. Er grub sich die Nägel in die Handflächen und versuchte, sich unter Kontrolle zu halten, aber es fiel ihm nicht leicht.

Dies war die einzige Frau, die er je geliebt hatte.

Der Hauch eines Lächelns verzog seine Lippen, während er ihr Ohr berührte. Da gab es doch diese eine Stelle …

Er ließ die Zunge hinter ihrem Ohr entlanggleiten, hinunter in Richtung Ohrläppchen.

Sie sog scharf die Luft ein, ein Schauer überlief sie, und ihre Brustwarzen richteten sich steil auf.

»Du bist immer noch so empfindsam.«

»Ja, das stimmt.« Sie glitt mit den Händen unter seine Arme und an seinen Rippen hinunter, er zuckte zusammen. Sie stöhnte, denn so drang er sogar noch tiefer in sie ein.

Stryker lachte, drehte sie beide um und drückte Zephyra hinunter aufs Bett. Sie bog den Rücken durch und nahm ihn noch tiefer in sich auf. Seine Stöße wurden schneller, bis sie es nicht mehr aushielt. Alles explodierte in ihr, und sie kam in einem hellen Blitz. Mit einem Schrei zog sie sich um ihn zusammen und hielt ihn an sich gedrückt, während ihr Körper zuckte.

Stryker knurrte und kam zur gleichen Zeit wie sie. Er hielt sie fest an sich gedrückt, während er am ganzen Körper zitterte und bebte.

Sie war einfach wunderbar, er wollte den Rest seines Lebens mit ihr verbringen, nackt und mit ihr verschlungen in seinem Bett.

Dennoch zog er sich am Schluss mit einer arroganten Bemerkung zurück. »Sag mal, Liebste, bist du jetzt enttäuscht?«

Sie zog die Nase kraus. »Hm, alles in allem würde ich das Ganze mit einem simplen Ausdruck beschreiben.«

»Und wie lautet der?«

»Eine ziemlich erbärmliche Vorstellung.«

Er schnaubte nur. »Die Nacht ist jung, und ich habe noch viele Stunden vor mir, um dich auszukosten. Eins versichere ich dir: Wenn ich erst einmal mit dir fertig bin, wird ›erbärmlich‹ das letzte Wort sein, das dir in den Sinn kommt.«

Sie tat überheblich, denn er sollte nicht merken, wie befriedigt sie war. »Nun ja, wenn du Wert darauf legst, dich noch einmal zu blamieren, dann will ich dich nicht aufhalten.«

Er schüttelte nur den Kopf. »Du bist ganz schön mies.« Er griff um sie herum und schlug die Decke über sie beide.

»Hast du das ernst gemeint mit dem Weitermachen?«

»Aber sicher. Ich habe schließlich viele Jahrhunderte nachzuholen.«

Sie wollte antworten, aber ehe sie etwas sagen konnte, klopfte es an der Tür.

Er stellte sicher, dass die Decke sie ganz bedeckte, dann bellte er: »Herein.«

Es war Davyn. Er trat einen Schritt näher, hielt aber inne, als er Stryker nackt und Zephyra neben ihm sah, und wandte schnell den Blick ab. »Herr, ich wollte dir berichten, dass wir ein kleines Problem haben.«

»Und das wäre?«

»Wir können nichts fressen.«

Stryker schaute Zephyra stirnrunzelnd an, und sie schaute genauso verständnislos zurück. Dann wandte er sich an Davyn. »Was meinst du damit?«

»Krieg und die Dämonen haben uns eingeschlossen. Jeder

Daimon, der Kalosis verlässt, um zu fressen, wird von ihnen entweder getötet oder umgewandelt. Wir sitzen in der Falle.«

Stryker stieß einen üblen Fluch aus. »Wie viel Zeit hast du noch, bis du wieder fressen musst?«

»Ich habe letzte Nacht erst gefressen, es reicht also für ein paar Wochen. Und du, Herr?«

Er schaute Zephyra an.

Es durchfuhr sie kalt, als sie seinen Blick verstand. »Ich habe zweimal von deinem Blut getrunken …«

Er nickte. »Für ein paar Tage reicht es noch.«

Bei seinem trockenen Tonfall schluckte sie erschrocken, und es überkam sie ein Gefühl des Grauens. »Für wie viele Tage?«

»Für zwei vielleicht.«

Und dann müsste er sterben.

Kapitel 9

Zephyra schwieg, bis Davyn sie wieder allein gelassen hatte. Stryker wandte sich zum Bett zurück, und ihr Blick fiel auf die Verletzung, die sie ihm im Kampf zugefügt hatte. Er folgte ihrem Blick. Obwohl die Wunde schon heilte, war sie noch immer eine hässliche Erinnerung an ihren Zorn.

Und daran, dass sie sich seinen Tod wünschte.

»Sieht ganz so aus, als würde dein Wunsch eher früher als später in Erfüllung gehen, was?«, sagte er flapsig.

Zephyra drückte sich das Laken an die Brust. »Es muss doch einen Ausweg geben!«

»Ja, aber die Dämonen haben einen Vorteil. Sie sind keine Nachtwesen und können uns Tag und Nacht umzingelt halten. Wir hingegen können uns nur nachts Nahrung beschaffen.«

»Kannst du denn keine Menschen hier reinholen?«

Theoretisch schon. Aber ganz unkompliziert war auch das nicht. »Nur wenn sie in ein Schlupfloch fallen. Und das ist nicht leicht zu bewerkstelligen. Normalerweise erwischen wir mit diesen Fallen nur junge Leute, und viele Daimons, zu denen ich selbst auch gehöre, haben Probleme, die Seele eines Kindes zu fressen. Selbst wenn es nur Menschenvieh ist.«

Ihr Blick wurde dunkel vor Zorn. »Die Menschen haben unsere Kinder getötet, ohne mit der Wimper zu zucken.«

Auch hier war die Sachlage nicht ganz so simpel. »Ihre *Eltern* töten unsere Kinder. Die Menschenkinder tragen keine Schuld daran. Mein Vater hat mich gezwungen, ein Monster zu werden, als er mich zu diesem Leben verdammt hat, aber ich weigere mich, wegen seines Wahnsinns mein ganzes Selbstwertgefühl aufzugeben.«

Zephyra schüttelte den Kopf. »Du bist ein Krieger. Willst du mir etwa erzählen, du hättest im Kampf noch nie ein Kind getötet?«

»Als Sterblicher habe ich Übungskämpfe abgehalten, aber ich habe nie wirklich gekämpft, bevor ich zum Daimon geworden bin. Also: Nein, ich habe nie ein Kind getötet. Ich bin selbst Vater und weiß nicht, ob ich das je tun könnte.« Er kniff die Augen zusammen und schaute sie an. »Das heißt noch lange nicht, dass ich ein Feigling bin.«

Zephyra hob bei seinen feindseligen Worten abwehrend die Hände. Sie hatte unabsichtlich einen Nerv getroffen. »Das habe ich auch nie angenommen.« Zumindest nicht wegen seiner Unfähigkeit, ein Kind zu töten. Andere seiner Taten hingegen …

Nun ja, das stand auf einem anderen Blatt. Als er vom Bett aufstand, sah sie ein Tattoo auf seinem rechten Schulterblatt. Das war ihrer Aufmerksamkeit entgangen, als sie eben auf ihr Liebesspiel konzentriert gewesen war. Sie musste zweimal hinschauen.

Das war doch nicht möglich …

»Stopp«, sagte sie und zog Stryker zurück, um sich das Tattoo genauer anzuschauen.

Es war ein gebrochenes Herz, durch das sich dornige Ranken schlangen, und ein Schwert, das mitten hindurchgebohrt war. Um das Herz war ein Band mit einem Namen geschlungen, und die Aufschrift darauf ließ ihr den Atem stocken.

Zephyra.

Darunter waren achtzehn kleine schwarze Tränen, die ein verschachteltes Muster bildeten. Sie zog sie mit der Fingerspitze nach. »Wofür stehen die alle?«

»Eine Träne für jedes meiner Kinder und Enkel. Und eine für jede meiner Frauen.«

Aber es war ihr Name, der auf dem Band geschrieben stand. Ihr Name allein stand über seinem gebrochenen Herzen.

Zephyra schaute auf und begegnete Strykers Blick, als er sie über die Schulter hinweg anschaute. Erinnerungen an ihre gemeinsame Vergangenheit und widersprüchliche Gefühle durchzuckten sie. Er war ihr so vertraut und doch so fremd.

»Wer bist du, Strykerius?«

»Ich bin eine einsame Seele«, sagte er leise. »Einst hatte ich ein Lebensziel, aber ich bin vom rechten Weg abgekommen.«

»Und jetzt?«

Er kniff gefährlich die Augen zusammen. Verführerisch. »Jetzt sehe ich wieder, was ich will, aber zum ersten Mal in meinem Leben bin ich nicht sicher, ob ich es auch beanspruchen kann. Ich hätte dich nie verlassen sollen, das weißt du.«

Sie legte die Hand auf seine Bartstoppeln. »Ich bin eine Dienerin der Artemis. Ich bin ihr einiges schuldig, denn sie hat mich aufgenommen, als es niemand sonst getan hat.«

»Hast du ihr diese Schuld nicht schon tausendfach vergolten?«

Zephyra schwieg. Hatte sie das wirklich? Artemis konnte

ungeheuer launisch und kalt sein. Über die Jahrhunderte hinweg hatte Zephyra zahllose Menschen für sie hingerichtet, und auch andere Wesen, die die Göttin diffamiert oder beleidigt hatten. Merkwürdig, dass sie bisher nie ernsthaft in Erwägung gezogen hatte, die Dienste der Artemis zu verlassen. Sie war damit zufrieden gewesen, in der Sicherheit von Artemis' Tempel zu leben und dort einfach nur Ruhe zu haben. Ihr einziges Ziel in diesen ganzen Jahrhunderten hatte darin bestanden, ihre Tochter zu beschützen.

Wie konnte sie bloß kein anderes Ziel mehr gehabt haben? Weil ihr letztes Ziel darin bestanden hatte, mit einem Mann alt zu werden und ihn zu lieben. Doch dann war dieser Mann einfach so aus der Tür spaziert und hatte ihr das Herz gebrochen. Ihren Geist gebrochen. Ihr Leben zerstört.

Danach hatte Zephyra gelobt, sich niemals wieder einem solchen Schmerz auszusetzen. Einmal im Leben reichte ihr.

Stryker drehte sich auf dem Bett um und schaute sie mit einem Blick an, der so intensiv und begierig war, dass ihr ein Schauer über den Körper lief. »Komm wieder zu mir, Phyra. Bleib bei mir, dann werde ich dir die Welt der Menschen zu Füßen legen. Wir finden eine Möglichkeit, den Fluch meines Vaters zu durchbrechen, und erobern uns einen Platz im Licht der Sonne.«

»Ich bin seit elftausend Jahren nicht mehr im Sonnenlicht gewesen. Nicht seit der Nacht, in der man uns vor dem Fluch gewarnt hat.«

»Ich könnte es möglich machen.«

Sie schüttelte den Kopf. »Du hast mir schon einmal die Welt versprochen, und dann hast du nicht Wort gehalten.«

»Jetzt bin ich ein anderer, Phyra. Ich bin kein ängstliches Kind mehr, das im Schatten seines Vaters lebt. Ich habe aus meinem Fehler gelernt, und ich schwöre, dass ich dich nie mehr verlassen werde.«

Sie hätte ihm nur zu gern geglaubt, aber sie wusste nicht, ob sie das tun sollte. Es war so leicht, Versprechungen zu machen, und so schwer, sie zu halten. Das schafften nur wenige. »Denk daran, du wirst in zwei Tagen sterben, wenn wir dir keine Nahrung beschaffen können.«

»Selbst im Tod werde ich einen Weg zu dir finden.«

Bei diesen Worten flammte ihr Zorn auf. Es erinnerte sie an den Schwur, den er bei ihrer Hochzeit ausgesprochen hatte. »Wie kannst du es wagen!«, fuhr sie ihn an und stieß ihn heftig von sich.

»Ich verstehe dich nicht.«

»Mit diesen Worten machst du dich über mich lustig!«

Stryker schaute völlig verblüfft drein. Wovon redete sie? »Wieso denn?«

»Du hast mir deine Liebe versprochen, und kein Jahr später hast du mich verlassen. Wie soll ich dir da vertrauen?«

»Ich habe nicht wieder geheiratet, nachdem meine Frau gestorben war. Die ganzen Jahrhunderte lang nicht – und das hatte nichts damit zu tun, wie ich für sie empfunden habe. Es war die Erinnerung an dich, die mich nicht losgelassen hat. Keine Frau hat mich je so gefesselt wie du.«

Und kein anderer Mann hatte je ihr Herz für sich gewonnen, kein einziger. Nur Stryker war in der Lage gewesen, den Schutzwall zu durchbrechen, den sie um sich errichtet hatte.

Dafür hasste sie ihn so sehr.

»Matera!«

Sie schaute zur Tür, als Medea ins Zimmer gestolpert kam. Diesmal kommentierte sie gar nicht erst, dass ihre Eltern nackt zusammen im Bett lagen. Das allein sagte Zephyra schon einiges darüber, wie furchtbar die Neuigkeiten sein mussten.

»Kessar hat eine Abgesandte geschickt, die mit Vater sprechen will. Er muss sofort kommen.«

Strykers Kleidung erschien auf seinem Körper, während er aufstand. Zephyra wollte gerade nach ihren Kleidern greifen, als er sie auch anzog. Sie schoss vom Bett hoch und trat zu Medea unter die Tür.

Stryker ging voran.

Medea hob neugierig eine Augenbraue, als sie neben Zephyra herging, aber sie sagte nichts. Die beiden folgten Stryker den Flur entlang in die große Empfangshalle. Dort waren die Daimons im Dämmerlicht um eine große, schlanke gallu-Frau versammelt. Das lange schwarze Haar hing ihr lose bis auf die Schultern, während sie die versammelten Daimons musterte und voller Verachtung den Mund verzog.

Stryker sagte nichts, als er an ihr vorbei zum Podest schritt, wo ein schwarzer Thron aus Skeletten auf ihn wartete. Er schimmerte im Dämmerlicht und wirkte genauso bedrohlich und tödlich wie der Mann, der auf ihm Platz nahm. Zephyra folgte ihm auf das Podest und erwartete, er würde protestieren, aber das tat er nicht. Mit dem Gehabe eines Gottes setzte er sich lässig hin und starrte die gallu-Frau an, als wäre sie ein Insekt, das er gleich zertreten wollte. Zephyra bezog Position auf der rechten Seite seines Thrones. Sie stützte sich mit einer Hand auf den obersten Spindelstab, der in Form einer Wirbelsäule geschnitzt war.

»Du bringst eine Botschaft von Kessar?«, fragte Stryker die gallu.

»Er bietet dir Gelegenheit, dich zu ergeben.«

Stryker lachte laut über ihre Dummheit und Kessars Unverfrorenheit. Wenn sie dachten, er würde klein beigeben, dann hatten sie sich gewaltig geirrt. »Ich habe ihm gesagt, er soll aufhören, das Blut von Idioten zu saugen. Jetzt hat es seinem Intellekt endgültig geschadet!«

Die gallu schnippte mit den Fingern.

Zwei weitere gallu traten vor. Sie führten eine Daimonin in Ketten mit sich, Illyria, eine seiner Spathi-Anführerinnen. Ihr blassblondes Haar bildete einen starken Kontrast zu ihrer schwarzen Kleidung. Ihrer Natur und ihrem Rang gemäß flehte sie nicht um Gnade, als die gallu sie brutal auf die Knie zwangen.

Aber sie war bereits geschwächt. Ihre Haut hatte den aschgrauen, schillernden Schimmer angenommen, der erschien, wenn sie zu lange kein Blut mehr bekommen hatte. Ihr Körper fing schon an zu altern und zu verfallen, sie sah bereits viel älter aus als siebenundzwanzig. Es war eine Sache von Minuten, dann wäre sie schon eine Frau mittleren Alters.

»Gewähre ihnen nichts, Herr«, spuckte Illyria regelrecht aus und versuchte, sich gegen die beiden gallu zu wehren, die sie festhielten.

»Sie stirbt, wenn du dich nicht ergibst.«

Stryker zuckte mit den Schultern. »Wir sterben alle, gallu. Du solltest dir lieber Gedanken über dein eigenes Schicksal machen.«

Die Abgesandte maß ihn mit kühlem Blick. »Deine Haut beweist, dass auch du bald etwas zu fressen brauchst.« Sie umfasste Illyrias Kinn mit der Hand. »Schau her, wie sie altert! Ihre Knochen werden brüchig. Sie wird keine Stunde mehr überleben. Wenn ihr euch in der Not voneinander ernährt, werdet ihr nur umso früher sterben.«

Stryker behielt seine lässige Haltung bei. »Ich bin nicht Sisyphos, der aus dem Hades entwischen will. Illyria ist eine Soldatin. Wenn ihre Zeit gekommen ist, dann wird sie die Tatsache heldenhaft akzeptieren. Ich stehe nicht im Krieg mit Atropos. Sie kommt uns holen, wann immer sie es für richtig hält. Mein einziges Ziel ist es, in Würde zu sterben.«

Zephyra war von Strykers Auftreten und seiner nüchternen Verhandlungsweise beeindruckt. Er war nicht mehr der Junge, den sie einst gekannt hatte. Der Mann, der hier neben ihr saß, war nicht willens, sich einschüchtern zu lassen.

Das wusste sie wirklich zu schätzen. Aber sie sah auch die Wut und Verärgerung in den Augen der gallu. Sie stand kurz davor, einen Fehler zu machen.

Während Zephyra die gallu anstarrte, kam ihr eine Idee. Sie war gewagt, aber einen Versuch wert. Zephyra legte Stryker die Hand auf die Schulter, beugte sich vor und flüsterte ihm ins Ohr: »Trink vom Blut der gallu…«

Stryker rührte sich nicht. Das Blut der gallu konnte ansteckend sein. Es konnte jeden, der damit in Kontakt kam, in einen der ihren verwandeln und diese Person zu einem hirnlosen Zombie machen, den die gallu kontrollieren konnten. Hasste Zephyra ihn etwa so sehr, dass sie ihm ein solches Schicksal wünschte?

Er begegnete ihrem Blick. Sie war wunderschön und stand hier, an seiner Seite. Da hätte sie immer schon hingehört. Doch er wusste nicht, ob er ihr vertrauen konnte. Was sie vorschlug, war womöglich Selbstmord.

»Vertrau mir«, flüsterte sie ihm ins Ohr, und ihm lief ein Schauer über den Rücken.

Sollte er es wagen? Sie hatte selbst gesagt, Frauen wären rachsüchtig bis zum bitteren Ende.

Ihr dunkler Blick versengte ihn fast und verriet nichts über ihre Absicht. Sie konnte ihn ins Leben schicken.

Oder in den Tod.

»Nimm der gallu die Seele«, sagte sie so leise, dass er nicht sicher war, ob er es wirklich gehört hatte. »Bring das Miststück um, dann kann sie dich nicht mehr kontrollieren.«

Die gallu verlor die Geduld und räusperte sich. »Ihr seid von allem Nachschub abgeschnitten. Wir werden euch töten. Ihr habt nur noch eine einzige Hoffnung: Ergebt euch und bittet Kessar und den Rest von uns um Gnade.«

Eher würde das Universum zerbersten, als dass Stryker jemanden um irgendetwas bat.

Er stand langsam auf. Zephyra gab ihm noch immer kein Zeichen, wie ihre Stimmung war oder was genau sie beabsichtigte – ob sie es ehrlich meinte oder ob sie ihm eine Falle stellte.

Stryker war niemand, mit dem man spielte. Er stieg vom Podest herunter und ging auf die gallu zu. Die beiden gallu, die Illyria festhielten, packten sie fester, jederzeit bereit, sie zu töten, falls Stryker angreifen sollte.

»*Sriana ey froya*«, sagte er auf Atlantäisch zu Illyria. *Hilf mir und zerstöre sie.* Er schaute Illyria an und merkte, wie sich seine Augenfarbe veränderte. Er wusste, dass seine Augen nicht länger silbern waren, sondern jetzt blutrot glühten. Er rief die göttlichen Kräfte in sich hervor, wandte sich zu der gallu um, die gesprochen hatte, und schaute ihr in die Augen.

Sie erstarrte auf der Stelle, ihr Wille war gelähmt. Das war die eine Kraft, die Apollo vergessen hatte, den Apolliten zu nehmen, als er sie verflucht hatte:

Sie konnten jeden unter Kontrolle bringen, der einen schwachen Willen hatte. Diese Gabe hatte es den Daimons erlaubt, die Seelen der Menschen in ihre Körper aufzunehmen. Die Schwierigkeit lag darin, Menschen zu finden, die sehr am Leben hingen, aber schwachen Geistes waren. Im Falle der gallu jedoch war das ein und dasselbe.

Stryker hielt ihr die Hand hin. »Komm zu mir, gallu.«

Langsam verzogen sich seine Lippen zu einem Lächeln, als er sie an sich zog, dann schlug er ihr die Fangzähne in die Kehle. Sie schrie auf, als er ihr Blut zu saugen begann.

Illyria folgte seinem Beispiel und schnappte sich den gallu zu ihrer Linken, während Davyn den nahm, der rechts von ihr stand.

Vor Strykers Augen verschwamm alles, als er den Geschmack von Macht im gallu-Blut spürte. Zumindest so lange, bis er Magenkrämpfe bekam und ihm der Bauch wehtat. Instinktiv machte er sich los, aber da stand Zephyra plötzlich neben ihm.

»Hör nicht auf«, sagte sie und drückte seinen Kopf wieder an die Kehle der gallu. »Erst, wenn sie tot ist.«

Er zog den Kopf so weit zurück, dass er mit ihr reden konnte. »Ich glaube, ich verwandle mich. Es fühlt sich alles so komisch an.«

»Alles wird gut, vertrau mir.«

Das sagte sie immer wieder, aber er war sich immer noch nicht sicher, ob er ihr glauben sollte. Er fühlte sich wirklich elend von dem Blut, als müsste er sich jeden Augenblick übergeben. Aber er hieb seine Fänge wieder in die Kehle der gallu und saugte sie weiter aus, so lange, bis Zephyra ihr zwischen die Augen stach und sie tötete.

Da spürte er es sofort – genau in dem Augenblick, als der letzte Lebenshauch aus der Dämonin wich und ihr Körper in seinen Armen erschlaffte. Er drückte diesen Körper ans Herz, das Zentrum seines Seins, und wartete, dass sich ihre Seele mit seiner vereinte. Normalerweise war es wie ein kleiner Schock, wenn man eine Seele aufnahm, und dann folgte ein Gefühl umfassender Kräftigung.

Diesmal durchzuckte es ihn wie ein Blitz. Er ließ den Leichnam fallen, taumelte zurück und schrie auf, als ihn etwas durchfuhr und seine Haut schwarz wurde. Stryker konnte kaum noch atmen und rang nach Luft. Immer wieder sah er um sich herum Lichter aufblitzen und hörte das Rauschen des Blutes, das durch seine Adern gepumpt wurde. Er hatte das Gefühl, als sehe er den Stoff, aus dem das Universum gemacht war. Irgendwelche Mächte verbanden sich in ihm, erhitzten seinen Körper und wirbelten seine Sinne durcheinander.

Er schaute kurz um sich und merkte, dass seine Männer vor ihm zurückschraken. Dann stand Zephyra wieder neben ihm und nahm sein Gesicht zwischen die Hände. »Schau mich an, Strykerius. Konzentrier dich!«

Das tat er, und als sich ihre Blicke begegneten, wurde sein Herzschlag allmählich wieder langsamer, und seine Sehkraft und sein Gehör wurden wieder klar.

Langsam glitt ein Lächeln über Zephyras Lippen, dann riss sie ihm das Hemd auf. Er runzelte die Stirn, als sie ihm die Hand aufs Herz legte. Dort, wo normalerweise der Seelenaustausch stattfand, war kein schwarzes Zeichen mehr zu sehen. Stryker starrte verdutzt auf seine makellose Haut. In dem Augenblick, in dem ein Apollit die Seele eines Menschen in seinen Körper aufnahm, um sein Leben zu verlängern, erschien normalerweise ein schwarzes Zeichen über seinem Herzen.

Doch sein Zeichen war verschwunden.

»Das verstehe ich nicht.«

»Wenn sich ein Daimon mit einem Dämon verbindet, vereint er die Stärken beider Arten in sich. Die Dämonen sind unsterblich – und du bist es jetzt auch.«

Er war verblüfft. »Wie ist das möglich?«

Zephyra lächelte böse. »Gallu-Blut ist sehr mächtig. Woher seine Kraft auch immer rührt, es vermischt sich mit unserer DNA und stärkt uns. Du musst dich jetzt nicht mehr von Seelen ernähren.«

Er blickte sich um und schaute zu Davyn und Illyria hinüber. Die beiden standen neben den Leichen der gallu, die sie getötet hatten. »Und wir sind nicht zu Sklaven der gallu geworden?«

Zephyra schüttelte den Kopf. »Nein, denn deine Meisterin ist gerade gestorben. Es ist eine ganz neue Welt, Stryker. Eine neue Morgendämmerung voller Hoffnung.«

Und Zephyra hatte sie ihm geschenkt. Nichts hätte ihm mehr bedeuten können.

»Das Einzige, was dich jetzt noch töten kann, ist eine Enthauptung.«

Er hätte am liebsten freudig gejubelt. »Wie viele Daimons können wir mit einem gallu umwandeln? Wenn mehrere Daimons vom Blut des gleichen gallu trinken, werden sie sich dann alle verwandeln und alle frei sein, sobald wir ihn töten?«

Zephyra zuckte die Achseln. »Das lässt sich nur auf eine Art herausfinden: Du musst es ausprobieren.«

Stryker lachte, als er sich unter den Spathi umblickte, die sich um sie versammelt hatten. »Ihr habt gehört, was die Dame gesagt hat. Machen wir ein Experiment und schauen wir, was passiert. Wenn es funktioniert, saugen wir ihnen das Blut aus, töten sie und müssen nicht länger Menschen jagen und ihre Seelen fressen. Ich finde, es ist an der Zeit, dass wir die Jagd auf die gallu eröffnen.« Er lachte allein bei dem Gedanken daran, den Spieß umzudrehen und es Kessar und seinen Leuten heimzuzahlen. »Wer von euch hat Hunger?«

Ein Brüllen ging durch die Menge.

Stryker wandte sich an Davyn. »Mach ein Schlupfloch auf, dann holen wir uns einen gallu und überprüfen unsere Theorie.«

Davyn neigte den Kopf und salutierte. »Wie du wünschst, Herr.« Er gab Illyria und zwei weiteren Spathis ein Zeichen, ihn zu begleiten.

Stryker kehrte zu seinem Thron zurück und nahm mit einer ganz neuen Perspektive für die Zukunft seiner Leute Platz. Das Zeitalter der Daimons fing gerade erst an, und er würde die Hölle über die Menschen kommen lassen.

Geringschätzig verzog er den Mund, als er die Leichen der drei gallu auf dem Boden liegen sah. Er fand sie genauso abstoßend wie seinen Vater. »Könnte mal jemand diesen Dreck wegräumen? Bringt sie raus und verbrennt sie.«

Ein paar Daimons traten vor und führten seinen Befehl aus, während Zephyra auf sein Podest stieg.

Er achtete nicht darauf, dass seine Leute zusahen, er ergriff ihre Hand und küsste sie. »Danke schön, Phyra. Du hättest dein Wissen ebenso gut für dich behalten können, dann wären meine Leute und ich gestorben.«

Sie ließ den Blick durch den Saal gleiten. »Völlig unabhängig davon, wie ich persönlich zu dir stehe, bin ich aus Atlantis und eine Apollitin.« Sie wies auf seine Soldaten. »Wir sind die letzten Krieger unserer Art. Ich will verdammt sein, wenn ich einfach nur dastehe und zuschaue, wie die gallu uns jagen.

Sie sind unwürdige Maden. Wir dagegen sind die Kinder der Götter und beugen uns niemandem.«

Stryker lächelte, als er sah, wie verwirrt seine Leute dreinschauten. »Mir fällt gerade ein, dass niemand hier dich kennt, Liebste.« Er stand auf und drehte sie so, dass sie zur Menge schaute. »Daimons, Brüder und Schwestern, ich möchte euch Zephyra vorstellen, meine Königin.«

Bei dieser Verkündung erstarrte Zephyra. »Bist du da nicht ein bisschen voreilig?«, fragte sie leise.

Er beugte sich zu ihr und flüsterte ihr ins Ohr: »Wenn du mich umbringst, wird mein Volk einen neuen Anführer brauchen. Nach dieser Geschichte vertraue ich darauf, dass du das tun wirst, was das Beste für mein Volk ist. Ob du nun mit mir verheiratet bist oder nicht – du bist meine Königin und mir gleichgestellt. Niemandem sonst würde ich zutrauen, mein Volk anzuführen und zu beschützen.«

Sie neigte den Kopf.

Als Nächstes streckte Stryker die Hand nach Medea aus. »Und dies ist meine Tochter. Ich erwarte von euch, dass ihr Medea und Zephyra den Respekt und die Hochachtung erweist, die ihnen zustehen.« Er grinste trocken. »Falls ihr das nicht tut, lassen sie euch vermutlich schmerzhaft für jede Geringschätzung leiden, die ihr euch ihnen gegenüber erlaubt.«

Medea sah alles andere als erfreut aus, als um sie herum Jubelschreie ausbrachen. Aber Zephyra schien die Verehrung nicht besonders zu beeindrucken.

Als Stryker einen Schritt auf seine Tochter zutrat, kehrte Davyn mit einem gallu zurück. Er stieß den Dämon in Richtung der beiden Daimons, die ihn begleitet hatten, und sie warfen sich mit einem Eifer auf ihn, der aus hungriger

Verzweiflung geboren war. Drei weitere Daimons stießen dazu und saugten ebenfalls Blut aus ihm. Der Dämon tat sein Bestes, sich zu wehren, aber gegen fünf Daimons, die ihre Beute fest gepackt hielten, hatte er keine Chance.

Stryker schaute voll morbider Faszination zu, wie die Daimons sich zu verwandeln begannen. Würde die Sache funktionieren? Oder müsste er gleich seine eigenen Männer töten?

Er bekam eine Antwort, als Davyn den gallu umbrachte. Der gab einen letzten Schrei von sich, dann starb er. Der erste Daimon, Laeta, packte seine Seele und fraß sie. Ihre Augen glühten rot, sie warf den Kopf in den Nacken und schrie laut.

Einen Augenblick später sprang sie auf und zog ihr Hemd hoch. Ihre Daimon-Markierung war verschwunden.

Die Markierung fehlte auch bei den anderen Daimons, die das Blut des gallu getrunken hatte.

Stryker hätte vor Freude am liebsten laut aufgeschrien: Sie hatten herausgefunden, wie sie überleben konnten! Das hier war der Weg zur ihrer Rettung.

Von Freude überwältigt schnappte er sich Zephyra, zog sie in seine Arme und wirbelte sie herum. »Du bist brillant!«, sagte er lachend.

Zephyra blieb die Luft weg. Jetzt sah sie in dem Mann, den sie eigentlich verachtete, wieder den Jungen, den sie einst geliebt hatte. Das war der gleiche Strykerius, in den sie sich damals verliebt hatte. Sie schloss die Augen und genoss das Gefühl, dass er sie in den Armen hielt. Es war ein wunderbares Gefühl, so als gehörte sie irgendwo dazu, als wäre sie ein Teil von etwas und würde nicht vom Leben herumgeworfen. Sie war so lange gefühllos und allein gewesen.

Aber hier und jetzt fühlte sie sich auf einmal vollständig. Als hätte sie der Welt etwas geschenkt, das wirklich von Bedeutung war. Und für die Daimons, die jetzt nicht mehr den Seelen der Menschen nachjagen mussten, begann tatsächlich ein neues Zeitalter.

Sie hatte ihnen ein neues Leben geschenkt.

Inzwischen riefen die Daimons jubelnd ihren Namen, Stryker allen voran. Es war schwindelerregend.

Sie lächelte und schaute in seine silbernen Augen, die von einer Lebenskraft schimmerten, die der ihren gleichkam. Ein Teil von ihr wollte sich für immer an ihm festhalten, und der andere Teil wollte Stryker dafür verprügeln, dass er nicht für sie da gewesen war, als sie ihn gebraucht hatte. Dass er ihr nicht die Hand gehalten hatte, während sie darum kämpfte, ihr Kind zur Welt zu bringen. Dass er Medea weder das Sprechen noch das Laufen beigebracht hatte.

Er hatte wirklich alles verpasst.

Ihr innerer Kampf war brutal und schmerzhaft. Wie schaffte er es nur, dass sie sich derart zerrissen fühlte?

Während er sie in den Armen hielt, konnte sie nur daran denken, wie sicher sie sich dort fühlte. Sie war stark, stärker als sie je hatte sein müssen, und doch bekam sie bei seinem Anblick weiche Knie, und auch ihr Herz wurde schwach. Am liebsten hätte sie sich ganz auf ihn verlassen, obwohl sie längst fähig war, allein zu überleben.

Überleben! Genau das hatte sie ohne ihn getan. Sie hatte überlebt.

Aber mit ihm zusammen *lebte* sie.

In diesem Augenblick ergab sie sich ihrem Gefühl. Dem Klang seines Lachens, das ihr in den Ohren jubilierte, und dem Gefühl seiner Arme, die sie an sich drückten, an seinen harten, perfekten Körper. Knurrend vor wilder Begierde küsste sie ihn.

Stryker fühlte sich, als könnte er fliegen. Er wusste nicht, was es mit dieser Frau auf sich hatte, aber sie setzte seine Seele regelrecht in Flammen, das hatte sie schon immer getan.

»Habt ihr das nicht eben erst gemacht?«, fragte Medea mürrisch.

Stryker machte sich lachend von Zephyra los. »Wirst du wieder blind, Tochter?«

»Ich hab einen Schaden fürs Leben weg, danke auch. Ich werde sicher eine Therapie brauchen.«

Sryker strich mit dem Finger den Schwung von Zephyras Lippen nach und gab ihr noch einen raschen Kuss. Dann schaute er wieder zu seinem Volk. »Jetzt, da wir wissen, was wir tun müssen, lasst uns die Dreckskerle in der Luft zerreißen. Davyn, mach die Schlupflöcher auf!«

Krieg trat zurück und lachte, als er sah, wie die Daimons und die gallu übereinander herfielen. Es war großartig.

»Du bist wirklich richtig mies.« Ker legte den Arm anmutig auf seine Schulter und betrachtete den Kampf mit ihm zusammen. »Das gefällt mir sehr.«

Es tat ihm unglaublich gut, sie und Mache wieder bei sich zu haben.

»Wir müssen uns noch um den Malachai kümmern.«

Sie seufzte wegwerfend. »Den werden wir schon finden. Ma'at beschützt ihn, aber ganz allein schafft sie das nicht lange. Ich will ihr schon seit Ewigkeiten mal so richtig am Zeug flicken.«

Krieg schaute zu, wie Ker sich in zehn Wesen, die Keres, aufteilte.

»Wir finden ihn«, sagten sie alle gleichzeitig mit dröhnender Stimme. Dann flogen sie los und ließen ihn mit der ursprünglichen Ker allein zurück.

Krieg holte tief Luft. Ker hatte ihn immer schon scharf gemacht. Aber für Sex wäre später noch genug Zeit, jetzt mussten sie sich erst einmal um ihre Freiheit kümmern.

»Unsere griechischen Mitgötter rufen die Götter aus anderen Pantheons zusammen, um uns gemeinsam zu verfolgen.«

»Mache wird sich darum kümmern. Er ist schon mit Eris zurück und hetzt sie ordentlich gegeneinander auf.«

Eris war die Göttin der Zwietracht. Auch in ihrem Bett hatte Krieg schon einige Nächte verbracht. Obwohl sie offiziell nicht zu den Machae gehörte, war sie ihm von Zeit zu Zeit außerordentlich nützlich gewesen.

Er erstarrte, als ihm plötzlich eine Idee kam. »Hol Eris hierher! Ich hab eine Aufgabe für sie.«

»Und wie sieht die aus?«

»Sie soll die griechische Paranoia füttern, was Ma'at angeht.«

Ker runzelte die Stirn. »Das versteh ich nicht.«

»Wir überzeugen die Griechen davon, dass Ma'at den Malachai benutzen will, um sie zu zerstören. Ma'at ist eine ägyptische Göttin, und die Griechen hassen jeden, der auch nur im Entferntesten mit den Ägyptern zu tun hat. Also werden sie sich ganz schnell gegen sie wenden.« Er lachte erneut. »Überleg doch mal. Warum sollte sie wohl einen Malachai beschützen, wenn sie nicht vorhätte, alle Götterwelten zu zerstören?«

»Aber ein Malachai stellt doch das Gleichgewicht der Kräfte sicher.«

Krieg verdrehte die Augen. »Du weißt das. Und ich weiß

das auch! Aber Eris wird die Griechen so aufhetzen, dass sie überhaupt nicht mehr vernünftig denken können. Jetzt geh und hilf dabei, sie zu verblenden.«

Ker verschwand, und Krieg genoss den Geruch nach Blut in der Schlacht zwischen den Daimons und den gallu.

Für solche Spektakel lebte er.

Er würde eine neue Welt erschaffen, und es wäre nur eine Frage der Zeit, bis alle nach seiner Pfeife tanzten.

Jetzt musste er nur noch eine einzige Sache erledigen, dann gehörte ihm die gesamte Welt.

Kapitel 10

Zephyra saß auf Strykers Thron, während er und seine Daimons unterwegs waren und gegen die gallu kämpften. Sie hatte Medea gemeinsam mit ihrem Vater losgeschickt und war zurückgeblieben, damit sie in Gedanken einmal alles ordnen konnte, was in den letzten Stunden vorgefallen war.

Sie brauchte ein bisschen Zeit für sich, um die ganzen komplizierten Geschehnisse zu durchdenken und zu begreifen, die sie wie aus heiterem Himmel getroffen hatten. Ihr war das alles zu schnell gegangen, ihre Gefühle hatten sie überwältigt und ebenso die unglaubliche Wirkung, die allein Strykers Anwesenheit auf sie ausübte. Und seine berauschende Leidenschaft. Aber als sie allein im Dunkel von Kalosis saß, konnte sie sich zum ersten Mal seit Jahrhunderten eine bessere Zukunft vorstellen.

Stryker würde ihr zur Seite stehen, wenn sie darum kämpften, ihren Platz in der Welt wieder einzunehmen, die sich ihnen gegenüber so feindselig verhalten hatte.

Zephyra schloss die Augen und stellte sich vor, wie es wäre, wenn sie mit ihm zusammen hier sitzen würde, wenn sie gemeinsam seine Armee befehligen würden. Jetzt, da sie die Kraft der gallu in sich hatten, konnten sie aus ihrem Versteck kommen und wieder in der Welt der Menschen leben.

Nein, nicht in der Welt der Menschen.

In der Welt der Daimons.

Langsam verzogen sich ihre Lippen zu einem Lächeln, als sie die Zukunft klar vor sich liegen sah. Mithilfe von Medeas Kräften könnten sie alle gallu aufstöbern, die noch in der Nähe waren. Außerdem könnten sie andere Dämonen einsperren und ausprobieren, welche Kräfte sie ihnen entziehen und für sich selbst nutzen könnten. Es gab keine Grenzen für das, was sie tun könnten.

Sie könnten sogar eine neue Art Götter züchten.

Warum hatte sie noch nie zuvor daran gedacht?

Weil sie nur noch eine leere Hülle gewesen war, viel zu lange schon! Sie hatte vergessen, wie es war, ein solches Feuer in sich zu haben, das nach mehr verlangte, ein Feuer, mit dessen Hilfe man lebte, atmete und lebendig war. Ein Feuer, das sich nicht verleugnen ließ und das sich nach einer besseren Existenz sehnte als nach derjenigen, die sie kannte.

Zum ersten Mal seit Jahrhunderten fühlte sich Zephyra in völligem Einklang mit sich selbst, und sie sah eine Zukunft für sich und ihre Tochter. Eine Zukunft voller Macht …

Voller Zerstörung …

»Dafür brauchst du Stryker aber nicht.«

Sie öffnete die Augen und sah Krieg vor sich stehen. Er war schöner, als es für einen Gott der Zerstörung angemessen war. Da stand er in all seiner Pracht, verlagerte das Gewicht auf ein Bein und trug einen arroganten Ausdruck zur Schau, der niederschmetternd gewesen wäre, hätte sie nicht die Wahrheit über seine tödliche Willkür gekannt. Für ihn waren alle anderen nur Bauern auf dem Schachbrett, die er nach Lust und Laune herumschieben und töten konnte.

Aber sie war nicht so dumm, auf ihn hereinzufallen. Wütend stand sie auf. Er sollte merken, dass sie keine Angst vor ihm und seiner Macht hatte. »Was machst du denn hier?«

»Ich bin gekommen, um Stryker zu treffen, aber stattdessen sehe ich hier die schönste Frau, die je geboren wurde. Du bist ganz deutlich etwas Besonderes.«

Sie spottete. »So leicht kannst du dich bei mir nicht einschmeicheln.«

In einem Sekundenbruchteil stand er neben ihr. Seine Augen waren dunkel, als er auf sie hinunterschaute, mit einer Gier, die schmeichelhaft, heiß und erschreckend war. Die Andeutung eines Lächelns spielte um seine Mundwinkel. »Ich schmeichle niemandem so leicht. Aber du …« Er holte tief Luft und betrachtete sie anerkennend von oben bis unten an. »Bei dir kann sogar ein Gott vor Begierde verrückt werden.«

Bei dieser wenig dezenten Andeutung erstarrte sie. Er unterschätzte ihre Entschlossenheit. »Du langweilst mich.«

Jetzt breitete sich das Lächeln über sein ganzes Gesicht aus und wurde sofort charmanter … als ob das die Tatsache verschleiern konnte, dass er ein Schakal war, der nur auf den richtigen Augenblick wartete, um ihr an die Kehle zu springen. »Das würde ich niemals wollen, meine Liebste. Was ich wirklich will, ist, dass du perfekt zur Geltung kommst. Stell dir eine Welt vor, in der *du allein* regierst. Eine Welt, die dir zu Füßen liegt, wo du Diener hast und dir jeder Wunsch, den du je hegst, erfüllt wird.«

Zephyra sah die Szenerie ganz klar vor sich. Selbst mit offenen Augen konnte sie sich vorstellen, was er beschrieb. »Und was würde mich das kosten?«

Krieg schob ihr eine Locke von der Schulter und ließ die Finger auf ihrem Hals ruhen, während er sich näher zu ihr hinüberbeugte und ihren Duft einsog. Wenn Stryker sie so berührte, überlief sie immer ein Schauer. Jetzt hingegen verspürte sie merkwürdigerweise gar nichts. Stattdessen blieb sie kühl und war auf der Hut. »Es würde dich nichts kosten. Ich wollte dich nur darauf hinweisen, dass Stryker dich und deine Tochter als Erben eingesetzt hat. Sollte er sterben, würde das alles hier dir gehören.«

Sie runzelte die Stirn, als sie begriff, was Krieg da andeutete.

»Denk mal darüber nach«, sagte er in verführerischem Tonfall. »Eine Welt, in der du nicht länger der Artemis dienen müsstest. Tausende von Kriegern, die an deinen Lippen hängen und bereit sind, für dich zu kämpfen, egal zu welchem Zweck. Schlupflöcher, die dich an jeden Punkt der Erde bringen können. Du wärst eine Macht, mit der man rechnen muss. Und du musst dafür nur eine einzige Sache tun: Die Mission erfüllen, die Artemis dir aufgetragen hat, das tun, was du ihr schuldig bist: Töte Stryker.« Er lächelte sie an, und seine Stimme wurde tief und leicht rauchig. »Ich weiß, dass du es tun willst, und in deinem tiefsten Inneren weißt du es auch. Stryker hat dich einst verlassen, und du weißt genau, dass er es wieder tun würde.«

Bei diesen Worten verkrampfte sie sich. Es stimmte. In ihr stiegen Zweifel auf. Sie wusste, dass sie sich selbst vertrauen konnte. Aber konnte sie Stryker wahrhaft trauen?

»Die gallu ziehen sich zurück.«

Zephyra schaute auf, als Stryker ins Schlafzimmer trat. Seine Augen leuchteten, er hatte glühende Wangen und erinnerte sie an einen Jungen, der von einer Fahrt auf der Achterbahn zurückkam, voller Stolz, dass er es geschafft hatte.

Er erinnerte sie auch an den Jungen, der gegangen war und sie verlassen hatte, sodass sie allein für sich und ihre Tochter hatte sorgen müssen. An den Jungen, der nicht ein einziges Mal gefragt hatte, wie es ihnen beiden ging.

»Töte Stryker.« Kriegs Worte klangen ihr noch im Ohr. Merkwürdig, wie leicht diese Aufgabe ihr erschienen war, als Artemis sie ihr aufgetragen hatte. Jetzt war es nicht mehr so einfach. Besonders nicht, als Stryker sich neben ihr aufs Bett fallen ließ. Die ganze Wut, die sie eigentlich auf ihn haben wollte, löste sich in nichts auf.

Er war der verkörperte Sex auf langen Beinen, die mindestens zwanzig Zentimeter über die Bettkante hinausragten. Schlimmer noch, der Jeansstoff spannte sich in einer Art über seinen Hintern, die eigentlich obszön sein müsste, und doch hätte sich Zephyra am liebsten auf ihn geworfen. Oder genauer gesagt, ihn um sich geschlungen, bis sie beide völlig verschwitzt und erschöpft waren.

Töte ihn.

Sie ignorierte ihre innere Stimme und schaute ihn an. »Also hast du sie besiegt. Wie geht es jetzt weiter?«

Er wischte an einem Blutfleck auf seiner Wange herum und seufzte müde. Sein Haar war feucht und seine Wangen fleckig von der Erschöpfung durch den Kampf. Dadurch glänzten seine silbernen Augen nur umso mehr. »Der Morgen dämmert, also ziehen wir uns zurück. In der Abenddämmerung werden wir uns wieder an sie hängen wie die Kletten.« Er seufzte noch einmal tief. »Kessar ist uns entwischt. Das hätte mir die ganze Nacht verdorben, wenn ich jetzt nicht zu Hause die schönste Frau des Universums auf meinem Bett liegend vorgefunden hätte.« Er hob ihre Hand und knabberte an ihren Fingerspitzen. Zephyra liefen Schauer über den Arm und über ihren ganzen Körper, als seine verführerischen Augen sie anblickten. »Es wäre natürlich noch besser gewesen, wenn sie nackt wäre, aber es ist trotzdem ein freundlicher und einladender Empfang.«

Er genoss ihre Berührung und rieb sein kratziges Kinn an ihrer Handfläche. Sofort fühlte sie sich erregt und voller Lust. Bis heute war ihr nie aufgefallen, wie einsam sie eigentlich war und wie sehr sie sich danach sehnte, dass jemand sie in den Arm nahm.

Nein, nicht irgendjemand. Er!

Die Andeutung eines Lächelns spielte um seine Lippen, als er näher zu ihr hinrückte und ihr einen ganz zarten, sanften Kuss auf die Lippen hauchte. Seine Fangzähne, das Zeichen eines wahren Raubtiers, kratzten sanft an ihrer Unterlippe entlang. Als sie verheiratet gewesen waren, hatte keiner von ihnen Fangzähne gehabt. Und sie hatten auch kein Verlangen nach Blut verspürt.

Sie waren einfach nur zwei verliebte junge Menschen gewesen.

Stryker arbeitete sich von ihren Lippen bis zu ihrem Hals vor. Er leckte ihr die Haut ab und ließ sie feucht und voller Begierde zurück. »Bleib bei mir, Phyra«, flüsterte er ihr ins Ohr.

»Ich bin hier nicht diejenige, die den anderen verlassen hat.«

Stryker zog sie in die Arme und genoss ihren fraulichen Körper. Gleichzeitig wurde er von Schuldgefühlen geplagt. Er hatte in der Vergangenheit so vieles falsch gemacht, Fehler, die ihn noch lange nach Einbruch der Nacht wach hielten, wenn er längst schlafen sollte. Aber jetzt, da Zephyra hier war, kam es ihm vor, als bekäme er noch einmal eine Chance, etwas von dem wiedergutzumachen, was an seinem Gewissen nagte.

»Ich weiß.« Er wollte, dass sie die Vergangenheit vergaß. Er wollte ihr Vertrauen wiedergewinnen. Es brachte ihn schier um, wenn er an die ganzen Jahre dachte, die sie getrennt voneinander gelebt hatten und eigentlich gemeinsam hätten verbringen sollen. Weil er so dumm gewesen war, hatte er so vieles versäumt.

Die ersten Schritte seiner Tochter. Ihre erste Liebe. Ihre Hochzeit, die Geburt und den Tod des Enkels, den er nie kennengelernt hatte. Er hätte da sein sollen, um sie alle zu beschützen.

Das hatte er einst gelobt.

Vielleicht war das seine Strafe dafür, dass er vor den Göttern ein Gelöbnis geleistet und es nicht eingehalten hatte. Vielleicht war das seine Strafe: Die beiden Frauen jetzt zu sehen und sie dann für alle Ewigkeit zu verlieren.

Aber er musste hoffen. Er konnte nicht einfach gehen, ohne zu versuchen, sie miteinander auszusöhnen. »Sag mir, was ich sagen oder tun kann, um deine Vergebung zu erlangen.«

Ihre Augen schauten genauso gequält drein, wie es ihm in der Seele zumute war. »Ich weiß es nicht, Stryker. Die Zeit hat mich so hart werden lassen.«

Er schnaubte. »Dich? Du hast nicht dein eigenes Kind getötet, weil es einen simplen Fehler gemacht hat.« Ärger und Wut nagten an seinem Gewissen, als er Urians Gesicht wieder vor sich sah. Er hatte unermessliche Schuld auf sich geladen. »Du beklagst, dass die Menschen deinen Schwiegersohn umgebracht haben. Ich selbst habe Urians Frau getötet. Ich habe meinem Kind das Einzige genommen, was es mehr geliebt hat als die ganze Welt. Was bin ich nur für ein Dreckskerl!«

Er war geworden wie sein Vater, und das hasste er am allermeisten. Wenn er nur die Zeit zurückdrehen und auch das ungeschehen machen könnte!

Zephyra strich ihm eine Strähne aus den Augen. »Warum hast du das getan?«

Das war in etwa so kompliziert, als müsste er ihr erklären, wie das Universum funktionierte. Er versuchte noch immer, die Gründe nachzuvollziehen, die ihn dazu getrieben hatten, zum Monster zu werden. Dabei hatte er sich so sehr bemüht, kein Monster zu werden!

»Sie stammte von Apollos Bastard-Atlantäern ab, von meinen apollitischen Halbschwestern. Seit Jahrhunderten hatte ich sie gejagt und getötet, um mich an meinem Vater zu rächen. Solange sie leben, lebt er auch. Er hat mit diesen Leuten den gleichen Handel abgeschlossen wie mit uns: Unsere Leben sind miteinander verbunden. Aber im Gegensatz zu mir und meiner Familie sind sie niemals Daimons geworden. Während also meine Verbindung zu ihm durchtrennt worden ist, waren sie immer miteinander verbunden. Doch nach allem, was er mir deinetwegen angetan hat, wollte ich, dass er stirbt.«

Er knirschte mit den Zähnen, als die Gefühle in ihm aufstiegen. Das Blut seines Vaters begehrte er mehr als alles andere. »Aus meiner Kindheit erinnere ich mich nur daran, dass mein Vater ganz vernarrt in meine Schwestern war, besonders in die älteste. Wie oft hat er gesagt, sie hätte besser sein Erbe antreten sollen, nicht ich. Wie sehr ich mich auch anstrengte, ich war niemals gut genug für ihn. Im Rückblick weiß ich nicht, warum ich überhaupt so sehr versucht habe, ihm zu gefallen. Aber weil ich keine Mutter hatte, die mich liebte, hatte ich gehofft, er würde mich lieben. Deswegen waren meine Schwester Satara und ich … nun ja, einander so nahe, wie das bei zwei Giftschlangen überhaupt nur möglich ist. Sie war die Einzige, die er noch schlechter behandelt hat als mich.« Das war auch der Grund, aus dem er Apollymi so hasste. Letztlich war Stryker für sie auch nicht gut genug gewesen, genauso wenig wie für seinen Vater.

Apollymi zog ihm Acheron immer noch vor, obwohl Acheron gegen ihren ausdrücklichen Wunsch gekämpft hatte und genau das Volk beschützte, das sie eigentlich vernichten wollte. Aber inzwischen diente er ihr treu.

Nur ein einziges Mal im Leben wollte Stryker gut genug für jemanden sein. Er wollte jemanden haben, der willens wäre, sich für ihn zu opfern.

Aber das sollte offenbar nicht sein.

»Als Urian hinter meinem Rücken eine solche Atlantäerin geheiratet hat und ich es herausfand, ist die Wut mit mir durchgegangen. Ich habe keine Sekunde über die Auswirkungen nachgedacht, ich habe nur blind um mich geschlagen und die Person verletzt, die ich hätte schützen sollen.« Er schüttelte den Kopf. »Ich bin wirklich ein Dreckskerl.«

Zephyra erwiderte nichts darauf. Stattdessen nahm sie seine Hand und schaute ihn mit scharfem Blick an. »Warum hast du mir von diesen Familienverhältnissen nicht erzählt, als wir verheiratet waren?«

Er blickte auf ihre und seine Hände hinab, die jetzt ineinander verschlungen waren, und spürte eine Welle der Stärke, weil Zephyra ihn nicht voller Verachtung von sich stieß. Er hatte noch nie mit jemandem so offen gesprochen, und er fragte sich, warum er es jetzt mit ihr tat.

Aber eigentlich kannte er die Antwort bereits. Sie war sein Herz, und er hatte dieses wichtige Organ ungeheuer vermisst. »Ich habe mich geschämt. Du warst von meiner Abstammung so beeindruckt, dass du nicht erfahren solltest, was mein Vater in Wirklichkeit von mir hielt. Ich wollte nicht, dass das jemals nach außen drang. Ich wollte lieber so tun, als wäre ich sein geliebter Sohn, der ausersehen war, seine erhabenen Pläne zu verwirklichen.«

Stryker schaute zur Seite, denn er konnte ihren prüfenden Blick nicht ertragen, während er die empfindlichsten Teile seiner Seele bloßlegte. Dieses Wissen war eine Waffe, die er nie zuvor jemandem an die Hand gegeben hatte. »Du weißt ja, wie die Welt damals aussah. Ich war der einzige Apolliten-Sohn, und mein Vater sagte mir dauernd, dass meine älteste Schwester mehr Manns wäre als ich.« Ihm brannten die Tränen in den Augen, während er zu Boden starrte und sich an eine besonders schlimme Demütigung erinnerte. Er hatte kaum einen Fuß über die Schwelle von Apollos Tempel gesetzt, da hatte er ihn in ein Kleid gesteckt. *»Jetzt siehst du endlich so aus, wie es deiner wahren Natur entspricht. Vielleicht sollte ich dich kastrieren … aber ich brauche dich noch, damit du dich fortpflanzt. Ich kann nur hoffen, dass deine Söhne einmal mehr Testosteron haben werden als du.«*

Diese Worte und die Demütigung, die Stryker dabei verspürt hatte, waren noch immer in die Tiefen seiner Seele eingebrannt. Die Verhöhnungen seines Vaters hatten ihn so hart gemacht, dass er nichts mehr für andere übrig hatte. »Kannst du dir vorstellen, wie es mich sogar jetzt noch schmerzt, wenn ich dir davon erzähle?«

Zephyras Blick wurde sanft. Sie ergriff Strykers Hand und drückte sie an ihr Herz. »Hast du dich deswegen in mich verliebt? Weil du gedacht hast, du könntest sowieso keine Bessere kriegen?«

Bei dieser Frage wurde er wütend. »Ich habe dich geliebt,

weil du in mir ein besonderes Gefühl hervorgerufen hast. Immer wenn wir zusammen waren. Als wäre ich dir wichtig. In deinen Augen war ich der Mensch, der ich zu werden hoffte, auch wenn mein Vater mir immer wieder sagte, ich würde für ihn nie etwas anderes sein als eine Enttäuschung. Dieses besondere Gefühl, das du in mir hervorgerufen hast, habe ich seit der Nacht, als ich weggegangen bin und dich verlassen habe, nie wieder gespürt. Du sagst, du bist in dieser Nacht gestorben. Ich bin seitdem in *jeder einzelnen Nacht* gestorben, in *jeder*!«

Sie krallte die Fingernägel in seine Hand. »Ich hasse dich, Stryker.«

Ehrlich gesagt hatte er nichts anderes erwartet. Hass schien das einzige Gefühl zu sein, das er bei allen hervorrufen konnte. Es verletzte und betrübte ihn nach all den Jahren immer noch, und er rückte von ihr ab.

Doch sie hielt ihn fest und zog ihn wieder an sich, bis er in ihren Armen lag.

Überrascht schaute er sie an.

»Du bist noch genauso dumm wie damals.«

Bei ihren Worten durchfuhr ihn der Zorn. Aber ehe er ihr sagen konnte, sie solle sich zum Teufel scheren, zog sie seinen Kopf zu sich und küsste Stryker mit so wilder Leidenschaft, dass ihm schwindelig wurde.

Er umfasste Zephyras Kopf mit beiden Händen und atmete die gleiche Luft wie sie. Das Gefühl ihrer Lippen auf seinen vertrieb die ganzen schlechten Erinnerungen, die ihn plagten. Es war unglaublich, wie viele Lügen man für sich behalten konnte. Dinge, für die man sich schämte und die nie ans Licht kommen sollten. Es war so viel leichter gewesen, so zu tun, als hätte sein Vater ihn geliebt, als wäre es nur ein Versehen gewesen, dass Apollo seinen Sohn gemeinsam mit dem ganzen Rest der Apollitischen Rasse verflucht hatte.

Der harten und grausamen Wahrheit hatte Stryker nie ins Gesicht sehen wollen. Er war seinem Vater egal gewesen. Und das hatte ihn ungeheuer verletzt. Es machte ihn zornig. Es schwächte ihn.

Er schloss die Augen, als Zephyra an seinem Kinn knabberte, und der Schmerz wich allmählich. Er ließ die Kleider von ihnen verschwinden und rollte Zephyra herum, bis sie auf ihm lag. Sie war die Einzige, der er je Macht über sich gegeben hatte, er gehörte zu ihr, das wusste er genau. Sie hatte sich tief in seine Seele eingeprägt, damals, vor elftausend Jahren, an jenem Tag am Hafen, als sie vor ihm weggelaufen war. Wenn er schon starb, dann wollte er von ihrer Hand sterben. Von der Hand einer Person, die ihn wenigstens eine Weile geliebt hatte.

Er umfasste ihr Gesicht mit den Händen und bewunderte den Anblick ihres nackten Körpers auf seinem. Er ließ die Hände von ihrem Gesicht zu ihren Brüsten hinunterwandern. Sie waren üppig und voll und hatten ihn oft in seinen Träumen verfolgt. Er hatte sich unendlich nach Zephyra gesehnt, seit er sie verloren hatte, nach Momenten wie diesem.

»Wann lernst du mich endlich ein bisschen besser kennen, Stryker?«, fragte sie.

»Wieso?«

Sie fuhr mit einem langen Fingernagel seine Lippen nach. »Wenn ich wütend bin, sage ich Dinge, die ich eigentlich nicht so meine. Als ich dir an den Kopf geworfen habe, du sollst verschwinden, wollte ich eigentlich, dass du bleibst. Ich wollte dir wehtun dafür, dass du mich zerstört hast.«

»Du hast mir gesagt, ich wäre nichts wert.«

»Das habe ich auch so gemeint. Aber nur, weil du deine Sachen gepackt hast, um deinem Vater zu gehorchen, und weil du mich verlassen hast. Deswegen habe ich mich selbst wertlos gefühlt und habe um mich geschlagen.«

Mit diesen Worten hatte sie ihn damals zerstört. Seine Wut flammte erneut auf. »Als du mir das gesagt hast, habe ich mich wieder genauso gefühlt wie bei meinem Vater. Als wäre ich kein echter Mann. Seine Kritik hat mich immer verletzt, aber keine Kritik ist mir so durch Mark und Bein gegangen wie deine. Sie hat Narben bei mir hinterlassen, die noch immer nicht verheilt sind.«

Zephyra versetzte ihm einen Schlag auf die Brust. Er schmerzte nicht, war aber fest genug, dass Stryker begriff, wie wütend sie immer noch auf ihn war. »Weißt du eigentlich, was du mir angetan hast! Hast du eine Ahnung, wie es ist, als Hure beschimpft zu werden? Ehe ich zu Artemis geflüchtet bin, war ich zu meinem Vater zurückgekehrt. Er hat das ganze Geld genommen, das du mir zurückgelassen hattest, und dann hat er mich rausgeworfen. Er hat gesagt, wenn ich meinen eigenen Mann nicht halten könne, sollte ich die Beine für einen anderen breit machen, dem ich nützlicher wäre.«

Stryker zuckte zusammen und starrte Zephyra fassungslos an. Er wünschte, er hätte darüber Bescheid gewusst. »Wenn ich das geahnt hätte – ich hätte deinen Vater umgebracht!«

»Aber du hast es nicht gewusst, und dafür habe ich dich noch mehr gehasst. Du hast gewusst, in welcher Hölle ich vor unserer Hochzeit gelebt hatte. Dass mein Vater uns missbraucht hat, dass er hart und ungerecht war. Was hast du denn gedacht, wie ich ganz allein in einer Welt zurechtkommen würde, in der eine Frau nicht einmal ohne männliche Begleitung einkaufen gehen konnte!«

Er zog sie hinunter auf seinen Körper, so nah, dass er ihren Atem auf seinem Gesicht spüren konnte. »Ich konnte nur an eines denken: Dass mein Vater dich meinetwegen töten und mich dann zum Leben verurteilen würde. Er hätte mir niemals den Frieden im Tod gegönnt. Und ich wusste, das wäre das Einzige, was ich nicht ertragen könnte … nach deinem Tod weiterleben, im Wissen, ich bin schuld daran.«

Zephyra wollte ihm vergeben, das wollte sie wirklich. Aber sie fühlte sich immer noch schwer verletzt. Die ersten Jahre mit Medea waren unglaublich schwierig gewesen. Artemis hatte ihnen zwar letztendlich Schutz gewährt, aber besonders freundlich war sie nie zu ihnen gewesen.

Zephyra hatte sich seit der Nacht, in der Stryker sie verlassen hatte, unglaublich verändert.

Allerdings ging es ihm nicht anders. Er war nicht mehr der Junge, der Angst hatte, seinen Vater zu verärgern. Dass er das Geschlecht seines Vaters gejagt und getötet hatte, bewies das mehr als deutlich.

Töte ihn.

Das war es, was Krieg von ihr wollte. Was Artemis wollte.

Aber was wollte sie denn eigentlich selbst?

Der Blick seiner silbrigen Augen brannte sich in ihre, und der qualvolle Schmerz, der in diesen Augen lag, griff ihr tief ans Herz. »Vergib mir, Zephyra. Ich schwöre nicht bei den Göttern, sondern bei meiner Ehre und bei meiner Seele, dass ich dich nie wieder enttäuschen werde. Gib mir die Chance, das zu tun, was ich schon vor so vielen Jahrhunderten hätte tun sollen.«

»Und das wäre?«

»Dir mein Herz, meine Loyalität und meine Dienste widmen. Niemand wird uns je wieder trennen können. Das schwöre ich bei allem, was ich bin.«

Zephyra kratzte ihm mit den Nägeln leicht über die Brust. »Der Einzige, der uns je getrennt hat, bist du selbst.«

»Und deine wütende Sturheit. Ich bin gegangen und habe dich damit schwer verletzt, aber auch du hast mich tief verwundet. Du hast meine Würde und meine Männlichkeit brutal gedemütigt. Hättest du mich nicht so angegriffen, hätte ich es vielleicht geschafft, meinem Vater etwas entgegenzusetzen. Aber wie hätte ich es vernünftig begründen können, mit dir zusammenzubleiben, obwohl du genau die gleichen Dinge zu mir gesagt hast, mit denen auch er mich beschimpft hat.«

Zephyra runzelte die Stirn, als sie versuchte, sich an ihren Streit zu erinnern. Seine Worte klangen ihr noch im Kopf, aber ihre eigenen Worte hatte sie nur verschwommen oder gar nicht mehr in Erinnerung. »Was habe ich denn damals gesagt?«

Er schaute sie erschrocken an. »Weißt du das denn nicht mehr?«

»Nicht so richtig.«

Stryker legte ihr die Finger auf die Schläfen. Mit seinen Kräften ließ er die fragliche Nacht wieder vor ihr entstehen. So etwas hatte er nie zuvor getan. Er erinnerte sich viel lieber daran, wie sie ihn in den Armen gehalten hatte. Aber es war an der Zeit, dass sie sich genau erinnerte, was sie ihm angetan hatte.

Er und sein Vater waren allein in dem Häuschen, das für ihn und Zephyra Heimat gewesen war.

Mit fast fünfzehn Jahren war er hoch aufgeschossen und schlank gewesen. Er fühlte sich noch nicht richtig wohl in seinem Körper und war unbeholfen gewesen. Apollo hatte ihn mit wutverzerrtem Gesicht an den Haaren gepackt. »Glaubst du ernsthaft, ich würde zulassen, dass du ein Kind mit dieser Hure bekommst? Du wirst tun, was ich dir sage, mein Sohn, oder ich werde den Zorn der Götter auf dich herabbeschwören, dass alle früheren Strafen im Vergleich dazu wie das Paradies wirken.«

Stryker hatte versucht, sich zu wehren, aber seine Kräfte waren im Vergleich zu denen seines Vaters nichts gewesen. »Zephyra ist alles, was ich je gewollt habe, Vater. Bitte verlang nicht von mir, sie aufzugeben.«

Apollo hatte ihn heftig an den Haaren gerissen, ehe er ihn losließ. »Ich verlange gar nichts von dir. Ich befehle dir etwas. Wenn du nicht bis zur Morgendämmerung hier fort bist, werde ich dafür sorgen, dass sie so vergewaltigt und zusammengeschlagen wird, dass du sie nicht mehr wiedererkennst.«

Stryker war bei dieser Drohung entsetzt. »Aber sie ist schwanger mit deinem Enkelkind!«

Apollo hatte ihn hart an der Kehle gepackt. »Noch ein Wort, und ich werde dich kastrieren und dafür sorgen, dass du an der Seite von Satara und den anderen käsebleichen Mädchen im Artemistempel dienst.« Er hatte Stryker gegen die Wand geschleudert. »Wenn es dämmert, und du bist noch immer hier, dann wirst du zusehen, wie man ihr Gewalt antut, bis sie stirbt.«

Tränen waren ihm in die Augen getreten, als er zu seinem Vater aufgeblickt hatte, und ihm brach das Herz. »Warum tust du mir das an?«

»Du bist mein Erbe. Durch dich werde ich Zeus vom Thron stürzen und diese verdorbene Welt regieren. Es ist Zeit, dass du erwachsen und endlich zu dem Mann wirst, der du sein solltest. Wenn du mich enttäuschst, dann, bei den Göttern, werde ich dich wirklich zu einer Frau machen, und dich wird genau das gleiche Schicksal ereilen wie deine kleine Schickse hier.«

Apollo verschwand.

Stryker glitt zu Boden und schaute sich in dem Raum um, wo er eine kurze Weile lang wirklich glücklich gewesen war. Es war der einzige Zeitraum in seinem Leben, in dem er sich geliebt und akzeptiert gefühlt hatte.

Er schluchzte wie nie zuvor. Er wusste, dass er keine andere Wahl hatte, als zu gehorchen. Wie sollte man einem Gott entkommen? Apollo widersetzte man sich nicht. Er würde Vergnügen dabei empfinden, Stryker und Zephyra leiden zu lassen, wenn sie ihm trotzten.

»Ich werde nicht zulassen, dass sie dir etwas antun, Phyra«, flüsterte Stryker und zwang sich aufzustehen. Ihm war elend zumute, aber er sammelte ein paar Dinge ein. Das grüne Haarband, das Zephyra bei ihrer Hochzeit getragen hatte; ein kleines Parfümfläschchen; die Kachel mit dem Bildnis von ihr im Hochzeitskleid. Am Schminktisch, wo sie jeden Abend und jeden Morgen saß, sich bettfertig machte und sich auf den Tag vorbereitete, hielt er inne.

Er wollte nur eines: Ihr den Kopf in den Schoß legen, damit sie ihm durchs Haar strich und ihm sagte, es würde alles wieder gut. Er wollte, dass sie in Sicherheit war.

Aber leider sah die Wirklichkeit ganz anders aus.

Indem er sie verließ, würde er sie zugrunde richten, das wusste er.

Er wäre am liebsten gestorben. Stryker steckte die Dinge in einen kleinen Beutel, den er an seinem Gürtel befestigte. *Ich gehe besser, ehe sie zurückkommt.*

Nein, das konnte er ihr nicht antun. Trotz allem, was sein Vater von ihm hielt, war er kein Feigling. Er konnte Zephyra nicht einfach ohne jede Erklärung verlassen. Sie würde sich bis in alle Ewigkeit fragen, wohin er verschwunden war. Sie würde ihn für tot halten oder, schlimmer noch, auf seine Rückkehr warten, obwohl er doch wusste, dass sie ihn nie wiedersehen würde. Sie hatte es verdient, die Wahrheit aus seinem Mund zu hören.

Er holte zittrig Luft, setzte sich und wartete, dass sie zurückkam.

Als sie hereintrat, stockte ihm der Atem. Sie war zierlich und zartgliedrig und schöner als Aphrodite. Ihre grünen Augen blitzten im Dämmerlicht auf, als sie eine Lampe anzündete.

Als er ihr strahlendes Lächeln sah, wurde er sofort traurig beim Gedanken daran, dass er nie wieder etwas derart Wunderschönes sehen würde. »Warum sitzt du denn hier im Dunkeln?«

Er hatte sich geräuspert. Der harte Klumpen in seinem Magen war inzwischen ganz fest geworden. »Ich muss etwas mit dir besprechen.«

Sie stellte ihre Päckchen auf dem Tisch ab. »Ich auch. Ich habe …«

»Nein, bitte, lass mich ausreden.«

Sie war mit gerunzelter Stirn erstarrt. »Dein Ton gefällt mir nicht, Strykerius.«

Es hatte ihr nie behagt, Strenge in seiner Stimme zu hören. Deshalb hatte er sich immer besonders angestrengt, sie diese Seite von ihm nie sehen zu lassen. »Ich weiß, aber was ich zu sagen habe, duldet keinen Aufschub.«

Sie war zu ihm hinübergekommen, hatte sich neben ihn

gestellt und mit ihren zarten Fingern seine gerunzelte Stirn geglättet. »Du siehst so ernst aus.«

Seine Zunge hatte sich in seinem Mund so dick angefühlt, dass er fürchtete, er würde ersticken. Er wollte nur eines: sie in seine Arme ziehen und sie für immer festhalten.

Stattdessen würde er ihnen beiden gleich das Herz brechen.

Es muss sein! Die Vorstellung, dass man sie überfiel, fuhr ihm durch den Kopf und war derart realistisch, dass er zusammenzuckte. Er zweifelte keinen Augenblick daran, dass sein Vater diese Drohungen wahrmachen würde.

Er holte tief Luft, um sich Mut zu machen, und zwang sich zu sprechen. »Ich gehe.«

»Ja gut, *akribos*. Und wann kommst du zurück?«

Er legte ihr die Hände auf die Oberarme, um sich aufrecht zu halten. »Ich komme nicht zurück.«

Das Licht in ihren Augen erlosch, und es traf ihn wie eine Faust in die Eingeweide. »Wie bitte?«

»Mein Vater will mich morgen verheiraten. Wenn ich dich nicht verlasse und mich noch heute von dir scheiden lasse, wird er dich und das Baby töten.«

Wut hatte ihre schönen Züge verzerrt, sodass sie aussah wie eine Gorgone, eine Schreckgestalt. »Was?!«, schrie sie fassungslos und trat von ihm weg.

Er streckte die Hand nach ihr aus. »Es tut mir leid, Phyra. Ich habe keine Wahl.«

Sie schlug seine Hand weg. »Doch, die hast du. Wir haben alle eine Wahl.«

»Nein, haben wir nicht. Ich werde jedenfalls nicht hierbleiben und zuschauen, wie er dich umbringt.«

Sie schaute ihn voller Hohn an und maß ihn mit abschätzig verzerrten Lippen. »Du bist ein wertloser Feigling.«

Das hatte ihn wütend gemacht. »Nein, das bin ich nicht.«

Sie hatte ihm eine harte Ohrfeige gegeben. »Du hast recht. Feigling wäre für dich eine zu schmeichelhafte Bezeichnung.«

Stryker hatte dagestanden, seine Wange hatte gebrannt, als sie Schimpftiraden gegen ihn losließ. Er hörte die ganzen Beleidigungen gar nicht, nur die Worte »armselig«, »wertlos« und »Feigling« klangen in seinen Ohren immer wider.

»Ich tue das, um dich und das Baby zu schützen. Ich werde sicherstellen, dass für euch beide gut gesorgt ist.«

»Es gibt kein Baby mehr«, spuckte sie ihm regelrecht ins Gesicht. »Ich hatte eine Fehlgeburt.«

Er taumelte zurück. »Wann?«

»Heute Vormittag.«

»Warum hast du mir nichts gesagt?«

»Das habe ich gerade getan. Also mach dir keine Gedanken. Es gibt kein Baby mehr, das einen Feigling als Vater brauchen könnte.«

»Ich bin kein Feigling!«

Sie stieß ihn weg. »Geh mir aus den Augen, du armselige Gestalt! Ich will dich nicht mehr hierhaben. Bei den Göttern, ich kann einfach nicht glauben, dass ich dumm genug gewesen bin, dich in mein Bett zu lassen! Ich war so dumm, dass ich dir vertraut habe.«

»Ich liebe dich, Phyra.«

Sie hatte eine Schüssel vom Tisch gerissen und sie ihm an den Kopf geschleudert. »Lügner! Du widerst mich an!« Sie hatte ihn regelrecht aus der Tür geprügelt und sie ihm dann vor der Nase zugeknallt. Aber zuerst hatte sie ihm noch ihren Ring vor die Füße geschleudert.

Stryker stand auf der anderen Seite der Tür und hörte, wie

sie drinnen Einrichtungsgegenstände an die Wand warf. Er hatte seine Hand auf das Holz gelegt und sich verzweifelt gewünscht, die Türe zu öffnen. Aber warum hätte er sich diese Mühe noch machen sollen? Jetzt hasste sie ihn abgrundtief.

Allerdings nicht ansatzweise so sehr, wie er sich selbst hasste.

»Wenigstens bist du jetzt in Sicherheit.« Er hatte ihr viel Geld dagelassen. »Und wenn du mich hasst, wirst du mich wenigstens nicht vermissen.« Tränen liefen ihm über die Wangen, als er den Kopf an die Tür lehnte und sich an den Türgriff klammerte. Verzweifelt gern hätte er die Tür geöffnet und wäre zu Zephyra zurückgekehrt.

Wenn er es nur gekonnt hätte.

Er nahm die Kachel aus der Tasche und betrachtete ihr Gesicht darauf, küsste sie, drehte sich um und ging davon.

Zephyra schnappte nach Luft, als Stryker sich aus ihrem Kopf zurückzog, nachdem er ihr alles gezeigt hatte. In ihrem Kopf blieb das Bild von ihm zurück, wie er die Kachel umklammerte, während er sich abwandte und ihr gemeinsames Häuschen hinter sich ließ.

Sie kniff ungläubig die Augen zusammen. »Dein Vater wollte mich vergewaltigen lassen?«

»Das hat er gesagt. Ich fürchte, das war sein blutiger Ernst.«

Ihre Wut verrauchte, und eine Welle des Staunens folgte. »Du hast mich nur beschützt.«

»Das wollte ich dir ja die ganze Zeit erklären. Warum hätte ich dich sonst verlassen, obwohl du doch das Einzige warst, was mein Leben lebenswert gemacht hat!«

Sie war zornig auf die ganze Welt und stieß ihm das Knie in die Seite.

»Au!«, fuhr er zusammen. »Wofür ist das denn?«

»Weil du so ein Arschloch bist. Wenn du je wieder ein solches Geheimnis vor mir verbirgst, schwöre ich, ich reiß dir die Eingeweide raus.«

»Du warst vierzehn Jahre alt«, sagte er abwehrend. »Ich dachte, wenn ich dir sage, womit mein Vater gedroht hat, würde dich das zu Tode erschrecken.«

Er hatte recht. Insbesondere weil sie schon häufig Übergriffen ausgesetzt gewesen war, bevor sie ihn getroffen hatte. Auch deswegen hatte sie ihn so geliebt. Bei ihm war sie in Sicherheit, und auch das war ein Grund, ihn zu hassen, weil er ging. Sie hatte Angst vor dem Alleinsein, davor, dass sie und das Baby nicht in Sicherheit wären.

Deswegen hatte sie sich später mit den gallu eingelassen. Sie hatte Stärke gebraucht, um ihre Tochter schützen zu können. Sie musste sicherstellen, dass kein Mann ihr je Gewalt antun würde.

Immer noch wütend schlug sie Stryker fest auf die Brust. »Ich könnte dich besinnungslos prügeln.«

Einer seiner Mundwinkel hob sich. »Ich habe dir ja gesagt, es steht dir frei, solange du es nackt tust. Ich bin dir voll und ganz ausgeliefert.«

Zephyra wurde rot, als sie merkte, dass sie rittlings auf ihm saß. Wie hatte sie das nur vergessen können!

Sein Blick wurde dunkel. Sie betrachtete seinen nackten Körper. Er war muskulös und umwerfend schön, absolut perfekt.

Und er hatte erklärt, dass er ihr voll und ganz ausgeliefert war. Sie beugte sich vor und flüsterte ihm ins Ohr: »Du bist unerträglich.«

Stryker sog scharf die Luft ein, als sie an seinem Ohrläppchen saugte. Schauer überliefen ihn. Was sie tat, war so zärtlich und liebevoll, und doch beleidigte sie ihn weiterhin. Er konnte nicht anders, er musste lachen.

»Findest du mich etwa lustig?«

»Ich finde dich reizend.« Er hob den Oberkörper leicht an und saugte an ihrer Brust. »Wunderbar und lecker.«

Sie sog scharf den Atem ein. »Du bist wirklich ein kranker Mann, wenn du eine Frau liebst, die dich hasst.«

»Wenn ich ein kranker Mann bin, will ich auf keinen Fall geheilt werden.«

Sie schüttelte den Kopf über seinen neckischen Tonfall. »Was soll ich bloß mit dir machen!«

»Nimm mich einfach nur in den Arm. Und dann lass mich dich so lieben, wie ich es schon die ganze Zeit hätte tun sollen.«

Sie stöhnte, als er mit einem einzigen harten Stoß tief in sie eindrang. Bei den Göttern, wie gut es sich anfühlte! In seinen Armen war es schwierig, sich daran zu erinnern, warum sie ihn eigentlich hassen sollte.

Vielleicht lag es daran, dass sie ihn letztlich doch nicht wirklich hasste. Wie er gesagt hatte: Sie waren Seelenverwandte. Ohne ihn war sie kein ganzer Mensch gewesen, und jetzt, wo sie ihn wiedergefunden hatte …

Es war wunderbar.

Als er sanft Liebe mit ihr machte, begriff sie, dass sie an der gleichen Weggabelung stand, an der er in jener Nacht gestanden hatte, als sein Vater von ihm verlangt hatte, sie zu verlassen.

Sie wusste, wohin der eine Pfad führte: in verzweifelte Einsamkeit voller Bitterkeit über die Vergangenheit.

Der andere Pfad aber war noch erschreckender. Denn er

bedeutete, sie müsste ihm wieder vertrauen. Sie müsste ihm erlauben, wieder eine solche Stellung in ihrem Leben einzunehmen, dass er ihr Leid zufügen konnte.

Sollte sie das wirklich wagen?

Sie schaute zu ihm hinunter, während er ihre Hand nahm. Als er sie auf seine Wange legte, wusste sie die Antwort.

Sie wollte nicht ohne ihn leben.

Ihr Herz schlug schneller, sie umklammerte ihn und rollte sich mit ihm herum, bis er auf ihr lag.

Stryker runzelte leicht die Stirn, als er die Veränderung spürte, die in ihr vorging. Ihre Berührung wurde sanfter, und sie zog ihm die Nägel über den Rücken. Diese Liebkosung und der Anblick, wie sie unter ihm lag, reichten aus, um ihn zum Höhepunkt zu bringen. Er musste kämpfen, um sich zurückzuhalten und auf sie zu warten.

Als sie kam, schrie sie seinen Namen, und in diesem Augenblick wusste er, dass er für diese Frau sterben und töten würde. Sie allein besaß diese Macht über ihn. Er kam mit ihr zusammen und knurrte vor Befriedigung, als sich sein Körper verkrampfte.

Dann brach er auf ihr zusammen und nahm sie fest in die Arme. »Ich liebe dich, Phyra«, flüsterte er ihr ins Ohr.

Und ganz leise hörte er die Antwort, die ihm unendlich viel bedeutete: »Ich liebe dich auch.«

Menyara hielt inne, als sie eine starke Kraft hinter sich spürte, eine so ungeheuer starke Kraft, dass sie Wellen in der Luft schlug. Menyara standen die Haare zu Berge. »Was schleichst du denn hier herum, Jared?«

Er nahm vor ihr Gestalt an. »Ich schleiche nicht.«

»Wie du meinst, mein Junge.«

Er trat zurück und kniff die Augen zusammen. »Warum beschützt du den Malachai?«

Sie ignorierte seine Frage. Sie musste mit ihm nicht darüber reden, da sie doch wusste, was er wirklich wollte. »Ich kenne den Schmerz tief in dir, und ich weiß, warum du getan hast, was du getan hast. Aber du irrst dich – der Tod des Malachai wird dir keinen Frieden bringen. Er wird weder die Qual noch die Schuld, die auf deinem Gewissen lastet, verschwinden lassen.«

Jared verzog den Mund. »Hör mit dem Scheiß auf. Ich bin kein neuer Zögling, den du für den Krieg trainieren musst. Ich bin ein Veteran der Apokalypse! Ich bin durch die Hölle gegangen, und ich habe den ganzen Scheiß satt. Ich will ihn töten, und niemand wird mir dabei im Wege stehen! Nach diesen ganzen Jahrhunderten des Missbrauchs habe ich mir ja wohl ein bisschen Erholung verdient. Dieser Meinung ist sicher auch die Ursprüngliche Quelle.«

Menyara schüttelte den Kopf. »Sie ist auch jetzt noch nicht befriedigt. Der einzige Weg zum Malachai führt über mich.«

Jared beschwor seine Kräfte herauf und ließ einen Taifun um sich entstehen. Die Kraft des Wirbelsturms hob sein Haar, sodass es wie ein Fächer um ihn herumstand, während er seine Schwingen weit ausbreitete. Seine Augen glänzten in einem hellen Goldton. »Dann töte ich eben stattdessen dich.«

Menyara fing den Blitz ab, den er nach ihr schleuderte, und schleuderte ihrerseits einen Blitz auf Jared. »Du bist kein Chthonier, und ich werde nicht zulassen, dass du dem Malachai etwas antust.«

Sie hörte ein Lachen hinter sich.

»Du kannst diese Göttin nicht töten, Sephiroth. Ich hingegen schon.«

Menyara drehte sich um. Hinter ihr stand Krieg und grinste sie höhnisch an. »Was willst du denn hier?«

»Einen Pakt mit dem Teufel schließen.«

Menyara wollte verschwinden, stattdessen hörte sie einen lauten Knall, dann wurde es dunkel um sie.

Kapitel 11

Stryker lag neben Zephyra im Bett, hielt sie in den Armen und lauschte ihrem sanften Atmen. Er lächelte und fuhr mit den Fingern ihre Gesichtszüge nach. Sie war so schön, so zerbrechlich. Er hatte sie unglaublich vermisst! Und es fühlte sich unbeschreiblich gut an, sie wieder in den Armen zu halten. Nichts im Leben hatte er je mehr geschätzt als die stillen Stunden, die er allein mit ihr verbrachte.

Er war kurz davor einzuschlummern, als ein lautes Klopfen an der Tür ihn hochschrecken ließ. »Herein.«

Davyn trat ein, und an seinem Blick konnte Stryker erkennen, dass etwas absolut schiefgelaufen war.

»Was ist los?«

Davyn schluckte. »Wir haben die gallu aufgespürt und …« Er zuckte zusammen und schaute zur Seite, als hätte er Angst weiterzusprechen.

»Und weiter?«, knurrte Stryker zwischen zusammengebissenen Zähnen hervor.

Davyn schluckte erneut. »Krieg hat Verstärkung geholt.«

Das war abzusehen gewesen. Warum jagte es Davyn solche Angst ein? Alles andere hätte Stryker überrascht. Krieg hätte bestimmt nicht allein weitergekämpft. »Wir können die …«

»Sie haben sich Medea geschnappt.«

Zephyra schoss alarmiert hoch, und Stryker packte die Wut. »*Was* haben sie?«

»Sie haben Medea erwischt«, wiederholte Davyn mit ausdrucksloser Stimme. Er begegnete Strykers Blick, und die Scham in seinen Augen hätte Stryker tief berührt, wenn er nicht so zornig auf den Mann gewesen wäre. »Krieg fordert, dass du dich ergibst, sonst wird er sie töten.«

Strykers Fluch klang genauso wie Zephyras. »Ruf unsere Leute zusammen«, befahl er.

Zephyra packte ihn am Arm, als er aufstehen wollte. »Wir kommen nicht gegen ihn an. Er wird sie töten.«

Davyn nickte. »Sie hat recht. Krieg hat das sehr deutlich klargemacht. Er will, dass du dich ihm alleine stellst, oder ihr Leben ist verwirkt.«

Stryker knirschte mit den Zähnen. Er hasste sich dafür, dass er seine Tochter in Gefahr gebracht hatte. In Zephyras Blick sah er die Furcht, die hinter ihrer Wut verborgen lag. »Ich habe dieses Desaster angezettelt, und ich werde es auch zu einem Ende führen. Und ich schwöre bei den Göttern, ich werde nicht zulassen, dass Krieg unserer Tochter etwas antut.«

»Ich kann euch beiden nur raten, heil und gesund zurückzukommen, ich reagiere nämlich ziemlich agressiv auf Beerdigungen.« Zephyras Tonfall war wie ein leises Flüstern im Dunkeln.

Stryker zog sie an sich und küsste sie auf die Stirn. Noch nie hatte ihm ein Satz mehr bedeutet. »Mach dir keine Sorgen. Ich habe schon schlimmere Kreaturen getötet als Krieg, und ich habe vor, am Grab dieses Mistkerls ordentlich zu lachen.«

Nick neigte den Kopf, als er eine merkwürdige Bewegung auf der Haut spürte, wie die zarten Schwingen eines tanzenden Schmetterlings. Er drehte sich rasch um und sah eine Frau hinter sich stehen. Sie war sehr klein und geschmeidig und hatte eine Kraft an sich, die ihn warnte, dass sie ebenso tödlich wie wunderschön war. »Wer bist du?«

Ein böses Lächeln spielte um ihre Lippen. »Du kannst mich Ker nennen. Krieg hat mich geschickt, um dir zu sagen, dass wir die Göttin Menyara gefangen halten. Wenn du sie zurückhaben willst, sollst du unbewaffnet und allein um Mitternacht zum St. Louis Friedhof kommen.«

Er schnaubte. »Das ist ja ganz schön klischeemäßig.«

»Eigentlich nicht.« Sie verschwand.

Nick setzte sich langsam hin und sah, dass seine Haut die Farbe änderte. Sie wurde zu dem schon vertrauten Rot mit schwarzen Mustern. Er fühlte sich stärker als je zuvor, er fühlte sich, als besäße er uneingeschränkte Macht … Wenn er nur wüsste, wie er sie anwenden könnte! Das Problem lag darin, dass der Stärke immer eine genauso große Schwäche folgte. Er konnte seine Macht spüren, aber er konnte sie nicht richtig einsetzen.

Schweren Herzens schaute er sich im Zimmer des winzigen Hauses um, das seit seiner Kindheit Menyaras Heimat gewesen war. Überall standen Bilder und Statuen von antiken Göttinnen und Göttern herum, und jetzt sah er auch die Schriftzeichen auf den Wänden, die für ihn als Menschen zuvor unsichtbar gewesen waren. Hier hatte sie Nick in Sicherheit gebracht … als Kind und auch als Monster, zu dem er nun geworden war.

Die einfache Hütte war wohl kaum die passende Behausung für eine Göttin, und doch hatte sich Menyara für dieses

Domizil entschieden. Hier hatte sie ihn gemeinsam mit seiner Mutter erzogen.

Er zuckte zusammen, als er den leblosen Körper seiner Mutter im Geiste vor sich sah und ihre kalte Haut spürte. Er hatte versucht, sie wiederzubeleben, er war mit ihrem Blut beschmiert, und innerhalb eines einzigen Herzschlags war seine ganze Welt zusammengebrochen. Er wusste nicht, ob er je wieder der Alte würde. Seine Wut, der Schmerz, der Verrat – alles war noch ganz frisch und quälte ihn.

»Ich vermisse dich so sehr, Mom«, flüsterte er voll bitterer Qual. Er war schuld daran, dass sie gestorben war, er allein und sonst niemand, das wusste er, aber er wollte der bitteren Wahrheit nicht ins Gesicht sehen.

Menyaras Leben lag jetzt in seiner Hand.

Er konnte entweder seinen Stolz überwinden und sie retten, oder er konnte noch mehr Schuld auf sich laden und zusehen, wie auch sie starb …

Diese Entscheidung musste er ganz alleine treffen.

Ash stand auf Savitars Balkon und überblickte die große Halle. Im Schatten verborgen sah er zu, wie Tory, Danger und Simi miteinander lachten, während sie ihre Eisbecher verputzten. Er konnte seine Gefühle nicht beschreiben, nur ein einziges konnte er benennen: das Gefühl von Wärme, die er immer empfand, wenn er sie sah. Das Gefühl, eine Familie zu haben.

Er hatte nie zu hoffen gewagt, ein solches Gefühl von Frieden und Glück zu verspüren, die sanfte Berührung einer Frau, die ihn wahrhaft liebte. Eine Berührung, von der er wusste, dass sie niemals ins Schmerzhafte oder Brutale übergehen würde. Es war tatsächlich ein Wunder.

Tory schaute hoch, als könnte sie ihn spüren, und lächelte in seine Richtung. Es traf ihn wie ein Hammerschlag. Er trat einen Schritt vor und erstarrte, als er die Anwesenheit von jemandem erspürte, den er hier als Allerletzten erwartet hätte.

Nick.

Ash rührte sich nicht, aber er spürte, dass Nick hinter ihm stand, und erwartete jeden Augenblick seinen Angriff.

Doch nichts geschah. Stattdessen seufzte Nick tief und sprach dann leise und drohend. »Ich habe dir vertraut, du Dreckskerl, und du hast mich enttäuscht.«

»Ich weiß«, sagte Ash leise und verstärkte seinen Griff um das Geländer. »Ich hätte dir erklären müssen, wer Simi wirklich ist, doch das habe ich nicht getan.«

»Ich hätte sie nie angerührt, wenn ich gewusst hätte, dass sie deine Tochter ist.«

Ash drehte sich um und schaute Nick an. »Wir haben es beide versaut, Nick. Wir haben beide versucht, uns vor dem Übel zu schützen, und indem wir das getan haben, haben wir genau denen geschadet, die wir eigentlich beschützen wollten. Ich hätte mehr Vertrauen zu dir haben sollen, aber durch meine Vergangenheit bin ich nicht gerade zur Offenheit prädestiniert.« Er seufzte müde. »Bist du gekommen, um gegen mich zu kämpfen?«

Nicks Augen flammten im Dunkeln rot auf. »Glaub mir, nichts würde mir mehr Freude machen, als dich zu töten. Aber ich muss dich um einen Gefallen bitten, ich kann mich mit meinem Anliegen an niemanden sonst wenden.«

Bei diesen Worten hob Ash eine Augenbraue. Er wusste, welch bittere Pille Nick zu schlucken hatte, wenn er als Bittsteller zu ihm kam, und er wollte es ihm wirklich nicht noch schwerer machen. »Was ist passiert?«

»Krieg hat Menyara entführt. Ich muss wissen, worin seine Schwächen bestehen, damit ich ihr helfen kann.«

Ash lachte leise auf. »Du bist Kriegs Schwäche.«

»Wenn ich meine volle Stärke besitze, dann vielleicht. Aber in meinem jetzigen Zustand kann ich ihn nicht aufhalten, oder?«

Ash schüttelte nur den Kopf.

»Kannst du es?«

»Nicht allein.«

Nick trat einen Schritt näher. »Dann sag mir, was ich tun muss.«

»Ash!«

Ash trat zurück und schaute nach unten, von wo Tory ihn rief. Wenn er die Gegenwart von Nick als Schock empfunden hatte, war das nichts im Vergleich zu dem Anblick, der sich ihm dort unten bot. Er musste zweimal hinschauen, um sicher zu sein, dass er keine Halluzinationen hatte.

»Verdammt, das gibt's doch nicht.« Ash warf Nick einen Blick über die Schulter zu. »Warte mal einen Moment.«

»Ash …«

»Vertrau mir, Nick. Bleib genau da stehen, ich bin gleich zurück.« Ash versetzte sich hinunter an den Tisch, wo Stryker neben Tory stand.

Der Daimon sah alles andere als erfreut aus, aber das war eine Kleinigkeit im Vergleich zu Ashs negativen Gefühlen. Ganz besonders, weil der Daimon neben zwei der sechs Personen stand, die für Ash die wichtigsten der Welt waren.

Er kniff wütend die Augen zusammen. »Was willst du hier, Stryker?«

»Savitar hat mich geschickt, damit ich mit dir rede.«

Ash hob eine Augenbraue, aber er wusste, dass Stryker die

Wahrheit sagte. Anders hätte der Daimon gar nicht unbehelligt hierhergelangen können. »Was gibt's denn?«

Strykers Gesichtszüge waren völlig ausdruckslos. »Krieg hat meine Tochter entführt und hält sie gefangen.« Seine Stimme brach leicht, und Ash merkte, dass der Mann nicht das war, was er zu sein vorgab.

Ash schüttelte den Kopf. »Das scheint hier plötzlich gang und gäbe zu sein.«

»Hat er etwa auch Kat entführt?«

Ash lachte bei dem Gedanken daran, dass Krieg eine solche exorbitante Dummheit mit *seiner* Tochter anstellte …

Aber dieser Gedanke verschwand, als er begriff, wie einfach die Lösung für all ihre Probleme war.

Kat. Sie war eine Waffe, die Krieg nicht kommen sah, und bis er begriffen hätte, was vor sich ging, wäre er schon besiegt und unter Kontrolle gebracht.

Ash schaute möglichst gleichgültig drein und verschränkte die Arme vor der Brust, während er Torys Blick begegnete und ihr zuzwinkerte. Sie, Simi und Danger waren vollkommen gefasst und still, als warteten sie ab, ob sie Stryker angreifen oder ihn in Frieden lassen sollten. »Ich nehme mal an, du bist hier, um mich um einen Gefallen zu bitten?«

»Ich bitte um gar nichts. Ich mache nur einen Vorschlag für einen zeitweiligen Waffenstillstand.«

Ash schnaubte. »Ein Waffenstillstand, um mit genau dem Monster zurechtzukommen, das du selbst entfesselt hast, damit es mich tötet?«

Stryker zuckte lässig die Achseln. »Was sollen diese Haarspalterein.«

»Stimmt. Schließlich hegen wir einen unüberwindbaren Groll gegeneinander.«

Strykers Augen wurden dunkel und sein Gesichtsausdruck regelrecht tödlich. »Heißt das, du weigerst dich?«

»Nein. Krieg muss gestoppt werden, und dafür brauchen wir jede Hilfe, die wir kriegen können.«

»Jede Hilfe?«

Ehe Ash antworten konnte, erschien Nick neben ihnen.

Stryker verzog den Mund, sprang auf ihn zu und wollte ihn angreifen.

Ash drängte Stryker zurück und stellte sich zwischen die beiden. »Denk an deine Tochter. Wenn du Nick umbringst, sind wir hilflos, und sie stirbt.«

Stryker fluchte. »Na gut. Aber sobald wir Krieg besiegt haben, bin ich wieder hinter euch beiden her.«

Ash grinste höhnisch, ließ Stryker los und trat an die Seite der beiden Männer. Er streckte die Hand aus. »Von meiner Seite her ist das in Ordnung. Dann verbünden wir uns also heute – für diejenigen, die wir lieben. Morgen nehmen wir wieder unsere natürliche Stellung als Todfeinde ein. Sind wir uns einig?«

Nick legte seine Hand auf Ashs. »Ich bin dabei.«

Stryker zögerte. »Für Medea.« Damit legte auch er seine Hand über die der beiden anderen.

Tory lachte leise. »Was für eine schräge Allianz! Was machen wir jetzt?«

Ash zögerte nicht mit seiner Antwort. »Du bleibst hier.«

Sie knurrte ihn an. »Acheron ...«

»Keine Diskussion, Sota. Ich schwöre dir, es wird alles gut gehen.«

»Wir führen diese Macho-Diskussion nicht zum ersten Mal, und normalerweise verlierst du sie.«

Das stimmte. Es fiel ihm sehr schwer, Tory etwas abzuschlagen, aber meistens war sie mehr als vernünftig, und genau deswegen liebte er sie auch. »Ich weiß, dass du selbstständig in der Lage bist, deinen Mann zu stehen. Die Götter wissen, dass ich nicht stark genug bin, um lange gegen dich anzukommen, aber in dieser Sache muss ich einen klaren Kopf behalten. Deshalb muss ich dich in Sicherheit wissen.«

»Nun gut. Aber wenn irgendwas schiefgeht, stoße ich dazu.«

»Es wird nichts schiefgehen.«

Sie schaute erst Nick an, dann Stryker, dann wieder Ash. »Du bist vielleicht ein Optimist. Mein siebter Sinn schlägt längst Alarm.«

Er beugte sich vor und küsste sie auf die Stirn. »Das kommt vom vielen Eis. Entspann dich.«

Danger schnaubte. »Entspann dich, vertrau mir. Es wird alles gutgehen. Genau das Gleiche hab ich auch gehört, bevor ich gestorben bin.«

Ash verzog das Gesicht, als sie ihn daran erinnerte. »Jetzt hör schon auf, ihr Angst zu machen.«

Da wurde auch Simi munter. »Dann kann Simi ja vielleicht bald ein paar Feinde fressen? Vielleicht können wir Grillsoße drüberschütten, damit schmeckt alles immer viel besser.«

Ash schüttelte seufzend den Kopf. »In diesem Sinne planen wir unsere Strategie.«

Tory trat an seine Seite. »Das kann ich machen.«

Ja, das konnte sie wirklich. Ash nahm sie an der Hand und führte sie und die anderen in Savitars Arbeitszimmer, wo sie sich über Krieg und seine Schwächen austauschen, ihren Angriff planen und durchsprechen konnten.

Ker schüttelte missbilligend den Kopf, als sie sah, wie sich die Männer und eine Frau in den getäfelten Raum begaben, wo sie sich hinsetzten und Kriegs Untergang planten. »Wie drollig! Die kleinen Mäuse versammeln sich und wollen uns fertigmachen.«

Krieg lachte. »Ich habe nichts anderes erwartet. Aber sie unterschätzen uns. Bis morgen früh sind sie alle tot. Und wir werden mit dem Blut des Malachai in der Lage sein, unsere Art wiederzubeleben. Während die Menschen sich auf ihr Weihnachtsfest vorbereiten, feiern wir, indem wir ihre Seelen fressen. Um Mitternacht ist der Schleier zwischen den Welten dünn, und Nick wird ein neues Zeitalter eröffnen. Das Blutbad kann beginnen.«

Ker lächelte strahlend. »Ich kann es kaum erwarten.«

Ash prüfte die Klingen in seinen Stiefeln, um sicherzugehen, dass sie gut saßen und scharf waren. Er wandte den Kopf, als er spürte, dass zu seiner Linken jemand ins Zimmer trat. Es war Urian.

»Du hilfst wirklich meinem Vater?« Es war eher eine Anklage als eine Frage.

Ash hielt jegliches Gefühl aus seiner Stimme heraus. »Wir müssen Krieg aufhalten.«

»Stryker hat meine Frau getötet«, fauchte Urian.

»Ich weiß.«

Urian schüttelte den Kopf, und seine Augen flammten vor Wut. »Wie kannst du jemandem wie ihm nur helfen!«

Ash hatte genug von den Anschuldigungen und dem Selbstmitleid. Hier stand einiges mehr auf dem Spiel als verletzte Gefühle und alter Verrat. »Du hast ihm schließlich auch jahrhundertelang zur Seite gestanden. Muss ich dich erst daran erinnern, wie vielen Lebewesen du unter seinem Kommando das Leben genommen hast? Leben, die mit dem deinen verbunden waren – du hast immerhin Phoebes Mutter getötet, genauso ihre Schwester.«

Angesichts der grausamen Wahrheit zuckte Urian zusammen. »Ich habe meine Frau geliebt. Ich wollte sie nie verletzen.«

Nein, aber das änderte nichts daran, dass er es doch getan hatte, und zwar wiederholt. Urian hatte seiner Frau die Menschen genommen, die sie mehr als alles andere geliebt hatte. Es war scheinheilig von ihm, seinem Vater genau dasselbe vorzuhalten. Zu viele Jahrhunderte waren Urian und seine Brüder Werkzeuge gewesen, deren Stryker sich mehr als effektiv bedient hatte.

Aber die Zeiten änderten sich.

Und es war endlich an der Zeit, dass Urian von Medea erfuhr. »Du hast übrigens eine Schwester.«

Urian erstarrte. »Was?«

Ash begegnete seinem Blick ganz ruhig und sah ihn ausdruckslos an. »Es geht hier um das Leben deiner Schwester. Sie wollen wir beschützen, nicht deinen Vater.«

Urian schüttelte ungläubig den Kopf. »Meine Schwester ist vor elftausend Jahren gestorben.«

»Medea ist deine Halbschwester.«

Der Zweifel verschwand aus Urians Gesicht. Jetzt starrte er Ash mit kalten, hasserfüllten Augen an. »Und warum sollte mich das interessieren?«

Ash hob abwehrend die Hände. »Du hast recht. Es muss dich überhaupt nicht interessieren. Sie bedeutet dir nichts, deswegen habe ich dich auch nicht gebeten, an unserer Seite mitzukämpfen.« Damit wollte Ash an ihm vorbeigehen.

Aber Urian hielt ihn fest. Seine Augen blickten streng und scharf und klagten Ash noch intensiver an, als seine Worte es getan hatten. »Wie würdest du dich fühlen, wenn mein Vater Tory getötet hätte?«

Ash antwortete ehrlich und ohne Zögern. »Ich würde mich fühlen, als hätte ich keine Seele mehr. Ich würde mich verloren fühlen und unheilbar verwundet.«

Urian schaute weg. »Dann verstehst du mich. Und du verstehst, warum ich ihn tot sehen will.«

Ash machte Urians Hand von seinem Arm los. »Das weiß er selbst. Aber hast du je darüber nachgedacht, dass er vielleicht bereut, was er dir angetan hat?«

»Mein Vater? Jetzt bleib mal realistisch. Der Dreckskerl hat sein ganzes Leben lang noch nichts bereut.«

Obwohl Stryker wirklich gewissenlos war, glaubte Ash das nicht. »Wir bedauern alle irgendetwas, Urian. Kein lebendes Wesen ist immun gegen dieses unbequeme Gefühl.«

»Na und? Soll ich etwa hingehen, ihn küssen und mich mit ihm versöhnen?«

»Das nicht, aber ich will, dass du deinen Schmerz und deine Wut einen Augenblick vergisst, damit du klarer sehen kannst. Es geht hier ebenso wenig um dich und deinen Vater wie darum, dass Nick und ich einander wegen einer Sache hassen, die wir nicht mehr ändern können. Hier geht es darum, einer Million unschuldiger Menschen das Leben zu retten. Leute wie Phoebe, Leute, die es nicht verdient haben, gejagt und getötet zu werden. Wenn ich zugunsten einer übergeordneten Sache an der Seite meiner Feinde kämpfen kann, dann kannst du es auch.«

Urian schnaubte höhnisch. »Tja, ich glaube, ich bin einfach nicht so was Besonderes wie du.«

»Niemand kennt seinen wahren Mut, bis er auf die Probe gestellt wird. Das hier ist deine Probe. Ob du sie bestehst oder nicht, hängt ganz von dir ab. Ich kann dir nicht sagen, was du tun sollst, aber ich weiß, wo ich heute Nacht sein werde.« Er zögerte, und dann stellte er die wichtige Frage: »Wofür hast du dich entschieden?«

»Für einen blutigen Tod.«

Ash schüttelte den Kopf. »Ihr sturen Idioten! Lasst euch mal was sagen von einem, der sich in der Materie auskennt: Es spricht einiges für Vergebung. Groll schadet meistens nur demjenigen, der ihn hegt.«

»Es spricht einiges dafür, seinen Feinden so stark auf den Kopf zu schlagen, dass ihnen der Schädel platzt.«

Angesichts des verstockten Verhaltens von Urian begann ein Muskel in Ashs Kiefer zu zucken. »Alles unter der Sonne hat seine Zeit. Heute Nacht ist die Zeit, zusammenzuhalten oder alles zu verlieren. Ich kämpfe nicht für Stryker oder um deine Schwester zu retten. Ich kämpfe, um diejenigen zu beschützen, die ich liebe. Diejenigen, die am meisten leiden werden, wenn wir Krieg nicht aufhalten, sind Kinder wie Eric …«

»Ich hab's ja kapiert«, fuhr Urian ihn an, als Ash seinen Neffen erwähnte.

»Hast du das wirklich?«

Urians Blick wurde hart. »Ich werde kommen, aber sobald unsere Feinde geschlagen sind …«

»Kämpfen wir wieder gegeneinander. Natürlich.«

Urian nickte. Er ging einen Schritt zurück, dann hielt er inne und trat wieder ganz nah an Ash heran. »Ich will, dass du mir über eine Sache die Wahrheit sagst. Könntest du wirklich an der Seite von jemandem kämpfen, der dir solchen Schmerz zugefügt hat, wie mein Vater mir?«

Ash begegnete seinem Blick, ohne mit der Wimper zu zucken. »Ich habe mich der Göttin unterworfen, die mich unter Drogen gesetzt hat, sodass ich meiner Schwester und meinem Neffen in der Nacht, als sie brutal abgeschlachtet wurden, nicht zu Hilfe kommen konnte. Sie waren die einzigen beiden Menschen auf der Welt, die sich je etwas aus mir gemacht haben. Am gleichen Tag hat dieselbe Göttin tatenlos zugeschaut und zugelassen, dass ihr Zwillingsbruder mich hingeschlachtet hat wie ein Opfertier. Und doch habe ich mich nur Stunden später an sie verkauft, um die Menschheit zu beschützen. Den Dark Huntern zuliebe habe ich mich ihren grausamen Launen unterworfen – und das seit elftausend Jahren. Also: Ja, Urian, ich glaube, ich könnte es schaffen, meine Wut für ein paar Stunden runterzuschlucken, um den Rest der Welt zu beschützen.«

Urian atmete langsam aus. »Du weißt, dass du der Einzige bist, dem ich jemals folgen würde, nach allem, was ich durchgemacht habe. Du bist auch der Einzige, den ich überhaupt respektiere.«

»Du gehörst zu den wenigen, denen ich vertraue.«

Urian hielt ihm die Hand hin. »Brüder?«

»Brüder bis zum Schluss«, sagte Ash, ergriff seine Hand und drückte sie fest. »Doch ehe wir jetzt ganz gerührt werden und noch anfangen zu weinen, bewegst du am besten deinen Arsch und bereitest dich anständig vor.«

Stryker trat einen Schritt zurück und richtete die Schiene an seinem linken Arm. Er trug die titanverzierte Rüstung nicht oft, aber weil sie es hier mit einem Gegner zu tun hatten, von dem nur die Götter wussten, was er eigentlich war, wollte Stryker vorbereitet sein.

Er fand Zephyra in seinem Arbeitszimmer, wie sie in die *sfora* starrte und versuchte, Medea zu finden. Aber wo immer Krieg sie festhielt, sie war nicht zu sehen.

»Ich werde sie zurückbringen, das schwöre ich.«

Zephyra erhob sich langsam und schaute ihn ernst an. »Ich wünschte, du würdest dir mein Angebot noch einmal überlegen.«

»Du würdest nicht mit klarem Kopf kämpfen, das weißt du selbst. Wir wissen nicht, worauf wir uns einlassen, aber ich bin sicher, Krieg wird sich an keinerlei Regeln halten. Was Acheron zu seiner Frau sagte, gilt auch für mich, ich kann nicht kämpfen, wenn ich meine Aufmerksamkeit immer zum Teil auf dich richte. Und ich brauche wirklich jeden Vorteil, den ich kriegen kann.«

Zephyra nickte verstehend. Sie schob ihm eine Locke seines kohlrabenschwarzen Haars aus den Augen. Ihr wurde es eng in der Brust, nicht nur aus Angst um Medea, sondern auch um ihn. Wie unfair es wäre, ihn jetzt zu verlieren, da sie ihn doch gerade erst wiedergefunden hatte. »Werde ich euren Kampf in der *sfora* verfolgen können?«

»Das müsste eigentlich möglich sein.«

»Dann sollst du wissen, dass ich jedes Mal über deine Unfähigkeit lachen werde, wenn ein Gegner dich erwischt. Und wenn du ohne meine Tochter zurückkehrst, werde ich dir das Herz herausreißen und es als Deko verwenden.«

Stryker kniff die Augen zusammen. Er hätte ihr sehr deutlich gesagt, was er von ihren Drohungen hielt, wenn er nicht ein Glitzern an ihrer Hand bemerkt hätte.

Es war ihr Ehering! Der Ring, den er jahrhundertelang in seinem Zimmer aufbewahrt hatte. Dieser Ring strafte ihre Worte Lügen.

Sie wollte nicht, dass er verletzt wurde …

Langsam breitete sich ein Lächeln auf seinen Lippen aus, und er drückte ihr einen Kuss auf die Hand. »Ich merke mir deine Worte, meine stachelige Rose. Und ich werde mich bemühen, dein Amüsement auf ein absolutes Minimum zu beschränken.«

Als er zur Seite trat, packte sie die Schnallen seiner Rüstung, zog ihn an ihre Lippen und küsste ihn.

Stryker knurrte wohlig, so gut schmeckte sie. »Wenn ich wiederkomme, will ich dich hier nackt sehen.«

»Wenn du gesund und munter zurückkehrst, verspreche ich dir eine Nacht, die du so bald nicht vergessen wirst.«

»Ich nehme dich beim Wort, werte Dame.«

Zephyra nickte und ließ ihn gehen, obwohl sie nur eines wollte: ihn fester an sich drücken. *Lass dich nicht töten.* Die Worte blieben ihr im Hals stecken, und ein unvorstellbarer Schmerz durchzuckte sie, aber sie brachte die Worte nicht über die Lippen. Sie würde die Schicksalsgöttinnen auf keinen Fall wissen lassen, wie viel er ihr bedeutete, denn dann würden sie ihn womöglich erst recht umbringen. Also rang sie nur die Hände und schaute zu, wie Stryker den Raum verließ, um sich mit seinen Feinden zusammenzuschließen, damit er um das Leben ihrer Tochter kämpfen konnte.

Bitte komm zu mir zurück.

Stryker blieb an der Tür stehen und warf einen letzten Blick auf Zephyra. Sie war ruhig und gefasst, und es schien ihr nicht das Geringste auszumachen, dass er in Kürze vor Krieg stünde. Aber das dachte er nur, bis er sah, wie sie die Hände rang. Ein kleines Lächeln umspielte seine Lippen, und ein warmes Gefühl breitete sich in ihm aus. »Ich komme wieder, Phyra.«

»Und ich rate dir eines: Bring unsere Tochter mit.«

Sie stutzte, als ihr klar wurde, dass sie »unsere« gesagt hatte.

»Das werde ich.« Stryker nickte ihr zu, glitt aus der Tür und begab sich zum Versammlungsort in New Orleans. Es war eine stille Gasse, die von der Pere Antoine abging, vor dem Maklerbüro Ethel Kidd. Sein früherer Plan hatte darin bestanden, seine Männer von hier aus, im Schatten der Kathedrale, auf die Menschheit loszulassen. Stattdessen war er jetzt hier und kämpfte sowohl, um diejenigen zu beschützen, die er als sein Futter betrachtete, als auch, um seine eigenen Leute zu schützen.

Das Schicksal war nun einmal unberechenbar.

Ein heller Blitz ließ ihn blinzeln, Acheron tauchte vor ihm auf. Er trug einen langen schwarzen Staubmantel, Jeans und ein T-Shirt der Band My Chemical Romance. Die Augen des Atlantäers schützte eine dunkle Sonnenbrille.

Nick Gautier erschien nur Sekunden später. Seine schwarze Kleidung war wesentlich unauffälliger: ein schwarzes Button-down-Hemd und eine lange Hose. Das einzig Auffällige an ihm war das Zeichen mit dem doppelten Bogen und dem Pfeil, das Zeichen der Artemis, das auf seine Wange tätowiert war.

Ash grinste arrogant. »Also, wollen wir uns jetzt weiter wütend anstarren und reglos verharren? Oder wollen wir unsere Zeit lieber nützen und unseren Plan in die Tat umsetzen, was hoffentlich nicht damit endet, dass wir zum Schluss alle tot sind?«

»Ich bin durchaus für einen gemeinsamen Tod zu haben«, knurrte Gautier. »Aber erst wenn Menyara in Sicherheit ist.«

»Und Medea«, fügte Stryker hinzu. »Ihr beide müsst mir

etwas schwören: Egal, was mir zustößt, ihr dürft nicht zulassen, dass sie stirbt.«

»Ich schwöre«, sagte Ash.

Sie schauten Nick an.

»Sie hat mir ja nichts getan. Ich werde sie dort herausholen, wenn das überhaupt möglich ist.«

Stryker nickte, obwohl er den Mann, der seine Schwester getötet hatte, am liebsten ausgeweidet hätte. Andererseits hatte Sataras Plan vorgesehen, dass Nick Ashs Frau vergewaltigte. Stattdessen hatte Nick Satara erstochen und Tory in Sicherheit gebracht. Ehrlicherweise musste er gestehen, dass er Gautiers Handlungsweise fast respektieren konnte. Wäre es nur nicht seine Schwester gewesen, die Gautier getötet hatte, hätte er sein Handeln möglicherweise sogar ehrenhaft nennen können.

Doch Satara war viele Jahrhunderte lang Strykers engste Verbündete gewesen. Obwohl sie grausamer und kälter gewesen war als irgendein anderes Wesen, dem er je begegnet war, so hatte Stryker sie doch geliebt, trotz all ihrer Fehler.

Er wandte sich an Ash und verschränkte die Arme vor der Brust. »Was hast du vor?«

Ehe Ash antworten konnte, erschien Kat vor ihnen. Stryker hob überrascht eine Augenbraue. Sie war über eins achtzig groß und hatte verblüffende Ähnlichkeit mit ihrer Mutter, bis hin zu den hellgrünen Augen. Aber sie hatte Acherons blondes Haar und, zum Glück für alle Beteiligten, auch sein Temperament geerbt.

Stryker war verdutzt über ihr plötzliches Auftauchen. »Du willst deine Tochter in die Sache mit reinziehen?«

Ash zuckte mit den Schultern. »Sie hat eine interessante Fähigkeit, und ich glaube, dass Krieg deswegen den Rückzug antreten könnte.«

»Und diese Fähigkeit wäre?«

Kat grinste genauso wie Ash vorhin. »Ich kann den Göttern Kräfte entziehen.«

»Ehrlich?« Stryker trat einen Schritt rückwärts.

Kat lachte hämisch. »Du hast nie geahnt, dass du am Rande des Abgrunds wandelst, wenn du mich beleidigt hast, was?«

»Offenbar nicht. Und wie funktioniert das mit dem Kräfte Entziehen?«

Sie schwenkte bedrohlich einen Finger in seine Richtung. »Ich muss die Person nur berühren. Bloß gut, dass ich dich so abstoßend finde, dass ich dich noch nie berührt habe, stimmt's?«

Stryker verdrehte die Augen und wandte sich wieder an Acheron. »Was ist, wenn wir sie nicht nahe genug an Krieg heranbekommen und sie ihn nicht berühren kann?«

»Dann bringe ich sie wieder nach Hause«, ertönte eine tiefe Stimme mit einem starken Akzent aus der Dunkelheit.

Stryker drehte sich um und sah Kats Mann Sin hinter sich stehen. Merkwürdig, er hatte den sumerischen Gott weder gesehen noch hatte er seine Anwesenheit gespürt. Es sagte einiges über Sins Kräfte aus, dass er seine Gegenwart so vollkommen verbergen konnte. Jetzt war Stryker schon zuversichtlicher, dass sie Krieg und seine Leute überraschen könnten.

Er zog eine Uhr hervor und schaute nach der Zeit: Eine Viertelstunde noch. »Showtime, Leute! Sind alle bereit?«

»Wir sind bereit.«

Stryker schaute finster drein, als er Artemis' Stimme hörte. Sie, Athene, Ares und Hades stießen zu ihnen. »Was machst du denn hier?«

Artemis warf Kat einen Blick zu. »Du schickst meine Tochter nicht in den Krieg, ohne dass ich dabei bin.«

Ash gab ein ersticktes Geräusch von sich. »Ausgerechnet jetzt entdeckst du deine mütterlichen Instinkte?«

Artemis kniff wütend die Augen zusammen.

»Sie hat mich immer schon beschützt«, sagte Kat lachend. »Auf eine sehr Artemis-typische Weise eben.«

»Wie eine Viper ihre Eier«, murmelte Stryker leise vor sich hin.

Artemis maß ihn mit einem kalten, vernichtenden Blick. »Hast du es gerade gewagt, etwas zu sagen?«

»Schön, dich wiederzusehen, Großmutter.«

Artemis verzog verächtlich den Mund und trat einen Schritt zur Seite.

Nick räusperte sich, um die Aufmerksamkeit auf sich zu ziehen. »Wisst ihr, es gibt ein kleines Problem.«

»Wir sollen nämlich alleine kommen«, ergänzte Ash.

Stryker zuckte die Achseln. »Sie haben uns allen dreien gesagt, wir sollen zur gleichen Zeit und allein kommen. Also liegt es schon in der Natur der Einladung, dass wir eine Gruppe sind.«

Ash lachte halbherzig. »Ja, aber ich glaube, Nick hat recht. Wir drei müssen zunächst alleine gehen, damit wir die Lage sondieren können und der Gegner nicht sofort misstrauisch wird.« Er warf Kat einen Blick zu. »Lass uns fünf Minuten Zeit, ehe du nachkommst.«

»Mach ich.«

»Was ist mit uns?«, fragte Ares.

Kat legte den Arm um ihn und lächelte ihn an. »Du bleibst noch ein Weilchen mit mir hier. Hoffentlich bin ich tatsächlich die eine Sache, die Krieg nicht voraussehen kann.«

Athene trat vor. »Viel Glück, die Herren!«

Ash neigte dankend den Kopf, dann schaute er Stryker und Nick an. »Seid ihr bereit?«

Gautier nickte.

»Immer«, sagte Stryker.

Sie nahmen ihre Positionen ein, Acheron in der Mitte, dann traten sie aus der dunklen Gasse heraus und gingen die St. Ann Street hinunter in Richtung Friedhof. Ashs langer schwarzer Mantel bauschte sich ein wenig um seine Fußknöchel, als sie wie hungrige Raubtiere zu ihrem Treffen schritten. Stryker war sicher, dass sie alle auch gut ohne dieses Treffen hätten leben können. Wie wilde Tiere bewegten sie sich im Mondlicht völlig synchron miteinander.

Sie hörten nur die Musik, die von der Bourbon Street zu ihnen drang, ihren eigenen Herzschlag und das Geräusch ihrer Stiefel auf dem Bürgersteig. Die Straße glänzte feucht von einem früheren Regenschauer, und die dunklen Wolken hingen noch immer über ihnen. Die Gegend änderte sich allmählich, es säumten immer weniger Gewerbegebäude die Straße, bis sie sich schließlich in einem reinen Wohnviertel befanden.

»Wie oft bist du diese Straße schon entlanggegangen, Gautier?«, fragte Stryker.

»Mindestens tausendmal, und ich will auch noch tausendmal hier entlanggehen.«

Als sie sich dem Friedhof näherten, fiel Stryker plötzlich etwas ein. Krieg tat nie etwas, ohne dass er damit eine Absicht verband. »Was glaubt ihr, warum hat Krieg ausgerechnet diesen Friedhof als Treffpunkt gewählt?«

Ash blieb stehen und schaute ihn an. »Er ist abgelegen, hier sind wir allein.«

Nick schnaubte. »Vielleicht hat er's ja mit Toten.«

Stryker lief bei diesen Worten ein Schauer über den Rücken. Kaum hatte Nick seinen Verdacht laut geäußert, da merkte er schon, wie treffend sein Kommentar gewesen war. Direkt vor ihm standen drei Frauen.

Nicks Mutter, Strykers Tochter und Ashs Schwester.

Kapitel 12

Stryker bekam keine Luft mehr, als er ein Gesicht sah, das nur noch in seiner Erinnerung existiert hatte. Tannis war ätherisch und blass und genauso schön wie ihre Mutter. Weißblondes Haar umrahmte ihr perfektes, zerbrechliches Gesicht.

Unbewusst trat er einen Schritt auf sie zu.

Ash griff ihn am Arm und hielt ihn zurück. »Das ist ein Trick.«

Nick schüttelte nur den Kopf und ging los. »Mom?«

Ash ließ Stryker los und griff jetzt nach Nicks Arm. Der Mann fuhr voller Zorn herum und hätte Ash fast geschlagen. Ash duckte sich weg und stieß Nick zurück zu Stryker. »Reiß dich zusammen, Nick. Krieg treibt seine Spielchen mit unseren Gefühlen.«

»Warum hast du mich sterben lassen, Acheron?«

Ash erstarrte, als er Ryssas Stimme hörte, die das lupenreine Griechisch seiner Kindheit sprach.

In ihr helles Haar waren blaue Bänder geflochten, die zu ihrem antiken griechischen Gewand passten. Es war das Kleid, das sie in der Nacht getragen hatte, als die apollitischen Soldaten sie brutal überfallen und getötet hatten. »Ich habe nach dir geschrien, *akribos*, aber du bist mir nicht zu Hilfe gekommen. Du hast nicht geantwortet.«

Acheron wurde von Schuldgefühlen überwältigt. Er packte Nicks Hemd fester, denn er brauchte den Halt seines früheren Freundes, damit er stark blieb. »Du bist nicht echt«, knurrte er Ryssa an.

Sie trat vor und berührte ihn. Ihre Hand war so warm, dass es die Blässe ihrer leeren Form Lügen strafte. »Du bist noch immer das Kind, das die Sonnenstrahlen mit der Hand fängt, oder? Komm mit mir, Acheron. Ich kann dich vor dieser Welt, die dich nicht will, in Sicherheit bringen.«

Das Gefühl von bitterem Kummer und Verlust stieg in ihm auf. Er wollte mit jeder Faser seines Seins zu Ryssa gehen und sich von ihr trösten lassen. Er war nicht länger ein Gott mit unermesslichen Kräften – diese eine Berührung hatte ihn zu einem kleinen Jungen gemacht, der sich nur noch nach dem Trost einer liebevollen Berührung sehnte. Er war ein kleiner Junge, der seine ältere Schwester angebetet hatte …

»Nicky?«

Nick zuckte zusammen, als er die Stimme seiner Mutter hörte. In seinen Augen glitzerten Tränen, aber Ash musste anerkennend feststellen, dass sie ihm nicht über die Wangen liefen.

Cherise stand ganz ruhig dort in der Dunkelheit vor ihnen. Sie trug das cremefarbene Kleid, in dem man sie bestattet hatte. Ihr Gesicht wies keinerlei Zeichen der Gewalt auf, die ihrem Leben ein Ende gesetzt hatte. Sie sah genauso wirklich und unverletzt aus wie das letzte Mal, als Ash sie gesehen hatte. Damals hatte sie darauf gewartet, dass Nick sie abholte und mit ihr nach Hause ging. »Komm zu deiner Mutter, *mon cher*. Es ist viel zu lange her, dass ich mein Kind umarmt habe.«

»Papa? Bist du das? Ich habe Angst, Papa. Ich verstehe nicht, was mit mir passiert. Bitte hilf mir.«

Stryker schüttelte den Kopf, damit er ihn klar bekam, denn sein väterlicher Instinkt sagte ihm deutlich, dass er sein Kind trösten sollte. Das hier war das Mädchen, das er in den Armen gehalten und in den Schlaf gewiegt hatte. Die Frau, deren Hand er gehalten hatte, als sie einen ganzen Tag lang um Gnade geschrien hatte, während ihr Körper allmählich zu Staub zerfiel.

Tannis kam auf ihn zu. »Papa?«

Stryker knurrte böse und wandte sich ab. Sie starrte ihn verwirrt an.

»Sind die wirklich nicht echt?«, fragte er Acheron.

Ash hielt immer noch Nick fest. »Ich weiß es nicht.«

Cherise berührte Ash an der Schulter. »Natürlich bin ich echt, *mon cher*. Treib keine Spielchen mit mir.« Dann betrachtete sie Nick und schüttelte missbilligend den Kopf. »Du bist noch immer viel zu dünn, mein Kind. Du musst ein paar von meinen *hash browns* essen, damit du ein bisschen Gewicht zulegst.«

»Mama?« Nick stieß Ash weg, um seine Mutter in die Arme zu schließen, aber in dem Augenblick, als er sie berührte, schrie sie qualvoll auf und verblasste im Nebel.

»Akribos?«, sagte Ryssa und trat langsam auf Ash zu. »Warum tut mir jetzt alles so weh?« Dann schrie auch sie auf.

Tannis stimmte in ihren Schrei ein, fiel auf die Knie und hielt sich die Ohren zu.

»Was ist hier los?« Nick schaute entsetzt drein, und Stryker fühlte sich vollkommen wehrlos.

Er rannte auf Tannis zu, um ihr zu helfen, aber sie verschwand, ehe er sie erreicht hatte.

Höhnisches Gelächter erklang um die drei Männer herum. »Ihr habt doch nicht etwa gedacht, ich würde bloß Menyara und Medea festhalten, oder?«

Stryker verzog den Mund, als Krieg vor ihnen Gestalt annahm. »Was soll das bedeuten?«

»Ich bin der Schlächter, der dem Schaf sagt, es soll sich zu meinen Füßen niederlegen.« Er streckte die Hand aus, und an seiner Seite erschien Ker, verächtlich lächelnd. »Ich glaube, ihr Jungs habt vergessen, dass Ker die Göttin des grausamen und gewalttätigen Todes ist. Die drei Frauen sind alle auf entsetzliche Weise ums Leben gekommen …«

»Und sie sind ihr untertan«, fluchte Ash. »Deshalb mussten wir uns hier treffen! Ker ist eine griechische Göttin und hätte diese Frauen niemals berühren können – nur auf einem Friedhof, denn die sind durchlässig, nur hier ist ein Übergang zwischen dieser Sphäre und ihren endgültigen Ruheplätzen möglich.« Er schaute Nick an. »Sie hat ihre Seelen genommen und hält sie fest.«

Stryker unterdrückte ein *Ich hab's euch doch gesagt.* »Was willst du?«, fragte er stattdessen Krieg.

Er schaute die drei mit einem schiefen Grinsen höhnisch an. »Das ist ganz einfach. Ich will euer Leben.«

Stryker schaute genauso höhnisch zurück. »Und dann lässt du diese drei Seelen frei.«

»Natürlich.«

Alle drei Männer schüttelten den Kopf. Sie wussten es besser. Stryker schaute erst Ash an und dann Nick. Er sah in ihren Augen die gleiche Entschlossenheit, die er auch in seinen eigenen vermutete. So schmerzhaft es auch war, sie waren nicht hier, um für die Toten zu kämpfen.

Sie waren hier, um für die Lebenden zu kämpfen.

Stryker nickte Ash zu, hob die Hände und versetzte Krieg mit seinen Kräften einen gewaltigen Schlag. Ash tat es ihm gleich.

»Kat!«, rief Ash und beschwor die anderen herauf.

Sie erschienen augenblicklich.

Krieg lachte, als Ker sich teilte und ein heller Blitz den ganzen Friedhof erleuchtete. Die Erde bebte, und alle stürzten zu Boden.

»Stryker!« Ash schoss einen Blitz auf ihn.

Instinktiv rollte Stryker sich weg. Er dachte, Ash hätte ihn treffen wollen, erst als der Blitz an ihm vorbeigeschossen war, begriff er, dass Ash auf einen Dämon hinter ihm gezielt hatte. Stryker sprang auf und stürzte sich auf Krieg.

Aber er kam nicht weit. Zwei der Keres packten ihn um die Hüfte und warfen ihn zu Boden. Es gab plötzlich Hunderte von ihnen. Völlig überfordert suchte er nach Katra, die von den Keres zu Boden geprügelt wurde. Als sie eine der Keres packte und sie aussaugte, erschienen gleich drei neue.

Stryker spürte, wie er blass wurde. Er sah Ashs Gesicht an, dass ihm dieselben Gedanken durch den Kopf schossen wie ihm selbst.

Sie konnten in diesem Kampf nicht siegen.

Nicht, wenn Ker dabei war. Ihre Fähigkeit, sich zu vervielfachen, machte all ihre vereinten Bemühungen zunichte. Die griechischen Götter waren jetzt umzingelt, Nick und Ash wurden genauso heftig und mit Leichtigkeit zu Boden geworfen wie Stryker.

Krieg lachte dröhnend, seine Stimme war weithin zu hören. »Unterwerft euch, dann lasse ich vielleicht ein paar von euch leben … als meine Sklaven.«

Zephyra sprang von ihrem Stuhl auf, als sie sah, dass Stryker kurz davor stand, getötet zu werden. »Nein«, flüsterte sie, und das Herz drohte ihr zu zerspringen. Sie durfte ihn jetzt nicht verlieren! Nicht, nachdem sie gerade erst wieder gelernt hatte, ihn zu lieben.

Sie schaute zur Decke hoch, und Wut stieg in ihr auf. Die Götter hatten lange genug mit ihrem Leben gespielt. »Ihr Schlampen lasst jetzt sofort meinen Mann in Ruhe«, knurrte sie die Schicksalsgöttinnen an.

Ihr Entschluss stand fest. Sie ging zu Apollymi, um das eine zu tun, von dem sie sich geschworen hatte, sie würde es nie tun … sie würde Apollymi um einen Gefallen bitten.

Tory lief im kleinen Flur vor Savitars Arbeitszimmer auf und ab, während Simi und Xirena Fernsehen schauten. Sie hatte ein ungutes Gefühl, das sich einfach nicht abschütteln ließ. Irgendetwas stimmte nicht, das spürte sie genau.

Auf einmal ging ein Riss durch den Flur. Sie drehte sich um, in der Hoffnung, Acheron zu sehen, aber stattdessen stand da eine Frau, die ihr nur knapp bis zu den Schultern reichte. Tory trat zurück, jederzeit bereit zum Kampf.

»Entspann dich«, fuhr die Frau sie an. »Ich heiße Zephyra und bin die Frau von Stryker.«

Tory war erschüttert darüber, wie wütend diese Frau klang, als sie sich vorstellte. »Was willst du hier?«

»So wie die Lage steht, werden unsere Männer sterben. Wenn du nur halb so sehr Frau bist, wie ich glaube, dann willst du mir sicher helfen, sie zu retten.«

Tory zögerte eine Sekunde, denn das Ganze konnte ebenso gut eine Falle von Stryker sein. Aber Zephyras Verhalten war zu ehrlich, und in ihren Augen las Tory Furcht. Sie war sicher, dass die Frau nicht schauspielerte. »Das will ich allerdings.«

»Dann komm mit mir.« Sie streckte die Hand aus.

Tory zögerte nicht, sie ergriff Zephyras Hand. Im nächsten

Augenblick standen die beiden in New Orleans mitten in einem Blutbad.

Tory schnappte nach Luft, als eine Vogelfrau kreischend auf ihren Kopf zuschoss.

Zephyra knurrte, ließ ein Schwert erscheinen und schwang es gegen die Keres. »Jared!«, brüllte sie und beschwor ihren Sklaven herauf.

Er erschien auf der Stelle.

»Rette Stryker!«

Jareds Augen glühten rot auf, als er Nick im Kampfgetümmel sah, er wollte sofort auf ihn losstürmen.

»Halt!« rief sie scharf. »Lass ihn in Ruhe. Konzentrier dich nur auf Krieg und darauf, Stryker und meine Tochter zu retten.«

Seine Haut wurde schwarz mit roter Marmorierung, als er sich in seine wahre Form verwandelte. Er knurrte und zeigte seine Fangzähne. »Der Malachai …«

»Gehorch mir!«

Jared fauchte, aber letztlich hatte er keine andere Wahl, als das zu tun, was Zephyra ihm befahl.

Nick musste zweimal hinschauen, als er sah, wie Jared auf Krieg losging. Die Keres versuchten, ihn zu Fall zubringen, aber er ging nicht zu Boden wie alle anderen, sondern ließ einen großen Stab erscheinen, den er dazu benutzte, die Keres zu bekämpfen.

Nick schaute zu und stellte sich vor, er hätte eine ähnliche Waffe. Zu seiner Überraschung erschien sie sofort in seiner Hand. Er spürte, wie die Macht in der Waffe durch das Holz in ihn vordrang. Instinktiv schwang er sie gegen die Keres, und sobald er eine von ihnen traf, löste sie sich auf.

Das war also eine seiner Kräfte …

Stryker hielt inne, als er sah, wie Nick einige Feinde ausschaltete. Aber dann entdeckte er Zephyra und konnte an nichts anderes mehr denken als daran, zu ihr zu gelangen.

Doch ehe er auch nur einen Schritt tun konnte, packte Krieg Zephyra und zerrte sie zum italienischen Grabmal.

Sie waren schon fast außer Sicht, da tauchte Savitar hinter ihnen auf und versetzte Krieg einen Kopfstoß. Zephyra gab ihm einen so heftigen Tritt, dass Stryker ihn fast selbst spüren konnte. Als Krieg erneut nach ihr griff, stand Stryker schon neben ihnen, packte Krieg und stieß ihn zurück.

Ash schnappte sich den aus dem Gleichgewicht geratenen Krieg, Katra erschien hinter Ash und versetzte Krieg einen Tritt.

Fluchend schleuderte Krieg alle Angreifer zu Boden und riss sich los.

Stryker packte ihn. »Wo ist Medea?«

Er lachte nur. »Wenn du mich tötest, dann stirbt sie auch.«

»Mache hat sie«, sagte Ash. »Er ist der Einzige von den dreien, der nicht hier ist.«

Stryker versetzte Krieg einen Schlag. »Wo sind die Frauen?«

Krieg trat Stryker so kräftig, dass er ihn von sich wegschleuderte, und sofort erschien ein neues Dutzend Keres, das in den Kampf eingriff.

»Wie können wir diese Biester in den Griff kriegen?«, fragte Stryker Ash und Savitar.

»Wir müssen die wahre Ker finden«, sagte Savitar. »Wenn wir sie erst haben, dann sind alle anderen hinüber.«

Stryker schnaubte verächtlich. »Könntest du mir vielleicht freundlicherweise sagen, welche von den vielen Keres die ursprüngliche ist?«

»Die da«, sagte Zephyra und zeigte auf eine, die gerade Nick angriff.

»Woher willst du das wissen?«, fragte Stryker grimmig.

»Instinkt.«

Als Ker auf Tory losging, sah Stryker seine Chance gekommen. Er tauschte einen Blick mit Ash aus, und sie stürzten sich gemeinsam auf Ker.

Sobald sie sie zu Boden geworfen hatten, lösten sich alle anderen Keres auf. Krieg brüllte vor Wut und schleuderte einen Blitz nach Tory, doch Jared fing ihn ab. Er zischte, als der Blitz in seinem Körper schwelte, und ging in die Knie. Dann griff Nick an und stürzte sich auf Krieg.

Inzwischen biss Ker Stryker. Er griff nach ihrer Kehle, um sie zu würgen, aber Ash überwältigte sie schon.

Krieg war eine ganz andere Kategorie von Feind. Er ließ sich nicht so einfach besiegen – keiner von ihnen schaffte es.

Ash schüttelte ungläubig den Kopf und schaute zu Savitar hinüber. »Ihr habt drei Monate gebraucht, um ihn so weit zu bezwingen, dass ihr ihn versteinern konntet, hast du gesagt.«

Savitar nickte.

Stryker fluchte. »Ich hab aber keine drei Monate Zeit.«

»Ich auch nicht«, hörte Stryker die junge Stimme einer Dämonin. Verblüfft sah er, wie Acherons Dämonin Simi erschien und etwas nach Krieg schleuderte, der sie wütend anknurrte.

Stryker zog die Dämonin zurück, ehe Krieg ihr etwas antun konnte. Krieg griff nach ihnen, aber im gleichen Moment wurde seine Hand zu Stein. Mit gerunzelter Stirn beobachtete Stryker, wie die Versteinerung den Arm des Gottes hinaufwanderte und dann auf seinen ganzen Körper übergriff, bis Krieg nur noch eine Statue war, das Gesicht im Zorn verzerrt.

»Was hast du denn da nach ihm geworfen?«, fragte Zephyra.

»Aima«, antwortete Acheron an Simis Stelle. Es war die gleiche Substanz, die Stryker früher einmal benutzt hatte, um Ash erstarren zu lassen. Hoffentlich hatte Krieg keine Freunde, die willens waren, ihm das Gegenmittel zu besorgen.

Simi rieb sich grinsend die Hände. »Deine Mama-*akra* hat dir das geschickt, *akri*, damit du den Heiden-Gott besiegen kannst. So, und jetzt ist gleich der Schmuck im Home-Shopping-Channel dran. Simi kann nicht zulassen, dass ein griechischer Gott demjenigen Ärger macht, der ihr die Rechnungen mit Plastik bezahlt.« Sie streckte die Hand aus und schaute Ash an. »Kann Simi die schwarze Karte haben, die sie so gerne mag?«

Ash zog mit einem kurzen Lachen seine Brieftasche heraus. »Sicher, Schätzchen.« Er reichte ihr seine schwarze American-Express-Karte.

»Aber wo ist Medea?«, fragte Zephyra.

Alle schauten zu Jared, der Ker im Schwitzkasten hielt und sie zu Boden drückte.

»Das werde ich euch niemals sagen«, fauchte sie.

Zephyra blieb bei diesen Worten das Herz stehen. Die Vorstellung, dass sie ihr Kind nie wiedersehen würde, war unerträglich. »Jared, tu was!«

Sie sah den Widerstand in seinen Augen, dann tat er einen langen tiefen Seufzer. »Nim? Komm, nimm mal wieder Menschengestalt an.«

Der Dämon kam unter Jareds Kragen herausgekrabbelt und verwandelte sich in einen jungen Mann. Als er Simi sah, wollte er sofort wegrennen, aber er stolperte.

»Nim!«, fuhr Jared ihn an. »Sie tut dir nichts.«

Nim sah nicht gerade überzeugt aus. Er krabbelte um Jared herum und kauerte sich hinter ihn. »Was braucht Jared?«

Er schaute Zephyra an. »Du sollst Medea finden.«

»Warum kannst du den Ort nicht einfach aus Kers Gedanken zerren?«, fragte Zephyra Jared.

»In ihrem Kopf sprechen zu viele Stimmen in zu vielen Sprachen durcheinander, als dass ich etwas Vernünftiges heraushören könnte. Sie blockt mich mit voller Absicht ab.« Er schaute Nim an. »Finde Medea für mich.«

Nims Augen glühten rot auf, als er Ker berührte, und sie schrie wütend auf. »Medea ist im Loch mit dem Gott, der gestorben ist.«

»Was für ein Loch, Nim?«

»Tiefes Loch im Boden.«

Zephyra sog scharf den Atem ein und ging auf den Dämon los. »Das hilft uns gar nicht weiter.«

Stryker hielt sie auf. »Ich glaube, ich weiß, wo sie sind.« Er schaute an Zephyra vorbei zu Hades. »In der Unterwelt.«

Zephyra zog sich die Kehle zusammen, als sie begriff, was das bedeutete. Sobald man einmal in der Unterwelt war, konnte man sie ohne die Erlaubnis von Hades nicht mehr verlassen.

Zephyra drehte sich um und schaute Hades an.

»Ich bin dir keinen Gefallen schuldig«, spie der Stryker an.

»Aber mir«, sagte Acheron und trat vor. »Lass sie frei, Hades.«

In Hades Kiefer zuckte ein Muskel. »Über Ma'at habe ich keine Macht«, sagte Hades. »Ihre Seele gehört mir nicht.«

Ash kniff drohend die Augen zusammen. »Und was ist mit Medea?«

Hades knurrte. »Nehmt sie mit. Aber damit sind wir quitt, klar?«

Zephyra hatte die böse Ahnung, dass alles zu einfach war. »Was ist mit Mache?«

Hades lachte böse. »Wenn dein Dämon recht hat und er sich in meinem Reich verbirgt, wird er es bitter bereuen.«

Jared erhob sich und zerrte Ker hoch. »Was machen wir mit ihr?«

Hades starrte den Geist des gewaltsamen Todes an. »Bring sie runter zu mir, ich hab da eine Idee.« Seinem Tonfall nach zu urteilen war diese Idee nicht gerade angenehmer Natur.

Stryker nahm Zephyra bei der Hand, und sie folgten dem griechischen Gott aus der Sphäre der Menschen hinunter in die Unterwelt. Ash brachte die Statue von Krieg mit und stellte ihn wieder an den Ort, an dem er jahrhundertelang geruht hatte. Ker sperrten sie in eine kleine Zelle.

»Um dich kümmere ich mich später«, verkündete Hades.

Ker spuckte nach ihm und hämmerte mit der Hand gegen das Gitter. »Wir sind noch nicht fertig. Ich werde wieder freikommen, und dann werde ich dich beerdigen!«

Stryker ignorierte ihre Drohungen und schaute Nim an, der ein pinkes Häschen umklammerte. »Wo ist meine Tochter?«

Nim zeigte auf eine kleine Tür.

Unsicher ging Stryker darauf zu und blieb davor stehen, als eine laute Explosion ihn vorübergehend taub werden ließ.

Die Tür und ein Mann, der in dem Zimmer gewesen sein musste, flogen an die gegenüberliegende Wand, wo die Tür umstürzte und den Mann zu Boden schlug.

»Aufhören!«, brüllte Hades.

Die Tür schlug noch drei Mal auf den Mann ein, ehe sie Hades schließlich gehorchte.

Als der Rauch sich verzogen hatte, sah Stryker Menyara. Sie hatte die Arme vor der Brust verschränkt, trat aus dem Raum und warf Mache einen drohenden Blick zu. Er war es, der unter der Tür lag und heftig blutete. »Das wird ihn lehren, seine Hände künftig bei sich zu behalten.« Sie wandte den Kopf und rief über die Schulter zurück in die Zelle: »Medea, Liebes, deine Eltern sind hier.«

Acheron schüttelte den Kopf und ergriff Tory bei der Hand. »Jetzt komme ich mir ein bisschen dumm vor, dass ich mir solche Sorgen gemacht habe.«

»Das musst du nicht«, sagte Menyara. »Bis ihr Kriegs Kräfte gebrochen hattet, haben wir hier wirklich festgesessen. Der arme Irre hier hat es erst mitbekommen, als es schon zu spät war, so konnten wir ihm endlich eins verpassen.«

Zephyra lief auf ihre Tochter zu und nahm sie in die Arme. Dann schob sie sie ein Stück von sich weg und überprüfte, ob ihr auch wirklich nichts geschehen war.

Nick trat besorgt vor. »Was ist mit meiner Mutter? Was hat Krieg mit ihr gemacht?«

Hades legte Nick die Hand auf die Schulter. »Er hat ihr nichts getan. Ker hat euch zwar die Seelen gezeigt, im Versuch, eure Stärke zu brechen, aber weder sie noch Krieg haben Macht über diese Seelen. Deine Mutter ist dorthin zurückgekehrt, wo sie hingehört, genau wie die anderen beiden.«

Ash warf einen Blick in Richtung Elysische Felder.

»Ryssa denkt an dich«, sagte Hades leise. »Sie ist glücklich, Acheron. Sie macht dir keine Vorwürfe. Das war nur Ker, die mit deinen Gefühlen gespielt hat.«

»Danke schön.«

Hades neigte den Kopf, dann schaute er Stryker an. Als er etwas sagen wollte, hob Stryker die Hand.

»Ich will nur wissen, ob sie mit ihrem Mann und den Kindern zusammen ist.«

»Das ist sie.«

»Dann kann ich in Frieden leben.«

Zephyra runzelte die Stirn. Der Tonfall strafte seine Worte Lügen. Aber vielleicht hatte er recht. Er konnte nichts ändern, warum sollte er sich also quälen?

Mit tief gesenktem Kopf drehte Nick sich um und wollte gehen. Menyara folgte ihm, während Jared sich zurückhielt und den beiden nachstarrte.

»Wenn er Nick umbringt, wird Jared auch sterben«, klang Menyaras Stimme um sie herum.

»Wie bitte?«, fragte Zephyra.

Menyara blieb stehen. »Es ist wahr. Also überlegt es euch gut, ehe ihr Jared wieder auf meinen Nick loslasst.«

Zephyra kniff wütend die Augen zusammen und starrte Jared an. »Wieso hast du mir das nicht gesagt?«

Seine Gesichtszüge waren ausdruckslos und nichtssagend. »Das weißt du ganz genau.«

Weil er sterben wollte – doch das war das Einzige, was Zephyra nie zulassen würde. »Du wirst keinen Augenblick Freiheit von deinen Diensten bekommen.« Zephyra drückte Medea die Hand. »Bring ihn nach Kalosis. Ich bin sicher, dein Vater hat ein passendes Loch, wo wir ihn zur Strafe reinwerfen können.«

Nim trat einen Schritt auf Jared zu, aber Simi hielt ihn auf. »Warte mal.«

Nim trat zurück, das Gesicht vor Angst verzerrt, weil er nicht wusste, was Simi von ihm wollte.

Sie lächelte ihn freundlich an, holte ein Bärchen aus ihrer Handtasche, die die Form eines Sarges hatte, und hielt es ihm hin. »Das ist ein Teddy-Schreck«, sagte sie. »Er ist viel stärker als dein kleiner Hase.« Sie drückte Nim das Stofftier in die Hand und marschierte zu Acheron hinüber. »Es ist Zeit für die Session auf meinem Shopping-Channel, *akri.*« Damit war sie verschwunden.

Jared starrte ihr nach, als wäre er überrascht von ihrer Freundlichkeit. »Du solltest mit Acheron gehen, Nim.«

Nim schüttelte trotzig den Kopf und kehrte auf Jareds Körper zurück. Er fluchte. »Ich hasse Dämonen.«

In Medeas Blick lag eine Spur von Mitgefühl. Sie packte Jared am Arm und führte ihn zurück in die Gefangenschaft.

Tory spähte zu der Statue von Krieg. »Glaubt ihr, er wird je wieder freikommen?«

Hades warf Stryker einen tadelnden Blick zu. »Ich bin sicher, es gibt irgendwo auf der Welt noch ein Arschloch, das ihn befreien will.«

»Ich werde es bestimmt nicht noch mal tun«, sagte Stryker. Er schaute Ash an. »Danke für deine Hilfe.«

»Ich würde ja sagen: gerne, jederzeit wieder … aber …«

Stryker streckte ihm die Hand hin. »Feinde für immer.«

»Zumindest so lange, bis du gelernt hast, die Menschen und die Dark Hunter in Ruhe zu lassen.«

»Sobald du meine Daimons in Ruhe lässt.«

»Ich kann nicht zulassen, dass die Daimons Menschen töten.«

»Und ich kann nicht danebenstehen und zuschauen, wie meine Leute sterben, wegen eines Fluches, den mein Vater ausgesprochen hat. Solange es diesen Fluch gibt, gehen wir auf die Jagd.«

»Dann wird unser Krieg noch lange kein Ende finden.« Ash schüttelte Stryker die Hand und verschwand mit Tory.

Stryker legte Zephyra den Arm um die Schultern. »Bist du bereit, nach Hause zu gehen?«

Sie nickte.

Ohne ein weiteres Wort versetzte er sie beide zurück in seinen Palast nach Kalosis. Sobald sie allein waren, starrte er sie wütend an. »Du solltest doch dem Kampf fernbleiben!«

»Damit du meine Tochter umkommen lässt? Niemals.«

»*Deine* Tochter?«

Zephyra verschränkte die Arme vor der Brust. »Allerdings, *meine* Tochter.«

»Sind wir also schon wieder so weit?«

»Ja, das sind wir. Außerdem wollte ich nicht zuschauen, wie du stirbst.«

Stryker hob eine Augenbraue. »Ach nein?«

»Nein. Wenn schon, dann bringe ich dich selbst um.«

Menyara hielt inne, als sie das Foto sah, auf dem Cherise Nick an seinem ersten Schultag umarmte. Es stand gerahmt auf dem Nachttisch neben seinem Bett. »Deine Mutter war unglaublich stolz auf dich.«

Nick schwieg.

Menyara drehte sich um und sah, wie Nick eine Flasche Scotch öffnete. »Hast du heute Nacht irgendetwas Neues erfahren?«, fragte sie.

»Was zum Beispiel?«

»Wie wichtig es ist, dass du deine Kräfte kennenlernst.«

Er trank einen großen Schluck, ehe er antwortete. »Das habe ich schon vor dem Kampf gewusst, Mennie.«

»Und – bist du jetzt bereit zu lernen?«

Er schwieg. »Was meinst du damit?«

Entschlossenheit blitzte in ihren Augen auf, als sie ihn in

die Ecke drängte. »Du bist zum Teil Dämon und zum Teil Mensch. Um in dieser Welt bestehen zu können, brauchst du einen Lehrer, der Kräfte hat, die den deinen ähnlich sind.«

»Und wer sollte das sein?«

»Acheron.«

Nick höhnte. »Acheron ist ein Gott.«

»Ja – aber bevor er ein Gott wurde, war er halb Mensch und halb Charonte-Dämon. Nur er kann dir helfen.«

Nick ließ die Flasche fallen, und sie zerschellte auf dem Boden.

Epilog

Zwei Wochen später

Zephyra saß auf Strykers Stuhl und lauschte dem Klang ferner Musik. In den vergangenen beiden Wochen waren sie und Stryker hinter den gallu her gewesen. Sie wollten sie benutzen, um noch mehr Daimons umzuwandeln, aber es erwies sich als zunehmend schwierig.

Inzwischen waren sie ein paar Dutzend gallu-Daimons, während der Großteil ihrer Armee sich noch immer von menschlichen Seelen ernähren musste.

»Wir werden euch kriegen«, flüsterte sie. Genau wie Stryker hatte sie nicht vor zuzusehen, wie ihre Leute starben, während Apollo unbekümmert vor sich hin lebte. Besonders wenn sie daran dachte, dass Medeas Kinder, wenn sie je wieder heiraten würde, Apolliten wären.

Das hieß, auch sie wären verflucht.

Die Tür ging auf.

Sie schaute hoch und sah Stryker, der mit einem Schwert in der Hand in der Tür stand. Zephyra schaute finster drein, als er quer durch den Raum auf sie zukam und das Schwert vor ihr auf den Schreibtisch legte. Wortlos kniete er vor ihr nieder.

»Was machst du denn da?«

»Ich habe versprochen, dass du mich nach Ablauf von zwei Wochen töten kannst.« Er warf einen demonstrativen Blick auf das Schwert. »Ich halte mein Wort.«

Zephyra hob eine Augenbraue. »Ach wirklich?«

Er neigte den Kopf. »Mein Leben gehört dir, Phyra. Ich lege mein Leben in deine Hände.«

Sie nahm das Schwert vom Tisch, wog es in der Hand und erhob sich. Sie drehte die perfekt ausbalancierte Waffe hin und her und bewunderte die schimmernde Klinge. »Du würdest mir wirklich gestatten, dich zu töten?« Damit setzte sie die Spitze genau über sein Herz.

Er schaute hoch und sah ihr direkt in die Augen. »Bei meiner Ehre.«

Sie drückte die Schwertspitze durchs Hemd, aber nicht so tief, dass sie ihn verletzt hätte. »Würdest du für mich sterben, Stryker?«

»Tue ich das nicht gerade?«

»Nein. Du hältst dein Wort und verteidigst deine Ehre. Aber das ist nicht, was ich will.«

»Was willst du dann?«

»Ich will, dass du mir zur Seite stehst und mich nie wieder enttäuschst.«

Guter Wille brannte hell in seinem silbern wirbelnden Blick. »Ich würde dich nie enttäuschen.«

»Schwör es mir bei deinem Leben.«

Sein Blick wurde hart. »Das kann ich nicht.«

Sie drückte ihm die Spitze des Schwertes in die Haut, bis Blut hervortrat. »Warum nicht?«

»Weil du mein Leben bist«, sagte er, ihm brach die Stimme. »Ich kann keinen weiteren Tag ohne dich leben.«

Zephyra ließ das Schwert fallen. »Ich verachte dich für das Gefühl, das du in mir erweckst.«

Er zog sie herunter und in seine Arme, bis sie vor ihm auf dem Boden kniete. »Was für ein Gefühl ist das?«

»Ich fühle mich schwach und verletzlich. Du bist meine Seele, und ich werde dir nie vergeben, wenn du sie mir noch einmal nimmst.«

Er lächelte sie an. »Fürchte nichts, Liebste. Ich werde immer an deiner Seite sein.«

Als er sie küssen wollte, flog die Tür hinter ihnen auf. Wütend über die Unterbrechung drehte er sich um und wollte Davyn anknurren.

Aber die Worte blieben ihm im Hals stecken, als er den Gesichtsausdruck des Mannes sah. »Was ist passiert?«

»Wir können in der Sonne wandeln!«

Strykers Stirnrunzeln verstärkte sich. »Was?«

Davyn nickte. »Ich bin gefangen genommen worden, als ich in der Dämmerung draußen war und gallu gejagt habe. Ich dachte, ich würde sterben – aber ich bin nicht tot. Zum ersten Mal seit Jahrhunderten habe ich die Sonne aufgehen sehen, und ich habe es überlebt. Ich lebe noch!«

Stryker und Zephyra wechselten einen überraschten Blick.

»Die gallu sind geschützt«, flüsterte sie. »Ich hätte mir nie träumen lassen, dass ihr Blut uns gestatten könnte, ebenfalls draußen im Tageslicht unterwegs zu sein.«

»Hast du es denn nie ausprobiert?«

Sie schüttelte den Kopf. »Ich habe es nicht gewagt.«

Langsam glitt ein Lächeln über seine Lippen. »Wir haben unsere Freiheit wieder.«

»Die Dämmerung der Daimons ist da. Jetzt hat das Ende der Menschheit begonnen.«

Endlich – die Geschichte des ersten aller Dark Hunter!

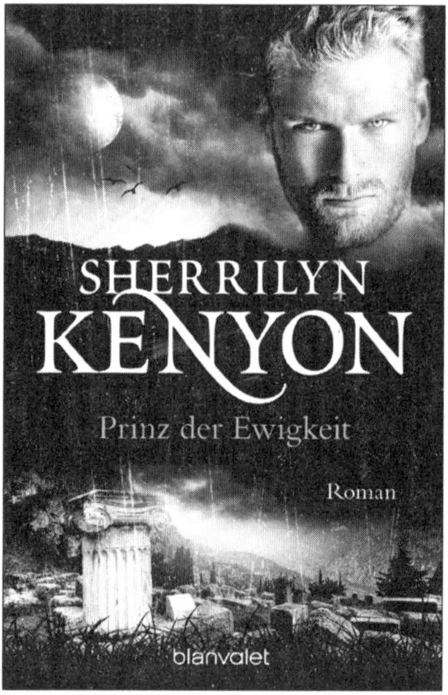

544 Seiten. ISBN 978-3-7341-6045-5

Vor elftausend Jahren wurde Acheron, der erste aller Dark Hunter, geboren. Laut Prophezeiung soll er das Ende der Götterwelt herbeiführen, weshalb seine Mutter ihn unerkannt als Menschenprinzen aufwachsen lässt. Doch seine silbrigen Augen verraten seine Herkunft. Von seinem Vater verstoßen, von seinem Onkel misshandelt, muss Acheron ein Leben lang Hass über sich ergehen lassen. Lediglich seine Schwester und seine Mutter bringen ihm Liebe entgegen – und eine weitere Frau: die griechische Göttin Artemis. Doch kann ihre vermeintliche Liebe ihn vor seinem Schicksal bewahren?

Lesen Sie mehr unter: **www.blanvalet.de**